In memoriam David Lean

Credits

dank schulde ich all denen,
die mich zum schreiben
angehalten haben, mich
aufmunterten, wenn ich
verzweifelt war, mir bei
terminen den rücken freihielten
und zuspruch erteilten,
wenn ich's am nötigsten hatte.
danke, dagmar, dass du mir
den spiegel vorgehalten hast,
olivia für den liebevollen
umgang.
danke allen für rat, geduld
und liebe.

Eric Seger

Der Zinnmann

Autor: Eric Seger
Umschlag, Illustration: Eric Seger

Verlag & Druck: tredition GmbH, Hamburg

ISBN
Paperback 978-3-7469-6991-6
Hardcover 978-3-7469-6992-3
e-Book   978-3-7469-6993-0

Ein kühler Wind fegte über den Strand und nahm mit, was sich ihm in den Weg stellte, schob es ein Stück vor sich her und deponierte seine Fracht kunstvoll an Dünen, die sich wie Wellentäler über den Strand verteilten. Sandkörner wirbelten durch die Luft und lagerten sich wie kleine, verborgene Kunstwerke auf Treibholz, vertrockneten Algen und von Menschenhand weggeworfenem Müll ab. Dabei verharrten sie eine Weile, um dann, von der nächsten Windböe erfasst, in die andere Ecke des Strandes transportiert zu werden. Unermüdlich deckten sie Strandgut zu, liessen Seegras, das wie aufrecht stehende Haarbüschel aus den Dünen schaute, spurlos verschwinden. Hinter einem grossen schiefergrauen Stück Felsen, an der windgeschützten Seite, fielen sie zu Tausenden auf eine irdische Hülle und bildeten eine neue Sanddüne. Vom Sand halb zugedeckt, lag eine männliche Leiche auf dem Rücken und starrte mit offenen Augen in die Sandkörner, die über die Felskante auf sein Gesicht rieselten. Vom Haaransatz weg klaffte eine grosse Wunde quer über den Schädel, und an der blutverschmierten Öffnung machten sich Hunderte von kleinen Krabben emsig zu schaffen.

Constabler Angus O'Malley schaute ekelerregend auf die Tiere. Zuweilen überfiel ihn der Wunsch, mit seinen derben Stiefeln auf die Viecher einzutreten, sie plattzuwalzen, ihre Schädel ebenso zu malträtieren wie denjenigen, mit dem sie sich beschäftigen, er drehte sich aber abrupt ab und überliess ihnen den Toten, schon aus Gründen der Pietät.

„Verdammt", sagte er und noch einmal: „Verdammt!", stampfte mit dem Stiefel auf den Boden und wirbelte dabei neue Sandkörner in den Wind.

Sein Deputy, Wachtmeister Michael O'Keefe, hockte derweil mehrere Meter von der Leiche entfernt im Sand und kotzte sich das Essen der letzten drei Tage aus dem Magen. O'Malley wusste nicht mehr, auf welche Seite er sich wenden sollte, auf der einen übergab sich sein Deputy, dessen Gestank der Wind zu ihm hertrieb, auf der anderen gammelte eine mindestens zwei Tage alte Leiche vor sich hin und verbreitete den süsslich - sauren Duft eines chinesischen Essens.

Angus O'Malley war übel riechende Düfte gewohnt, besonders dann, wenn er an den Pub im Dorf dachte, aber das hier wurde ihm eindeutig zu viel. Wütend stampfte er durch den losen Untergrund auf sein Dienstfahrrad zu, das er bei der Ankunft am Strand achtlos in den Sand geworfen hatte, hob es am Lenker hoch und schwang sich, auf der Strasse angekommen, behände in den Sattel. Er trat in die Pedale, als gäbe es am Ende der Strecke einen Preis zu gewinnen, dabei versuchte er jedem Schlagloch in der Strasse auszuweichen, was ihm nur sehr schlecht gelang und jedes Mal mit einem Fluch begleitet wurde. Seine Hände packten den Fahrradlenker, bis die Knöchel weiss hervortraten. Von aussen sah es so aus, als würde er den Drahtesel demnächst in Stücke zerreissen, dabei versuchte O'Malley sich nur an den Augenblick zu erinnern, als die Kleine vom Bäcker O'Ryan vor einer Stunde in seiner Wachstube erschienen war, um ihm klarzumachen, dass unten am Strand ein Mann liege mit einem Loch im Kopf und er doch bitte nachschauen möge.

„Verdammt!" Die Pfütze riss ihm den Lenker fast aus den Händen, und das Wasser drang durch den Stiefel an seine Socke. Endlos schien der Weg bis zum Dorfeingang. Mit seinen knapp fünfzig Jahren schnaufte O'Malley dem Bauernhof entgegen, so, als hätte er den Berg des Heiligen Patrick in Rekordzeit bestiegen.

Keuchend lehnte er sein Dienstfahrrad an die Scheunenmauer und schüttelte sein Haupt wiegend hin und her, als ihn Bauer Reily, der vor dem Scheunentor auf seinem Traktor sass, fragte:

„He, Angus, ist ein Gespenst hinter dir her?" Er kletterte von dem Gefährt herunter und ging auf O'Malley zu.

„Du darfst gleich wieder aufsteigen und mit mir an den Strand fahren", keuchte der Polizist und trocknete mit dem Ärmel der Uniform sein mit Schweissperlen übersätes Gesicht und die leicht ergrauten Haare, die pitschnass an seinem Kopfe klebten.

„Warum sollte ich das tun, hä?", fragte Bauer Reily und kratze dabei seinen Hintern.

„Weil ich es dir sage. Schnapp dir den Anhänger, und gib Gas, dass wir an den Strand kommen!" O'Malley kletterte auf die Maschine und hielt nach dem Bauern Ausschau, der immer noch am selben Fleck stand und ihn blöd angrinste.

„Na los, eine Leiche wartet auf dich!"

„Eine Leiche? ...Am Strand?"

„Nun mach schon, oder willst du auf die Reinkarnation des Toten warten?"

O'Malley feixte, als er den starren Gesichtsausdruck bei Sam Reily bemerkte, der mit mechanischen Bewegungen den Anhänger ankuppelte, dann mit Vollgas aus der Hofeinfahrt fegte und über den Löchern im Asphalt zu schweben schien.

Unten am Strand angekommen, sah O'Malley über den Zaun hinweg, der die Strasse von dem Strand trennte, dass sich nichts verändert hatte. Die graugrünen Wellen kämpften immer noch gegen den Strand an, und sein Wachtmeister hockte immer noch in der gleichen Stellung, wie er ihn verlassen hatte, und auch die Leiche war noch am selben Ort, sosehr er es sich auch gewünscht hatte, sie wäre nicht mehr da, wenn er zurückkäme.

„Wie kommt denn der hierher? Wurde er angeschwemmt?", schrie Sam in den absterbenden Motorenlärm und schaute betroffen auf den Leichnam.

„Warum, kennst du ihn?", fragte O'Malley, in der Annahme, Sam hätte die Leiche erkannt.

„Nein, nein… ich glaube nicht!" Er machte einen Schritt näher auf den Toten zu. „Oder doch? Nein, ich bin mir sicher, ich habe den Kerl noch nie gesehen. Jedenfalls nicht hier bei uns in Lahinch!" Sam kratzte seinen Hintern. O'Malley beobachtete ihn dabei und dachte darüber nach, dass gewisse Menschen, wenn sie nervös waren, sich am Kopf kratzten oder an den Fingernägeln kauten, bei Sam war das anders, er befingerte seinen Allerwertesten.

„Du bist dir also sicher. O.k., dann hilf mir, den Mann aufzuladen!"

„Wie? Was, aufladen? Ich fasse doch keine Leiche an, ich bin doch nicht verrückt! So was bringt Unglück. Ruf doch deinen Deputy…, was treibt denn O'Keefe da hinten?" Sam hatte ihn erst jetzt bemerkt und winkte hinüber. „Sitzt da wie ein alter Cocker beim Scheissen!" An O'Malley gewandt: „Nun komm schon, du wirst gebraucht, es gibt Arbeit für dich!", brüllte Sam gegen den Wind an, der jetzt wieder stark auffrischte und das Spiel mit dem Sand in alter Manier wieder neu entfachte.

O'Keefe kam langsam auf sie zu, schaute kurz auf den Leichnam, wobei die Mundwinkel vibrierten und der Adamsapfel wilden Zuckungen unterworfen war. An seinem Hals baumelte ein Fotoapparat, und seine Kleider rochen stark nach Erbrochenem. Der Deputy drehte auf dem Absatz um, hielt die Hand vor seinen Mund und begab sich dorthin zurück, wo er hergekommen war.

„Was ist denn mit dem los? Sieh dir das an!" Sam schaute von einem zum anderen. „Stinkig wie ein Lord verweigert er die Arbeit! Na so was aber auch"

„Lass ihn und hilf du mir." O'Malley schleifte den Toten an den Stiefeln zum Anhänger.

„Kein Gedanke", Sam wedelte abwehrend mit den Händen.

„Leichen berühren bringt Unglück. Ich würde nicht einmal meine alte Betty, verpackt in einem Sarg, irgendwohin tragen und schon gar nicht einen, den ich nicht mal kenne."

Inzwischen hatte O'Malley den Toten, der ihn mit gebrochenen Augen anstierte, an den Anhänger gelehnt, während sich die kleinen Krabben an der Wunde still verhielten.

„Ach, aber besoffen auf sie drauflegen, wenn sie vor lauter Asthma keine Luft mehr bekommt, das schon!" O'Malley wuchtete den Leichnam auf die Ladebrücke und keuchte wie eine halbe Stunde zuvor.

„Wer sagt das?", wollte Sam wissen.

„Nicht so wichtig. Schmeiss jetzt deine Mühle an, dass wir von hier wegkommen, bevor das ganze Dorf wegen deines Lärms zusammenläuft." Angus O'Malley zog eine alte Plane über den Körper der Leiche, so dass er die aufgebrachten Gliederfüssler, die sich wiederum an der Wunde zu schaffen machten, nicht mehr anschauen musste, während Sam den Traktor startete und mit wildem Gesichtsausdruck den Heimweg unter die Räder nahm. In der Hälfte des Weges kam ihnen ein Mann auf einem Fahrrad entgegen, der den Blick über den Anhänger schweifen liess und dabei die halb zugedeckte Leiche zu sehen bekam. Er stockte, bremste scharf ab, geriet dabei in ein besonders tiefes Schlagloch und stürzte über den Lenker auf die Strasse. Halb vom Sturz, halb vom Gesehenen benommen, faselte er wirres Zeug, als der Deputy ihn Minuten später am Strassenrand sitzend vorfand.

„Wohin damit?", wollte Sam wissen, als sie am Dorfrand ankamen. Er nahm seinen Fuss vom Gaspedal und schaute O'Malley fragend an.

„Ins Spritzenhaus, da findet ihn so schnell keiner." O'Malley deutete mit dem Finger in die Richtung, wo eine alte Scheune stand, die zum Feuerwehrdepot umgebaut worden war. Sam grinste und setzte seinen schweren Stiefel wieder aufs Pedal, was die Maschine mit einer schwarzen Rauchwolke aus dem hochstehenden Auspuff quittierte.

Die altersschwachen Scheunentore, die vom ständigen Wetterwechsel wie gegerbt aussahen, heulten in ihren Angeln und gaben den Eingang nur widerwillig frei. O'Malley drückte und schob die Tore so weit auf, dass Sam den Anhänger rückwärts einparken, abkuppeln und den Schuppen wieder verlassen konnte, und schloss dann von draussen sorgfältig die Tore ab.

„Wenn du das nächste Mal bei meinem Revier vorbeifährst, schmeiss doch bitte mein Fahrrad vom Hänger, und... dass du den Mund hältst, versteht sich ja von selbst, oder?", wandte sich O'Malley mit dienstlichem Unterton in der Stimme an Sam. Dieser schluckte schwer und brachte ein Nicken zustande, bevor er seinem Traktor die Sporen gab und in einer Russwolke verschwand.

Als Angus O'Malley durch die Hauptstrasse zu seinem Revier ging, wurde er den Verdacht nicht los, dass man ihn beobachtete. Obwohl die Strasse verlassen vor ihm lag, registrierten seine Augen leichte Bewegungen an den Vorhängen der Fenster. Haustüren wurden bei seinem Näherkommen hektisch verschlossen, was ihn zu dem Gedanken veranlasste, ob die Dorfeinwohner vielleicht etwas mit der Geschichte am Strand zu tun hatten. Er hatte den Gedanken längst verworfen, als er die Klinke zum Polizeirevier aufdrückte. Leichter Gestank nach Erbrochenem, vermischt mit Tabakrauch, lag bleiern im Raum. Von seinem Deputy war nichts zu sehen, nur aus der Toilette vernahm er dumpfe Scheuergeräusche, und danach wurde die Klosettspülung betätigt. Michael O'Keefe trat aus der Tür, kreidebleich mit nassen Flecken auf der Uniform gab er ein verletzliches Bild von menschlicher Schwäche ab.

Er steuerte, ohne seinen Vorgesetzten anzuschauen, den Schreibtisch an und machte sich mit linkischer Gestik an ihm zu schaffen. O'Malley beobachtete ihn mit argwöhnischem Grinsen.

„Nun, sind die Fotos schon entwickelt? Kann ich sie mal anschauen?"

„Nein, natürlich nicht. Ich bin gerade erst gekommen und musste mich zuerst waschen, aber in etwa einer Viertelstunde habe ich sie entwickelt..." O'Keefe stand auf, schnappte sich die Kamera und verschwand in der am Ende des Flures liegenden Dunkelkammer.

Der alte, leicht vergammelte Bürostuhl ächzte unter dem Gewicht von O'Malley, als er sich hineinplumpsen liess. Die Augen von Angus schweiften über die gegenüberliegende Wand und blieben am Bild, das leicht schräg an einem Nagel hing und den amtierenden Präsidenten der Republik Irland porträtierte, hängen. Wie vergänglich, dachte er, ohne den Blick abzuwenden. Den einen Fuss auf dem Schreibtisch drapiert, die Arme hinter dem Kopf verschränkt, starrte O'Malley auf die Gestalt, die ihn mit weichgezeichneten Augen unverhohlen betrachtete. Warum werden die Wände aller Amtsstuben auf der Welt mit Porträts von Personen zugepflastert, die den Menschen, die dort arbeiten, nichts bedeuten, dachte er, und wieso hängt man nicht Bilder der Angehörigen der Beamten, zum Beispiel Vater und Mutter oder das Bild von der Frau des Reviervorstehers auf, dann würde jetzt seine Frau Imelda dort an der Wand hängen und ihm vielleicht intuitiv verraten, wie er den Fall zu lösen hätte. O'Malley suchte mit der linken Hand nach dem Telefonbuch, das schräg unten in einer Schublade lag. Er hatte den Entschluss gefasst, dass diese Angelegenheit wohl eine Nummer zu gross war für einen Dorfpolizisten in einem kleinen Revier am Ende der Welt. Seine Arbeit hatte nichts mit Recherchieren über anderer Leute Leben zu tun, sein Tun bestand darin, die Ordnung im Dorf aufrechtzuerhalten und Auswüchse von Kerlen zu unterbinden, die im Pub dem dunklen Starkbier allzu häufig Gelegenheit gaben, ihre Hirnmasse zu ertränken. Er begann, die Wählscheibe am schwarzen Apparat zu drehen, als sein Deputy aus der Dunkelkammer kam und ihm die Fotos auf den Tisch knallte. O'Malley liess den Hörer fallen ob dem, was er sah.

„Was soll das? Sind das die Fotos, die du am Strand gemacht hast? Das ist doch nicht dein Ernst?" Angus schaute mit weit geöffneten Augen auf seinen Untergebenen. „Das ist wirklich dein Ernst, ich glaub' es nicht. Was soll ich mit den Bildern machen?" Dabei hielt er vier Fotos in die Höhe. „Und dann noch so viele? Du bist wirklich talentiert, das muss man dir lassen. Wer bringt es schon fertig, an einem Morgen einen Film zu verknipsen, von dem nur vier Bilder zu gebrauchen sind? Auf dem ersten ist ein Bein zu sehen, wahrscheinlich von dem Toten, auf dem zweiten ein verschwommener Schädel, ich nehme an, auch von der Leiche, und jetzt kommt das schönste Foto, Numero drei…, deine Kotze in Grossaufnahme gestochen scharf! Schade, dass es nur in Schwarzweiss ist und nicht in Farbe, da würde es einem so richtig schlecht werden beim Betrachten. Ach, und die Nummer vier, eine wirklich schöne Landschaftsaufnahme, ich gratuliere, du bist der geborene Fotograf!"

„Ich kann doch auch nichts dafür, wenn mir beim Anblick von Leichen schlecht wird. Ich kann auch in kein Spital, ohne dass es mir den Magen umdreht", mäkelte O'Keefe und sah dabei noch genauso aschfahl im Gesicht aus wie am Strand.

Der dreiminütige Regen, der über Lahinch niederging, roch nach Fisch und Salz. Trotzdem wagte sich O'Malley vor die Reviertür, um nach dem Auto des Detektivs, der von Tralee herkommen sollte, Ausschau zu halten. Nachdem er vor Stunden mit dem Bezirksrichter telefoniert und ihm die Sachlage präzise geschildert hatte, versprach dieser, ihm seinen fähigsten Mann zu schicken. O'Malley hielt nichts von Stadtmenschen, die in sein Revier eindrangen, keine Ahnung von Land und Leuten hatten, dafür aber ihr loses Mundwerk nicht unter Kontrolle brachten. Der Gedanke war nur halb zu Ende gedacht, als ein Auto auf ihn zuhielt und mit schaukelnder Karosserie vor der Amtsstube zu stehen kam. Die Tür der schwarzen Limousine öffnete sich einen Spalt breit, um gleich danach wieder geschlossen zu werden. Angus O'Malley versuchte einen Blick ins Innere, auf die Passagiere, zu erhaschen, sah aber zu seinem Leidwesen nur einen Regenschirm, der zu früh, also schon im Auto, aufgespannt wurde. Hektik brach aus, Stimmen wurden laut, bis endlich die Tür ein zweites Mal geöffnet wurde und sich ein hagerer Mittfünfziger unter dem Schirm als der beste Mann von der Kriminalpolizei in Tralee zu erkennen gab. Grau war die Farbe des Gesichts, stechende Augen hinter einer randlosen Brille, deren Gläser bei jeder Kopfbewegung spiegelten, liessen den schwarzhaarigen Mann, dessen messerscharfe Stimme kommandierend klang, auch nicht sympathischer erscheinen.

„Sind Sie der Reviervorsteher, oder machen Sie hier nur den Portier?"

Ein leichter Schauer lief über O'Malleys Rücken. Die Stimme hatte einen besonderen Akzent, und er glaubte, sie schon irgendwo gehört zu haben. Ohne zu antworten, aber mit einer kleinen Seitwärtsbewegung mit dem Kopf öffnete O'Malley die Tür zu seiner Amtsstube.

„Mein Name ist King, Charles King. Ich bekleide den Rang eines Chefinspektors bei der irischen Kriminalabteilung und soll hier einen unaufgeklärten Mordfall bearbeiten. Frage: Wer sind

Sie, und wo ist die Leiche?"

Das sind zwei Fragen, du blöder Trottel, dachte O'Malley und schlenderte betont langsam hinter seinen Schreibtisch. Er hatte schon den Namen Bond, James Bond, auf den Lippen, verkniff sich aber die Anspielung. Sehr wahrscheinlich hätte der Kerl den Scherz noch in den falschen Hals gekriegt und den Aufstand geprobt. Typen wie dieser King waren O'Malley ein Gräuel. Sie kamen aus der Stadt angetanzt, versuchten ihr Imponiergehabe durchzusetzen und betrachteten alle auf dem Lande samt und sonders als verblödet. O'Malley fühlte sich verletzt in seiner Anerkennung, doch war er klug genug, sich seinen Frust nicht anmerken zu lassen, und versuchte diplomatisch seinen Gegner, als den er King betrachtete, zu umgarnen.

„Mein Name ist O'Malley, Angus O'Malley. Ich bin der Reviervorsteher in diesem Ort. Das dahinten ist mein Deputy Michael O'Keefe...", sein gestreckter Zeigefinger deutete auf den geschäftig wirkenden O'Keefe, der sein Haupt tief in irgendwelchen unwichtigen Papieren vergraben hatte. „Die Leiche liegt im alten Spritzhaus, eine halbe Meile von hier, aufgebahrt auf einem Anhänger des Bauern Reily..."

„Na, so ausführlich wollte ich's ja nicht wissen, es genügt, wenn Sie mir Anhaltspunkte mitteilen! Etwas wie und wo hat man den Leichnam gefunden, wie heisst die Person, männlich oder weiblich, so in der Art, dafür präzise."

Die Magenschleimhäute von O'Malley begannen zu rebellieren. Er hatte es gewusst, dieser Kerl würde ihm Ärger bereiten. Nur, dass es schon so bald sein würde, überraschte ihn dann doch.

„Nun, die männliche Leiche wurde heute Morgen von der kleinen Tochter des Bäckers O'Ryan unten am Strand gefunden. Den Namen des Toten wissen wir nicht, auch nicht die Umstände, die zu seinem Tode führten."

„Gibt es Fotos von der Fundstelle, Zeichnungen oder dergleichen?"

„Deputy O'Keefe hat Fotos gemacht, aber..."

„Kann ich die Zeugin sprechen, oder wurde sie schon verhört? Gibt es ein Protokoll?"

„Welche Zeugin, was für ein Protokoll? Von wem sprechen Sie? O'Ryans Tochter ist sechs Jahre alt und hat die Leiche beim Spielen entdeckt, sie war keinesfalls bei der Tat dabei oder hat irgendetwas beobachtet!" O'Malley wurde leicht nervös über so viel Stumpfsinn, den dieser Kerl von sich gab, trotzdem bemühte er sich, dem Chefinspektor die Fragen exakt zu beantworten.

„Kann ich mit der Kleinen sprechen, oder gibt es da auch irgendein Problem?"

„Über der Strasse, da liegt die Bäckerei." O'Malley machte Anstalten zu gehen, der Chefinspektor hielt ihn am Ärmel der Uniformjacke zurück.

„Sprechen tu' ich mit dem Kinde, und nur ich. Haben wir uns da verstanden!" Seine Augen stachen in das Gesicht von O'Malley.

„Sicher", sagte O'Malley und wiederholte es ein zweites Mal. „Sicher."

Vor der Tür der Bäckerei hielten sie einen Augenblick inne. Schauten die Strasse rauf und runter, ehe der Chefinspektor die Klinke niederdrückte und in den Laden stapfte. Weit hinten im Raum girrte eine Glocke, die sich anhörte, als würde sie mit ausgelaugten Batterien betrieben. Über dem Verkaufstresen, der den kleinen Raum beherrschte und mit kleinen Fenstern aus Glas eingerahmt war, die die spärliche Auslage mehr verdeckten als präsentierten, hingen wie an einer Perlenschnur ausgerollte, klebrig anzuschauende Fliegenfänger, die ihren Dienst schon längst eingestellt hatten, da auf der Fläche des schmalen Bandes kein Platz für Neuzugänge mehr frei war. Gestelle, die den Wänden entlangliefen, quollen über von Dingen des täglichen Gebrauchs, ein Sammelsurium von menschlichen Bedürfnissen. Über und unter den Brettern der Gestelle herrschte ein heilloses Durcheinander von Artikeln, deren Bedeutung wohl nur der Inhaber dieses Gemischtwarenhandels kannte. Hinter dem Tresen kam Leben in die Bude, als ein korpulenter Mann plötzlich aus dem Nichts auftauchte und die Besucher argwöhnisch fixierte.

„Ach Angus, du bist das?", richtete er das Wort an O'Malley, dabei verschnürte er die beiden Leinen seiner alten, seit Wochen nicht mehr gewaschenen Schürze dreimal um seinen dicken Bauch, bevor er sie in der Mitte seiner Körperwölbung verknotete. „Was kann ich für dich tun?", meinte er nach seiner anstrengenden Tätigkeit, die ihm den Hals anschwellen liess.

„Chefinspektor King aus Tralee hat noch ein paar Fragen an die kleine Rachel..., du weisst schon, wegen der Leiche am Strand."

„Ich kenne keinen Inspektor. Wie, sagtest du, heisst er?"

„Chefinspektor King ist mein Name!", meldete sich der Mann von Tralee aus der Trance zurück, in der er sich befand, seit er den Raum betreten hatte. Diese Flut von Gebrauchsartikeln bis hin zu Illustrierten und Zeitungen verwirrte ihn so sehr, dass er seinen Auftrag kurzerhand vergass und erst durch das Palaver der beiden wieder in die Realität zurückfand.

„Ich möchte mich mit Ihrer Tochter unterhalten, wenn es möglich wäre, sofort!"

„Oh, das ist nicht möglich, tut mir leid."

„Ach, ist sie nicht zu Hause?"

„Doch, doch, zu Hause ist sie schon. Aber mit Ihnen sprechen kann sie nicht. So leid es mir tut."

„Was soll das heissen! Sie ist zu Hause, kann aber nicht mit mir sprechen. Holen Sie Ihr Kind her, ich sprech' dann schon mit ihm."

„Sind Sie taub? Ich habe Ihnen doch gesagt, dass es nicht geht. Angus, sag's du ihm, mich versteht der Kerl offenbar nicht!"

O'Malley trat von einem Fuss auf den anderen. Blöde Situation, in der er sich befand. Chefinspektor King enthob ihn einer Antwort.

„Jetzt hören Sie mir einmal gut zu. Wenn ich das Kind nicht sofort zu sehen kriege, dann…"

„Was dann? Wollen Sie mir etwa drohen?" Tom O'Ryan kam hinter dem Tresen hervor und bewegte sich auf King zu. O'Malley trat mit einer Seitwärtsbewegung zwischen die Kampfhähne.

„Niemand will hier jemandem etwas antun, wir wollen uns nur unterhalten. Stimmt's, meine Herren!"

Die Situation entspannte sich erst, als die Türglocke schepperte und eine Frau mit Einkaufstasche am Arm das Geschäft betrat.

Draussen auf der Strasse stampfte King widerwillig mit dem Fuss auf die Pflastersteine. Der Geruch nach frischem Brot, vermischt mit Rauchschwaden aus Torffeuer, begleitete seinen Gefühlsausbruch. O'Malley zog sein Taschentuch aus der Hose, hielt es an seine Nase und schnäuzte kräftig dagegen.

„Was war das denn", King malträtierte die Pflastersteine weiter. „Ist dieser Kerl verrückt? Oder einfach nur blöde?"

„Sie sind nicht aus Irland, hab' ich recht?" O'Malley verstaute sein Tuch zusammengefaltet in der Hosentasche.

„Nein, ich komme aus England. Aber was hat das damit zu tun?"

„Sehr viel. Die Mentalität eines Irländers unterscheidet sich von anderen Inselbewohnern extrem. Seine Freundlichkeit gegenüber Fremden bedeutet nicht zwangsläufig, dass er sie an seinem Seelenchaos teilhaben lässt. Was sein Innerstes betrifft, darüber schweigt er sich aus."

„Nun kommen Sie mir nicht damit. Von wegen Mentalität. Ich lebe schon viele Jahre auf dieser Insel, aber noch niemand wollte mit mir über sein verkorkstes Innenleben sprechen. Und was diesen Kerl betrifft…", sein Daumen zeigte auf die, vom Schmutz blinde Fensterscheibe, der Eingangstüre. „Dazu brauche ich keinen unterbezahlten Reviervorsteher in einem öden irischen Dorf und keinen verblödeten Seelenklempner, der mir verrät, dass dieser Typ verrückt ist. Und jetzt lassen Sie uns nach der Leiche sehen, vielleicht ist die ja ein bisschen umgänglicher als der Rest hier."

O'Malley versuchte Schritt zu halten mit dem losstürmenden Chefinspektor. Dieser wusste zwar nicht, wohin, hatte aber die Richtung zum Feuerwehrdepot eingeschlagen, und so liess ihn O'Malley vor sich hertraben und dirigierte den Mann mit wenigen hinterhergerufenen Worten ans Ziel.

Am Spritzenhaus angekommen, rüttelte King als erstes an den alten Toren, um nachher spitzfindig festzustellen, dass sie verschlossen waren. O'Malley schüttelte den Schlüssel aus der Hosentasche und sperrte die Tore auf. Sam Reilys Anhänger stand wie verlassen in der umgebauten Scheune, und King schaute blöd grinsend auf seinen Adjutanten.

„Wo ist denn nun die Leiche? Doch nicht etwa abgehauen oder gestohlen?" Durch die hohen Bordwände des Anhängers konnte man den Leichnam nicht einsehen, was den Chefinspektor zu dieser Äusserung veranlasste. Angus O'Malley wünschte sich nichts sehnlicher herbei als die Stunde, an der dieser Idiot wieder sein Dorf verlassen würde. Ohne zu antworten, stieg er auf den Hänger und schlug die Plane so weit zurück, dass man die Füsse der Leiche sehen konnte. Chefinspektor King tat es ihm gleich, wuchtete seinen mageren Körper über ein Rad und hangelte sich an der Bordwand hoch, wobei seine Flüche irgendwo in der Scheune verlorengingen.

„Der fängt ja schon an zu stinken!", war die einzige Beileids-bekundung seinerseits, als er die Leiche erblickte, und: „Wie lange liegt der schon hier?"

Er riss die Plane ganz vom Körper des Toten. Die kleinen Krabben, die sich immer noch unter der Plane befanden, be-gannen ihr Spiel aufs Neue. Durch die plötzliche Helligkeit ver-harrten sie einen Moment in Abwartestellung bevor sie ihr hek-tisches Tun wieder aufnahmen, nur um O'Malley damit zu är-gern.

„Wie ich schon sagte, seit heute Morgen!" O'Malleys Worte fielen heftiger aus, als er wollte, einerseits der Krabben wegen, andererseits hatte er es satt, sich ständig zu wiederholen. Konnte sich der Kerl denn nichts merken? Wie war der bloss zu seinem Titel gekommen, fragte er sich insgeheim, als er die Menschen unter dem Torbogen erblickte. Zwanzig oder dreis-sig Männer und Frauen drängelten sich unter der Tür und schauten verwundert auf ihn und den Inspektor.

„Was wollt ihr denn hier!" O'Malley stieg vom Anhänger her-unter und ging auf die Menschen zu.

„Ach, Herr Reviervorsteher, bitten Sie die Herrschaften doch näher zu treten", hörte O'Malley im Rücken den Chefinspektor plärren. Die Neugier als Antriebsmotor liess bei vielen die an-geborenen Hemmungen vergessen. Was als Aufforderung ge-dacht war, endete mit einem Run auf die besten Plätze. O'Mal-ley konnte sich gerade noch mit einem Sidestep aus der An-griffslinie retten, sonst wäre er kaltblütig überrannt worden. Abwartend stand die Menge vor dem Anhänger und schaute zu einem Chefinspektor auf, der wie ein Feldherr auf der Brücke stand und die Leute von oben herab dirigierte.

„Hat jemand von den Herren ein Fläschchen Whiskey da-bei?" King schaute erwartungsvoll in die Runde. Zuhinterst in der Reihe streckte ein alter Mann seine Hand hoch, in der sich eine kleine, blecherne Flasche mit einem farbig aufgedruckten Markenzeichen befand. Viele Hände beförderten den Flachmann eilig in die ausgestreckte Hand von King.

„Hier Herr Kommissär!" Eine junge Frau drückte sich an den Anhänger, mit gerötetem Gesicht vor lauter Aufregung.

„Chefinspektor! Soviel Zeit muss sein!" Das Gesicht der Frau glühte, diesmal wegen der tadelnden Worte des Fremden.

„Constabler O'Malley! Würden Sie mir bitte die hintere Lade öffnen, damit die Leute den Mann sehen. Vielleicht erkennt ihn jemand, das würde uns eine Menge Laufarbeit und Zeit ersparen."

Chefinspektor King war in seinem Element. Von oben herab fremde Menschen zu kommandieren, zusehen, wie sie seine Befehle ausführten, und dafür noch bewundert zu werden, das liebte er geradezu.

Umständlich öffnete er die Blechflasche, indem er mit zwei Fingern den Korken aus dem Hals zog, und stürzte den Inhalt theatralisch in die Kopfwunde der Leiche. Ein Raunen ging durch die Menge. King hatte eigentlich einen Applaus erwartet, doch nur der Besitzer der Flasche beschwerte sich lauthals über so eine üble Verschwendung der kostbaren Flüssigkeit. Die Krabben verharrten ruhig in ihrer jeweiligen Lage in der Annahme, dass es sich um Wassertropfen handele, versuchten sich dann hektisch von dem Alkohol zu befreien, um nachher fluchtartig die Umgebung zu verlassen. Aus der Öffnung sprudelten kleine Tierchen wie Menschen aus dem U-Bahn-Schacht während der Rushhour. O'Malley nahm es mit Befriedigung zur Kenntnis und fragte sich, wieso ihm diese Idee nicht schon längst gekommen war, wurde dann aber in seinen Gedankengängen gestört, als ihn der Chefinspektor zu Hilfe rief.

„Helfen Sie mir, den Toten auszurichten, damit die Leute das Gesicht sehen können!"

Vereint wuchteten sie den Oberkörper des Leichnams hoch,

dessen Haupt durch die eingetretene Leichenstarre leicht schief am Halse hing, die angewinkelten Arme grotesk vom Körper wegstanden und dem Toten das Aussehen einer Marionette gaben.

„Wer kennt diesen Mann, wer weiss seinen Namen und wo er herkommt?", rief King in die Runde und suchte in jedem Gesicht nach einer Antwort.

Sam Reilys Frau Betty machte den Anfang mit Vermutungen über Herkunft und Namen der Leiche, wurde aber von den Mitbürgern darüber aufgeklärt, dass dieser Mann mit diesem Namen schon längst auf dem Gottesacker der Nachbargemeinde ruhen würde. Beleidigt verzog sie sich in die hinterste Reihe, zu dem alten Mann, der dem verschütteten Whiskey nachtrauerte. Daraufhin versuchte Kate, die Frau des Bäckers O'Ryan, ihr Glück und spekulierte mit Namen wie andere mit Aktien an der Börse. Bei jedem Namen, den sie aufrief, ging ein verneinendes Blöken durch die Menge und liess die Hoffnung beim Chefinspektor, doch noch ein brauchbares Resultat zu kriegen, auf den Nullpunkt sinken. Als die Bäckersfrau endlich den letzten falschen Namen ausgesprochen hatte und sich alle mit der Realität abgefunden hatten, eben nichts zu wissen, löste sich aus dem Halbdunkel der hintersten Ecke eine Frau mit Kopftuch und Regenmantel.

Mitte sechzig, gegerbtes Gesicht von der vielen Arbeit auf dem Felde, gekrümmte Wirbelsäule vom Tragen schwerer Lasten, bewegte sie sich am Stock gehend auf den Anhänger zu und schaute zuerst in das Antlitz des Toten, dann in das Gesicht von O'Malley.

„Sie sind noch nicht genug lange in diesem Dorf als Reviervorsteher, um diesen Mann zu kennen. Aber die Älteren unter euch...", sie drehte sich zu den Menschen hinter ihrem Rücken um. „Ihr alle kennt den Namen des Mannes, der jetzt tot auf dem Anhänger liegt, und ihr wisst alle um seine unrühmliche

Geschichte. Tut jetzt nicht so, als würdet ihr ihn nicht erkennen." Dann drehte sie sich wieder zu Chefinspektor King um, fixierte seine Augen, bevor sie weitersprach: „Es gibt Menschen, die vergisst man nie, heisst es. Sei es, weil man sie liebte oder weil man sie hasste. Doch geliebte Menschen bleiben in Erinnerung, nur die, die gehasst wurden, die verblassen mit der Zeit im Gedächtnis. Aber diesen hier...", sie stiess mit ihrem Stock gegen die Leiche, „...werden wir wohl alle niemals vergessen."

„Sie kannten ihn also?" Die Frage von King ging an alle Anwesende, obwohl er nur die betagte Frau beobachtete.

„Gekannt? Wer kennt schon seine Mitmenschen? Nein, so richtig gekannt hat ihn niemand. Aber die Geschichten, die sich um ihn rankten, die kenne ich..."

„So, was denn für welche?"

„Wenn Sie Details hören wollen, Herr Inspektor, pardon, Herr Chefinspektor, dann müsse Sie die Damen im Dorf und auf dem Lande befragen, die können Ihnen genauere Auskunft über diesen Mistkerl geben!"

„Interessant. Aber den Namen, gute Frau, den könnten Sie mir doch wenigsten verraten. Oder muss ich zuerst aufs Land, um den zu erfahren?" Hämisches Gelächter folgte auf die Frage des Inspektors.

„Nein, den gebe ich Ihnen mit auf den schweren Weg, den Sie gehen müssen, um diesen Fall zu klären, damit Sie wissen, welchem Teufel Sie hinterherrennen. Seine Eltern tauften ihn auf den Namen..." Die Frau hielt inne.

Vor dem Tor kam ein Wagen zum Stillstand. Durch das von toten Insekten verschmutzte Glas der Autoscheibe glotzten zwei Männer irritiert auf die Gruppe von Menschen, die sich im Spritzenhaus drängten. Deputy O'Keefe und der Fahrer des Leichenwagens wähnten sich schon auf der Beerdigung der Leiche über diesem Anblick. Die Ankunft der beiden brachte die Ermittlung zum Stoppen, indem sich alle nach ihnen umdrehten und den schwarzen Wagen mit den hinten angebrachten Milchglasfenstern anstarrten. Als dann der Fahrer auch noch ausstieg, um die Klappe zu öffnen, der den Blick auf den Blechsarg freigab, war es mit der Disziplin der Anwesenden vorbei. Alles drängelte nach draußen, um den Wagen samt Inhalt zu bestaunen.

O'Malley und die Frau im Regenmantel blieben bei der Leiche zurück, während Chefinspektor King mit einem Satz vom Anhänger sprang, hatte er doch einen Namen vernommen, der im allgemeinen Tumult untergegangen war. Ein Name, der sein vorangegangenes Leben penetrant verfolgt hatte.

„O'Connor, Paddy O'Connor!", sagte die Frau. „Verabscheut und von allen geächtet als *der Zinnmann*!"

Paddy O'Connor

Dunkelgraue Wolken tobten über dem Meer, wie von einer unsichtbaren Hand gezogen, bauschten sie sich zu Türmen hoch, um nacheinander wieder zu verflachen. Sturmböen trieben die Wellen mit hoher Geschwindigkeit an den Strand. Zwischen den Felsen verfingen sich unzählige Luftblasen, die komisch anzusehende Schaumgebilde produzierten. Über Felder und Wiesen strich der Wind, als hätte eine gigantische Walze alles plattgedrückt. Dicke Regentropfen klatschten an die Fenster des weissen, riedgedeckten Cottages mit den lustig grünen Fenstereinrahmungen, das sich einsam an eine Felsklippe kurz vor dem Abgrund schmiegte und Gefahr lief, von einer Sturmböe erfasst in die kochende See zu stürzen.

Paddy O'Connor kämpfte sich durch den vom vielen Regen aufgeweichten Boden, gegen den Wind stemmend, zur Haustüre vor. Schlüpfte trotz grösserer Menge Matsch an den Stiefeln und vorprogrammiertem Ärger mit seiner Frau durch die Tür ins Haus. Vorsichtig zog er an den Lederstiefeln, um möglichst wenig Spuren auf dem Fussboden zu hinterlassen, und hängte seinen Mantel an den Haken der Garderobe.

Drinnen war es wohlig warm. Im Kamin brannte ein Torffeuer, und um den gedeckten Tisch sassen seine Frau Hazel mit den beiden Kindern Elliot und Sarah. Paddy O'Connor erfreute sich immer wieder seiner Familie, wenn er nach getaner Arbeit nach Hause kam.

„Wo bleibst du denn so lange? Wir warten mit dem Abendessen schon eine Stunde auf dich!" Hazel O'Connor zog ihr Gesicht in Falten. „Warst wohl wieder im Pub?"

„Benny Moore hat mir heute zwei Schafe angeboten, ein Pärchen. Vielleicht steck' ich's zu den anderen." Paddy ging nicht auf die zänkische Frage seiner Frau ein, sondern schnappte sich ein Stück Brot und begann die Suppe zu löffeln, die dampfend vor ihm auf dem Tisch stand und mit ihrem Geruch den Raum erfüllte.

„Was willst du denn mit noch mehr Schafen, wenn das Futter für die, die wir haben, schon zu wenig ist? Das bisschen Weide neben dem Haus reicht doch hinten und vorne nicht aus."

„Benny hat gesagt, er gibt mir seine kleine Weide am Südzipfel der Bucht noch dazu. Dann würde es reichen. Niall O'Flynn sagt übrigens dasselbe."

„Ach, Benny und Niall sind sich wieder einmal einig, ich höre immer nur von ihnen. Hast du denn dazu keine eigene Meinung? Verlässt dich immer nur auf andere..., und dann, zwei Monate später, jagt er dich wieder davon. Auf Benny Moore ist kein Verlass, das weisst du genauso gut wie ich."

Hazel O'Connor war eine klug denkende Frau, die ihrem Mann Paddy die Flausen aus dem Kopf trieb, ohne dass er sich untergeordnet vorkam. Sie hielt die Familie zusammen, mit dem wenigen, das sie besassen.

„Ich überleg's mir noch, obwohl ich so gut wie zugesagt habe." Er zwinkerte seinen Kindern über den Tisch zu, lächelte dabei verschmitzt und steckte damit seine Jungen an, die ebenfalls in sein Gefeixe einstimmten.

„Was ist los, lacht ihr über mich?" Hazel liess argwöhnisch ihre Augen über die hämisch grinsenden Gesichter der Familie wandern.

„Nein, nein", beruhigte Sarah ihre Mutter. „Es ist bloss... aua!" Sie bekam von ihrem Bruder einen Tritt an ihr Schienbein und versuchte mit den Beinen wild zappelnd Elliot ebenfalls zu treffen. Dabei stiess sie den Milchkrug um und hinterliess auf dem Tisch einen kleinen weissen See.

„Muss das sein! Könnt ihr nicht besser aufpassen. Müsst ihr

euch immer bei Tisch zanken? Die schöne Milch…, sag du auch mal was!"

„Kinder, ihr habt gehört, was eure Mutter gesagt hat. Hol ein Tuch, Sarah, und wisch das weg."

Paddy konnte somit von seinem Problem ablenken, was ihm sehr recht kam, da er die Meinung seiner Frau über Neuanschaffungen kannte und den Zwistigkeiten aus dem Weg gehen wollte. Seine schwere Arbeit unter Tage, der Abbau von Zinn, Kupfer und Eisenerz in halbdunklen, feuchten, unterirdischen Stollen, bereitete ihm in letzter Zeit viel Mühe und verursachte depressive Zuständen, die in Albträumen endeten. Er hasst die Nächte, in denen er im Bett auf dem Rücken lag und wirres Zeug seine Gehirnwindungen erfasste. Böses Spiel, von dunklen Mächten getrieben, abgrundtiefe Verwirrnisse, die in schweissgebadeten Laken ein abruptes Ende fanden. Seit geraumer Zeit flüchtete Paddy O'Connor in den Alkohol. Hazel, die ihn darauf ansprach, beschwichtigte er mit Ausflüchten über harte Arbeit, Ärger mit den Kumpels und dergleichen. Doch der Konsum an Alkohol nahm ständig zu, und der Arbeitslohn floss mehr oder weniger in den Pub am Ort. Als die Lohntüte immer kleiner wurde, reagierte Hazel, indem sie zum Arbeitgeber ging und den Lohn jede Woche selber abholte. Paddy tobte über so viel Unverfrorenheit, schickte sich aber der Familie willen in den alkoholfreien Zustand. Eine Zeitlang ging es sehr gut, und Hazel schöpfte Hoffnung für ihren Mann, wurde aber bitter enttäuscht, als sie merkte, wie das Übel von vorne begann, indem Paddy wieder mit der Sauferei anfing. Eines Tages ging sie in den Pub, zahlte die ausstehende Rechnung und stellte dem Wirt das Ultimatum. Entweder gab er ihrem Paddy nichts mehr auf Kredit, ansonsten sie mitsamt ihrer Familie bei ihm einziehen würde und bei ihm Kost und Logis erwarte, natürlich ohne Bezahlung derselben.

Paddy kam von diesem Moment an immer pünktlich nach der Arbeit nach Hause, und Hazel hoffte damit die Talsohle überwunden zu haben. Es ging auch tatsächlich mit ihnen aufwärts. Sie hatten keine Schulden, genug Geld für Essen und Kleider und Hazel brachte sogar noch ein wenig in den Sparstrumpf. Damit schaffte Paddy sich vier Schafe und sechs Hühner an, davon war, wie sich später herausstellte, ein Huhn gar kein Huhn, sondern ein Hahn, der dann auch rasch in den Kochtopf wanderte.

Um sechs Uhr morgens rasselte der Wecker auf dem aus ein paar Brettern zusammengezimmerten Nachtkästchen. Paddy setzte sich im Bett auf, wartete eine Moment und, erdrückt von einem Albtraum der übelsten Sorte, suchte nach Hemd und Hose auf dem Boden, streifte die Hosenträger beim Runtergehen in die Küche über und holte aus der Speisekammer ein Glas kalte Milch zum Frühstück. Er gähnte dabei ausgiebig in die hohle Hand. Das Mittagessen, das aus Brot und einem Apfel bestand, steckte er in die Hosentasche und machte sich auf den Weg zur Mine. Draussen vor der Tür empfing ihn die Morgendämmerung, dazu leichtes Nieseln und der Rauch von Torf aus dem Kamin, in den er vorher zwei ziegelsteingrosse Stücke geworfen hatte. Paddy O'Connor nahm jeden Tag in der Woche, ausser sonntags, denselben Weg über das Moor unter die Füsse, um an seine Arbeit zu kommen. Gegenüber seinen Arbeitskollegen, die bis zu drei Tagen Fussmarsch zur Mine hatten, war er in gut einer Meile dort. Er konnte nach Feierabend zu seiner Familie zurück, während andere nur einmal im Monat Frau und Kinder sahen.

Den Nebel, der bleiern auf der Moorlandschaft lag und ihn auf Kniehöhe begleitete, nahm Paddy gar nicht mehr wahr. Er hing seinen Gedanken nach, versuchte eine Ausrede für die Schafe zu erfinden, damit er vor seinen Kumpels nicht als

Memme dastand. Hazel, so lieb er sie auch hatte, konnte manchmal richtig eklig sein mit ihren Verboten.

Die riesengrosse weisse Aufschrift Mathieu & Sons, die am Maschinenhaus prangte, rückte in sein Blickfeld, er war da. Am Horizont zeigte sich das fahle Licht der aufgehenden Sonne, während die Flut sich langsam zurückzog. Paddy hatte für die überwältigende Aussicht von der Plattform, auf der die Zinnmine stand, kein Auge, denn Benny und Niall erwarteten ihn mit schiefem Grinsen.

„Na, wie steht's mit unserem Geschäft?", meinte Niall O'Flynn mit gelassener Häme, als Paddy nah genug an sie herangetreten war. Benny Moore stand feixend daneben und hielt seine Hände in der Hosentasche vergraben. Paddy wusste genau, auf wen der Spott abzielte, liess sich aber auf keine Konfrontation mit den beiden ein.

„Lass Hazel aus dem Spiel, sie hat damit nichts zu tun! Und jetzt macht Platz, ich muss zur Arbeit." Er zwängte sich mittendurch und ging zur Umkleidebaracke. Benny und Niall folgten ihm. Als Paddy die Arbeitskleidung aus dem Umkleideschrank holte, sie mit seiner vertauschte, flog mit einem Knall die Tür zu, und dahinter stand Niall mit finsterem Gesicht.

„Hatte dein Auftritt vorhin etwas damit zu tun, dass du die Schafe nicht mehr haben willst? Oder ging es nur darum, den Preis zu drücken?" Nialls Nase war schneeweiss und stach spitz aus seinem Gesicht.

„Niall, wenn du oder Benny partout etwas verkaufen wollt, dann ist bestimmt etwas nicht in Ordnung! Ich geh' jede Wette ein, die Tiere haben die Räude oder sind sonst wie krank."

„Das nimmst du zurück. Wir lassen uns nicht Betrüger schimpfen, von dir schon gleich gar nicht!" Benny machte Anstalten, auf Paddy loszugehen: Niall schob sich dazwischen.

„Lass mal, Benny! Von dem lassen wir uns nicht beleidigen.

Mit dem werden wir noch allemal fertig", und zu Paddy geflüstert: „Du Hund, wirst mich noch kennenlernen!"

Paddy liess sich sehr viel Zeit mit dem Umkleiden, er wollte nicht hinter Niall und Benny den Eingang zum Stollen betreten. Die Drohung steckte noch in seinen Gliedern, als er steifbeinig den Weg in den Tunnel ging, der ihn nach unten bringen sollte. Ein letzter Blick zum grossen Rad, an dem das Transportseil hing, ein flüchtiges Bekreuzigen mit Blick gegen den Himmel war das Ritual, das er jeden Tag beim Einstieg zelebrierte.

Langsam näherte Paddy sich dem Hohlgang und wurde von klaustrophobischer Enge erfasst, die in die nächsten zwölf Stunden begleiten würde. Der säuerliche Gestank von ätzendem Karbid; die nassen Granitwände, unregelmässig in Höhe und Breite herausgehauen, liessen ihn einmal aufrecht gehen, um ihn nachher in einen affenartigen Gang verfallen zu lassen. Meile um Meile in jahrelanger Arbeit in den Berg gehauene Hohlgänge gingen links und rechts von ihm ab. Über glitschige Eisentreppen fanden seine derben Stiefel den Weg nach tief unten. Um ihn herum tobte der Kampf von Maschine und Mensch gegen den Berg. Lange Schatten, hervorgezaubert durch die Karbidlampen auf jedem Helm, gaben der Umgebung den mystischen Eindruck von Scherenschnitten.

Paddy befand sich jetzt hundert Meter unter dem Meeresspiegel. Sein Arbeitsplatz war die unterste von fünf Plattformen, die schräge versetzt über seinem Kopf in schwindelerregender Höhe aufgebaut waren. Stickig feuchte Luft hing über dem Stollen und liess den feinen Staub, der die Gänge überzog wie goldbraunen Funkenregen auf die Arbeiter niedergehen. Nase, Lungen, alles wurde damit zugedeckt und nach der Schicht wieder ausgehustet.

Paddy stolperte über Holzbohlen und Eisenschienen zum Arbeitsplatz, den er gestern Abend todmüde verlassen hatte, und fand seine Arbeitsgeräte an die Wand gelehnt vor. Schaufel,

Hacke und ein Holmann-Pressluftbohrer schimmerten im Schein der Karbidlampe. Mit der Wut im Bauch, die nur ein Mann nach grober Beleidigung zum Ausleben fähig war, fasste er mit schwieligen Händen nach dem Bohrer und stiess ihn tief in den Berg. Gesteinsbrocken flogen um seine Ohren, die den infernalischen Lärm seit einiger Zeit ignorierten und Paddy die ersten Anzeichen von Taubheit zeigten. Seine Arbeit verlangte keinen hohen Intelligenzquotienten, keine millimetergenaue Arbeit, darum flüchtete Paddy sich in Tagträume, verlor sich in Vergangenem und suchte seine Identität in der Zukunft. Nach dem Streit mit Niall und Benny, wegen seiner Frau, fand er sich in Gedanken um Jahre zurückversetzt, an einem Erntedankfest von New Milltown, wo er seine Hazel kennengelernt hatte.

Übermütig und frohgelaunt vom vielen Genuss von Guinness, dem dunklen, malzhaltigen Starkbier, stakste Paddy O'Connor über den, mit Girlanden geschmückten, Festplatz. An den unzähligen Ständen vorbei, die mit Produkten von den Feldern der umliegenden Bauern überhäuft waren, die zum Verkauf angeboten wurden. Pferde, Schafe und Kühe wechselten nach stundenlangem Gefeilsche per Handschlag ihre Besitzer. Paddy konnte sich nicht sattsehen an den Tieren, die auf einer matschigen Strohunterlage in umzäunten Gehegen einer ungewissen Zukunft entgegenfieberten.

Handbetriebene, mit lauter Kirmesmusik versehene Kinderkarussels drehten vollbeladen mit fröhlichem Kinderlachen ihre vorgezeichneten Kreise. Zuckerbäcker, deren phantasievoll bemalte Bretterbuden den Duft nach gerösteten Mandeln und Honig verbreiteten, Verliebte in Hochzeitsstimmung, all dies und ein Teil des genossenen Alkohols, liessen Paddy in einem Sinnenrausch der unterschiedlichsten Genüsse baden. Durch die Umgebung in Hochstimmung versetzt, taumelte er auf einen grossen Festtisch zu, an dem die Honoratioren der kleinen

Stadt sich mit Biergläsern zuprosteten, und dann sah er unter der johlenden Menge das Gesicht, das er, wie er glaubte, in seinem Leben nie zu sehen bekommen würde. – Paddy sah Hazel zum ersten Mal.

Allein, wie sie hinter dem Tisch sass, herausgeputzt in ihrem neuen Sonntagsstaat, schmal und verletzlich, zwischen mächtigen Männern und trotzdem würdevoll und stolz.

Paddy glotzte nur auf den einen Punkt, zwischen den anderen Menschen, ja er gierte geradezu nach dem Wesen, das seine immer wiederkehrenden Träume mit Leben erfüllte. Er glaubte sich am Ziel seiner Odyssee nach dem langgesuchten Glück, seine Träume wurden erhört, sein Verlangen gestillt. Paddy wollte hintreten an ihren Tisch, wollte seine Gefühle darlegen, seine beste Seite offenlegen, werben, bar jeder Vernunft. Nach dem ersten zögernden Schritt stand plötzlich ein baumlanger Kerl vor ihm, aggressiv, wild gestikulierend.

„Was willst du hier? Verschwinde, mach, dass du fortkommst!" Und noch einmal: „Los, verschwinde!"

Paddy wusste nicht, wie ihm geschah. Völlig perplex aus einer Vorstellung gerissen, versuchte er instinktiv sich zur Wehr zu setzen. Mit erhobenen Fäusten stellte er sich seinem Gegner, um anschliessend zu der Erkenntnis zu gelangen, dass er sich der Lächerlichkeit preisgab. Brüllendes Gelächter vom Tisch her begleitete seinen Abgang, und trotzdem fühlte sich Paddy als Sieger, denn als er sich zum Kampf stellte, sah er aus dem Augenwinkel, wie erschrocken seine Angebetete reagierte, wie sie ihn fixierte und in sich aufnahm. Er sah für den kurzen Moment eines Wimpernschlages das Aufflackern in ihren Augen, registrierte beim Weggehen, dass sie als einzige am Tisch nicht lachte, und verbuchte den Sinnestaumel als persönliches Geschenk.

Paddy setzte alles daran, ihren Namen herauszufinden, ihre

Familie zu orten, die Gewohnheiten zu ergründen, er wollte ihr nicht nur im Geiste nah sein, sondern sie mit jeder Faser seines Körpers besitzen. Jeden Sonntag eine Stunde zu früh zur Kirche, erhaschen eines Blickes beim Aufgang, den Geruch ihres Körpers herausfinden, wenn sie, eingeklemmt zwischen Vater und Mutter, in seiner Nähe durch das Kirchenportal trat, und das Sitzen auf der gleichen Höhe in der Kirchenbank wurden die ganze Woche an der Arbeit als Ritual zelebriert.

Nach Monaten des Schmachtens, Sich-Verzehrens nach Liebe fand Paddy die Gelegenheit, sich seinem Objekt der Begierde zu nähern. Strategische Planung, konsequente Umsetzung, ein bisschen Glück, geschicktes Taktieren und Verhandeln brachten Paddy die Liebe, die er sich erhoffte. Obwohl sich Hazel am Anfang seiner Begegnungen zickig und abweisend verhielt, die sozialen Umstände sich als hinderlich erwiesen, war Paddy hartnäckig wie ein Fels im Wasser.

Monate vergingen, Zeit, die sie intensiv dazu nutzten, um ihre Liebe wachsen zu lassen. Sie trafen sich immer sonntagnachmittags, heimlich, an abgelegenen Orten. Einmal war es eine Höhle am Strand, dann wieder eine alte Hütte in einem abgelegenen Torffeld.

„Ich habe Angst…", meinte Hazel und spielte gedankenverloren mit einem Kieselstein, den sie zwischen den Zehen hin- und herbewegte.

„Wovor, vor wem?", fragte Paddy in das Plätschern der Wellen, die sich genauso träge an den Strand warfen, wie er sich auf dem Sand aalte, nachdem sich beide geliebt hatten.

„… vor einer ungewollten Schwangerschaft." Ihr kastanienbraunes Haar war hochgesteckt und unter einem Strohhut verborgen, im Nacken noch ganz feucht von der schweisstreibenden Tätigkeit des Liebemachens. Paddy strahlte, insgeheim in der Hoffnung, seinem Ziel ein Stückchen näher gekommen zu sein.

„Und?", fragte er vorsichtig. „Bist du schwanger, oder ist es nur ein Gedanke von dir?" Er drehte sich auf den Bauch und schaute Hazel in die Augen.

„Ich hoffe und bete, dass meine Gefühle mich betrügen, ansonsten Gnade dir Gott, wenn meine Brüder dich erwischen." Ihre grünen Augen flackerten unruhig, die Angst war echt.

„Die werden sich hüten, mir was anzutun. Stell dir bloss mal vor, sie müssten mein Kind aufziehen. Nein, nein, ich habe keine Angst." Der Klang seiner Stimme besagte das Gegenteil.

Die Vorahnungen von Hazel bestätigten sich einen Monat später.

„Wir dürfen uns nicht mehr treffen!" So empfing sie Paddy in der Höhle am Strand. „Ich werde alles auf mich nehmen und deinen Namen nicht erwähnen, irgendwann werden sich meine Brüder beruhigen und mich und das Kind akzeptieren."

„Gar nichts werden sie. Weil es nicht dazu kommt!" Paddys Gesicht schwoll unter der Zornesröte an und hatte damit die Farbe seines Haares. Die blauen Augen blitzten bösartig auf, und sein Körper bebte wie unter einer schweren Last. „Wir werden einen Ausweg aus dem Dilemma finden, ich werde dich heiraten, dann können deine Brüder uns mal!"

„Wie stellst du dir das vor? Kein Pfarrer in Irland wird uns ohne den Segen der Eltern trauen. Wir werden von meiner Familie unser ganzes Leben auf der Flucht sein. Geächtet und verbannt. Sollten sie uns trotzdem erwischen, werde ich geteert und gefedert, und mit dir passieren Dinge, an die du in deinen kühnsten Träumen nicht zu denken wagst. Das alles willst du wirklich auf dich nehmen, nur um deine Eitelkeit zu stillen?" Die Tränen schossen ungehemmt in ihre Augen und verdunkelten den Blick auf Paddy.

„Du wirst es erleben, denn du wirst an meiner Seite sein."

Sprach's, nahm sie bei der Hand und zog Hazel aus der Höhle ins Sonnenlicht, das die letzten Strahlen über das Meer schickte.

Eine grosse Fontäne traf Paddy O'Connor mitten im Gesicht. Entsetzt und verwundert zugleich, legte er den Presslufthammer beiseite und betrachtete mit Besorgnis die Öffnung im Gestein. Er hatte eine Wasserader punktiert, was im Untertagebergbau als äusserst unangenehm empfunden wurde, da Wassereinbrüche, solange sie noch gestopft und repariert werden können, nur hohe Verluste für den Betreiber bedeuteten, andernfalls würde die Mine dem Wasser zum Opfer fallen. Paddy versuchte einen Keil in den Riss zu treiben und hoffte, dass es sich um Süsswasser handelte, was da über seine Stiefel herunterlief, denn ein Wassereinbruch von der Meeresseite würde die Mine für immer zerstören. Ein Wettlauf mit der Zeit begann.

Angus O'Malley

Nachdem der *Zinnmann* in seine blecherne Kiste gebettet worden war, die Menschen abgezogen waren und der Leichenwagen mit seiner Fracht das Dorf verlassen hatte, erklärte Chefinspektor King dem müde aussehenden O'Malley den weiteren Verlauf.

„Also, zuerst kommt er in die gerichtsmedizinische Abteilung von Tralee, unter die Fittiche von Mary Hayley, unserer Gerichtsmedizinerin. Sie wird dann die genaue Todesursache festlegen. Anschliessend.... Hatte er überhaupt Familie?" Schulterzucken bei O'Malley.

„O.k., das werden Sie feststellen. Inzwischen werde ich den Fall zum Abschluss bringen! Somit ist unser Teil der Arbeit fast erledigt." Händereibend stapfte er in Richtung Polizeirevier davon. O'Malley folgte ihm.

Vor dem Revier wartete Michael O'Keefe, in ein Gespräch mit dem Fahrer des Chefinspektors verwickelt, auf die Rückkehr der beiden.

Mit verhaltener Gestik verabschiedete sich Chefinspektor King von O'Malley, ohne den Deputy zu beachten. Noch lange schaute dieser dem Wagen hinterher, bis ihn sein Vorgesetzter zu sich rief.

„Hast du eine Ahnung, ob er Familie hatte?" Zwischen zwei Bissen eines Sandwiches älteren Datums, das er in einer Schublade seines Schreibtisches gefunden hatte, stellte O'Malley die Frage.

„Weder Frau noch Kind." O'Keefe schüttelte den Kopf.

„Woher weisst du das? Ich denke, du kennst ihn nicht?" Er kaute schwer an dem Essen.

„Sein Fahrer hat es mir erzählt."

„Sein was? Von wem sprichst du?"

„Nun, von dem Chauffeur, der hat mir erzählt, dass er nicht verheiratet ist."

„Verdammt, O'Keefe, was soll das? Wer ist nicht verheiratet!" O'Malley legte das angeknabberte Sandwich in die Schublade zurück und bohrte mit einem Zahnstocher in den Zähnen.

„Na, der King!"

„Wer interessiert sich schon für den. Ob die Leiche Familie hatte, das wollte ich wissen."

„Ach so, keine Ahnung. Ich kenne den Kerl nicht. Noch nie begegnet."

O'Malley schnappte sich Hut und Mantel vom Ständer und lief zur Tür. Beim Hinausgehen rief er O'Keefe zu: „Ich geh' zum Herrn Pfarrer, ein bisschen plaudern", dann warf er die Türe hinter sich ins Schloss.

Der Regen fiel jetzt stärker. O'Malley schlug den Kragen seines Mantels hoch und zog den Hut tief in sein Gesicht. Auf dem Zahnholz herumkauend, sich mit dem Pfarrer imaginär unterhaltend, kam er am Spritzenhaus vorbei, dessen Türen sperrangelweit offen standen. Im Innern hörte er seltsame Geräusche, was ihn dazu veranlasste, nachzusehen. Sam Reily versuchte seinen Hänger anzukuppeln und fluchte dabei unerträglich.

„Hallo Sam!" Ein hochrot angelaufener Kopf schoss hinter dem Hänger hoch.

„Ach Angus, du kommst wie gerufen. Hilfst du mir mal, hier hat sich etwas verklemmt. Nachher kannst du dein Fahrrad mitnehmen. Ich war gerade auf dem Weg zu dir…"

„Irgendein Problem?" O'Malley spuckte sein Holz in eine Ecke des Raumes.

„Nicht so gross, wie du es zur Zeit hegst." Sam schaute wissend auf O'Malley.

„Was hältst du von der Sache?", fragte der Polizist.

„Nur so viel, sie wird dir noch eine Menge Ärger einfahren."

O'Malley hatte Sam beim Ankuppeln geholfen, bei seinem Fahrrad den Sattel und die Lenkstange wieder in die richtige Position gebracht. Nun fuhr er den steilen Weg zur Kirche hoch. Oben beim Pfarrhaus angekommen, öffnete die Haushälterin die Tür und fragte nach seinen Wünschen.

„Kann ich Pater O'Bryan sprechen?" O'Malley setzte hinterher noch ein: „Dienstlich!", was die Haushälterin zu der Frage: „Ist es wegen der Leiche?" animierte.

„Kann ich nun den Pater sprechen?" O'Malley wich der Frage aus.

„Ja doch! Ich werde Sie anmelden." Sichtlich verärgert wandelte sie den Gang hinunter und verschwand hinter einer Tür. Zwei Minuten später winkte sie O'Malley am Ende des Ganges zu. Ohne ein Wort deutete sie in einen Raum. Pater O'Bryan sass am Tisch und studierte die Zeitung.

„Ah, lieber Besuch", empfing er O'Malley, indem er die Zeitung auf die Seite legte und auf den Polizisten zukam. „Was kann ich für dich tun, Angus?"

„Kannten Sie einen Mann mit dem Namen Paddy O'Connor?" O'Malley drückte dem Pater seine ausgestreckte Hand.

„Gekannt? Nein, das nun wirklich nicht. Ich habe ihn nur einmal gesehen. Viel gehört habe ich von ihm. Leider nichts Gutes. Nimm dir einen Stuhl, und setz dich." Er führte O'Malley, wie einen Invaliden am Arm haltend, an den Tisch und liess ihn in einen dicken Sessel plumpsen.

„Also, lass mich mal nachdenken, wie war das noch mit der armen Kreatur." Sein Zeigefinger massierte die Schläfe. Falten legten sich auf seine Stirn. Ganz schön theatralisch, dachte O'Malley, als er den Mantel, auf dem er sass, mit ruckartigen Bewegungen aus der Sitzfläche zog.

Pater O'Bryan war immer noch in Gedanken versunken, als Angus O'Malley den nassen Hut auf die Tischfläche legte und mit dem Taschentuch sein Gesicht trocknete. Er schaute sich dabei im Zimmer um und sein Blick blieb an einer riesigen Bücherwand hängen. Verschiedenfarbige Bücherrücken erweckten sein Interesse. Gerade als er die Buchtitel mit den Augen abzusuchen begann, meldete sich Pater O'Bryan aus seiner Trance zurück.

„Also, ich schau' mal lieber in meinem klugen Buch nach, bevor ich dir etwas Falsches erzähle", sprach's und ging an eben diese Wand, die O'Malley vorher so lange bestaunt hatte. Nachdem er etliche Bücher zur Seite geräumt und aufeinander getürmt hatte, meinte er lakonisch: „Ach, hier bist du?", mehr zu sich selber gesprochen, als er mit einem Wälzer zum Tisch zurückkehrte. „So, dann wollen wir mal sehen, was uns das Buch zu erzählen hat."

Er blätterte die Seiten einzeln von Anfang an durch, was O'Malley gleich mit einer Frage unterbrach, um das Prozedere abzukürzen.

„Pater O'Bryan, in welchem Jahr haben Sie angefangen zu suchen? Ich hoffe doch in den Jahren nach Christus, sonst sitze ich heute Abend noch hier." Er beugte sich provozierend über den Tisch.

„Ich muss doch sehr bitten, mein lieber Angus. Schliesslich kenne ich mich an dieser Stelle ein bisschen besser aus, also lass mich nur machen."

Er blätterte weiter Seite um Seite, so dass O'Malley sich für seine Idee, hier nach einem Hinweis für den Verbleib der Familie O'Connor zu suchen, die bittersten Vorwürfe machte. In dem Moment kam der ersehnte Ausruf von Pater O' Bryan.

„Ich hab's. Hier siehst du...", O'Malley konnte nichts sehen, weil der Pater den Kopf im Buch vergraben hatte und somit alles zudeckte.

„Hier steht, dass Paddy O'Connor die Jungfer Hazel Kavanagh am siebzehnten neunten neunzehnhundertsie-benund…? Ach, das ist ja interessant!" Er schnalzte mit der Zunge. „Hör zu. Die haben gar nicht in einer Kirche geheira-tet…"

„Sondern?" O'Malleys Argwohn wurde geweckt.

„Auf einem Schiff! Moment, hier hab' ich's, es war die *Polski Star,* ein polnischer Frachter, der Eisenerze und Zinn von Irland übernahm. Der Kapitän, der sie getraut hatte, hiess Nepomuk Karlowski. So etwas…?"

Eine Zeitlang war es vollkommen ruhig in dem Raum, jeder stierte auf den anderen und hoffte eine Erklärung für diesen Vorfall zu bekommen. Pater O'Bryan löste das Schweigen.

„Es geht ja noch weiter", er blätterte um. „In dieser Ehe wurden zwei Kinder nämlich der Sohn Elliot und die Tochter Sarah, gezeugt!" Triumphierend hielt er das Buch in die Höhe, so dass Angus O'Malley erst recht nichts sehen konnte, was ihn weiter nicht störte, wusste er doch jetzt Bescheid und konnte sich somit weitere Umtriebe ersparen.

„Wie kommt das alles in Ihr schlaues Buch, ich meine, wenn sie nicht in der Kirche geheiratet haben?"

„Mein Vorgänger, Father O'Sallivan, Gott hab' ihn selig…", er küsste dabei sein Kreuz, das an einer goldenen Kette am Hals baumelte, „… wird das wohl bei der Taufe der Kinder nachgetragen haben. Die Ehe war ungültig, sie wurde nicht vor Gott geschlossen. Demnächst werden Bäcker in der Backstube, Kaminkehrer auf dem Dach und Polizisten auf dem Revier Ehe-versprechen abnehmen. Verzeihung, nichts gegen dich und die Polizei, aber wenn sich schon Kapitäne als Eheverkuppler auf-spielen, wo bleibt denn da unsereins!" Er hatte sich in Rage geredet, somit wurde es Zeit für O'Malley zu gehen.

„Sie wissen nicht zufällig, wo sich die Frau mit den Kindern aufhält?", fragte er und erhob sich aus dem Sessel.

„Wo sich die beiden Kinder aufhalten, weiss ich nicht. Sie

wurden nach der Beerdigung der Mutter von ihren Verwandten übernommen. Aber die Mutter, die liegt bei uns auf dem Gottesacker, zweite Reihe, drittes Grab von links! Ach Angus, kannst du dich noch an die Zeit erinnern, als wir zwei im selben Jahr fast auf den Tag genau unseren Dienst angetreten haben? Du da unten", sein Finger zeigte den Hügel hinab, „... in einem muffigen Revier und ich hier, in dem herrlichen Gotteshaus." O'Malley bedankte sich bei Pater O'Bryan und suchte nach einer Ausrede, um die Einladung zum Tee zu umgehen, er hatte keine Lust auf weitere anzügliche Bemerkungen.

Als er vor die Haustüre trat, blendete ihn die Sonne, die hinter einer Wolke hervorstach, so dass er instinktiv die Hand schützend vor die Augen hielt, um sich an das grelle Licht zu gewöhnen. Todesmutig stürzte sich Constabler O'Malley mit dem Fahrrad die abschüssige Strasse ins Dorf hinunter. Vor dem Gemeindeamt liess er sich auf einen Schwatz mit dem Bürgermeister ein, der ihn auszuhorchen versuchte, bevor er die Türe zum Gemeindeamt aufstiess und den Beamten mit seinem Wunsch konfrontierte. Dieser suchte genau wie Pater O'Bryan in einem Buch nach dem Namen der Kinder von Paddy O'Connor.

„Also, die Tochter Sarah hat nach ihrem Aufenthalt in einem Waisenhaus in Dublin geheiratet und wohnt immer noch dort. Ihr Bruder Elliot ist damals nach Amerika zu seinem Onkel gezogen."

„Hast du die Adressen?", wollte O'Malley wissen.

„Von der Tochter Sarah. Wenn es dir von Nutzen ist, ich schreib' sie auf. Aber ohne Garantie für deren Richtigkeit."

Ein kleiner Zettel mit einer alten Adresse in seiner Hand war der ganze Hinweis auf die noch lebende Familie O'Connor, den O'Malley zurzeit besass. Ein kleiner Trumpf, dachte er und fuhr zurück zum Revier. Sein Deputy hatte das Feld geräumt. Der Constabler fragte seine Uhr, es war Zeit, um nach Hause zu gehen. Die Nummer auf dem kleinen Zettel erinnerte ihn daran, noch einen Anruf in Dublin zu tätigen, bevor er die Reviertür von aussen absperrte.

Elliot O'Connor

Das Telefon klingelte gleichzeitig mit dem Summer der Kaffeemaschine. Der barfüssige Mann registrierte es mit einem Knurren, bevor er sich vom Hocker an der Küchentheke erhob und im Vorbeigehen den Knopf der Kaffeemaschine drückte. Mit der anderen Hand hob er den Hörer ab und brummte seinen Nachnamen in die Muschel.

„Elliot, bist du das?", fragte eine nervös klingende Frauenstimme.

„Ja, hier wohnt sonst niemand mit dem gleichen Namen! Wer spricht?", sagte er verärgert über den frühen Anrufer.

„Vater ist tot...!" Eine kleine Pause. „Er wurde heute am Strand tot aufgefunden..." Wieder eine Pause.

„Sarah...?" Er nestelte am Morgenmantel, suchte nach der Tasche, die in einer Falte versteckt war, und fand die Schachtel mit den Zigaretten. Über das Küchenfenster lief der Regen in Schleierfahnen, so dass er die Bäume und Sträucher in seinem Garten nur verschwommen wahrnahm. Erinnerungen an seinen Vater, Spiegelbilder längst vergangener Zeiten tauchten schemenhaft aus dem nassen Glas vor seinen Augen auf.

„Ja, kommst du rüber zu der Beerdigung? Ich hol' dich am Flugplatz ab. Bist du noch dran, Elliot?", wollte seine Schwester von ihm wissen.

„Hast du immer noch die gleiche Telefonnummer? Ich ruf' dich in einer Stunde zurück. Ich muss zuerst meine Vorkehrungen treffen. Wie spät ist es jetzt bei euch?" Er schaute auf die Uhr an der Wand.

„Halb zehn Uhr abends. Also, dann hör' ich in einer Stunde von dir!", drängte seine Schwester.

Er verglich die angegebene Zeit mit dem Ziffernblatt an der Uhr. Neun Stunden Differenz.

„Bis dann!" Er hängte den Hörer wie in Trance auf die Gabel des Wandtelefons. Für Elliot O'Connor begann mit diesem Anruf eine Zeitreise zu seinen Wurzeln.

Vor fünfundzwanzig Jahren, damals, als er am Grabe seiner Mutter stand, sich mit den Fragen von Leben und Sterben auseinandersetzte, während Menschen an seinem Gesicht vorbeidefilierten, um ihm ihre Kondolenz zu bezeugen, betete er um Barmherzigkeit.

Mit jeder Schaufel Erde die in die Grube auf den billigen Holzdeckel des Sarges fiel, wurden die Gedanken des Vierzehnjährigen schwerer und schwerer. Er haderte mit seinem Schicksal und versuchte aus gewonnenem Selbstvertrauen Brücken für seine Zukunft zu bauen, die dann bei genauer Betrachtung kläglich in sich zusammenbrachen.

Seine jüngere Schwester Sarah, die neben ihm stand und mit verquollenen Augen auf das Unfassbare stierte, schob ihre Hand in die seine, drückte sie kurz so, als wollte sie etwas sagen, liess es aber dabei bewenden. Auch von ihr konnte Elliot keine Antwort auf die Fragen erhalten. Die Gedanken an ihre Zukunft blieben unausgesprochen.

Nachdem die Trauerfeierlichkeiten vorbei waren, wurde ihnen mitgeteilt, dass sie voneinander getrennt würden. Seine Schwester kam nach Booterstown, einem Vorort von Dublin und wurde in ein Kinderheim gesteckt. Elliot nach Amerika in die Stadt Boston zu Onkel Kenny. Als Alkoholkranker eingestuft und somit zur Nichtigkeit für eine Beschwerde deklariert, unternahm ihr Vater nichts gegen das Urteil, das von einem Amtsrichter in Tralee ausgesprochen wurde, trotz den Hilferufen seitens seiner Kinder.

Seine Situation war nicht so arg wie die seiner Schwester Sarah, die in ein Abenteuer ohne Aussicht für die Zukunft, ohne die liebenden Worte einer Familienbande, in eine kalte, grausame Welt gepresst und somit für ihr Schicksal doppelt bestraft wurde.

Elliot O'Connor nahm den Bus mit der Nummer achtzehn, der ihn am späten Nachmittag zum Flughafen von Boston brachte, nachdem er seinen Vorgesetzten im Amt angerufen hatte, ihm die Situation erklärte und die Hausmeisterin darüber informierte, dass er die nächste Zeit nicht anzutreffen wäre. Dazwischen erkundigte er sich nach einem Flug über den Teich, packte wahllos Kleider in seinen Koffer und vertat die Zeit mit unnützen Dingen wie Fuseln vom Teppich klauben und dergleichen. Seine Gedanken weilten weit weg und kreisten immer um dieselbe Sache, was seine Bewegungen mechanisch erscheinen liessen.

Als die Bestätigung des Fluges kam, schnappte Elliot den Koffer, schloss die schwere Wohnungstür sorgfältig von aussen ab und machte sich zur Bushaltestelle auf.

Im Bus hing der Sitz durch und bei jeder Überfahrt eines Kanaldeckels stach irgendeine Feder des Sitzaufbaues in seinen Allerwertesten. Der Regen hatte an Stärke noch zugenommen, was zur Folge hatte, dass die Luft im Fahrzeug leicht säuerlich roch und die Fenster beschlagen waren. Mit der Faust malte er sich ein Guckloch in das Glas des Fensters, um schemenhaft die Umrisse der vorbeiziehenden Umgebung zu erkennen. Den starren Blick auf die Öffnung gerichtet, tauchten Bilder aus der Vergangenheit auf.

Ein Mann, nicht sein Vater, brachte ihn damals wortlos in den Hafen von Cork und verfrachtete ihn auf das Schiff nach Amerika. Wochen später wurde er von seinem Onkel Kenny, dem Bruder seines Vaters, im Hafen von New York in Empfang genommen. Der grosse Wagen schien über die Strasse nach

Boston zu schweben, und Elliot hoffte, die Fahrt würde niemals zu Ende gehen, als der schwere Wagen vor einem grossen villaähnlichen Haus zum Stehen kam. Sein armselig wirkendes Gepäck schleppte ein dunkelhäutiger Mann in den Hausflur, wo eine Frau mit ausgestreckten Armen auf Elliot wartete, um ihn anschliessend an ihren gewaltigen Busen zu drücken. Leicht benommen über einen so grossen Empfang, suchte er sein ihm zugewiesenes Zimmer auf und liess seinen Tränen freien Lauf.

Die Beacon Street, in der das Haus stand, galt als vornehmes Viertel in Boston. Viele Einwanderer britischen Ursprungs lebten hier und gaben dem Stadtteil einen Anstrich von Adel. Mit den Renommierhäusern, den engen Gassen, den steilen Anhöhen gehörte es den Altreichen, das heisst, sie hatten nicht nur altes Geld, sondern waren auch wirklich alt.

Elliot O'Connor wurde standesgemäss in ein renommiertes College eingeschrieben und nach erfolgreichem Abschluss auf die Harvard University geschickt. Das Leben bei seinem Onkel Kenny, dem seine Frau Rosanne keine Kinder gebar und der somit eidesstattlich ihn als seinen Sohn adoptierte, fand in einem Rahmen statt, den jeder junge Mensch als einen Glücksfall betrachten müsste. Seine Wünsche wurden erfüllt, bevor er sie aussprach. Ja bevor er den Gedanken daran hegte.

Manchmal wurde es ihm sogar zu viel an Fürsorge und Zuwendung, so dass er sich häufiger, als seinen Adoptiveltern lieb war, in sein Zimmer einschloss, nur um alleine mit sich und seiner Gedankenwelt zu sein.

Gab es dennoch Unstimmigkeiten, eben wegen dieser Einschliessungen, zwischen ihm und seinen Eltern, so wurden diese im Familienrat, dem noch einige Verwandte aus der Familie von Rosanne beiwohnten, besprochen und wurde Elliot zur Räson gemahnt. Was dann zur Folge hatte, dass Elliot vom Familienrat auch noch mit Geschenken bedacht wurde.

Nach der dritten Haltestelle folgte der Bus einer Schleife über die Newbury, in die Brattlestreet, die ihn stadtauswärts brachte. Eine etwas dicklich aussehende Frau hatte sich auf dem Nebensitz breit gemacht und riss Elliot aus seinen Gedanken. Sie versuchte, Konversation zu machen, indem sie ihn auf das Wetter ansprach und sich darüber beschwerte, dass es in Boston mehrheitlich regnen würde. Er versuchte ein mühsames Lächeln als Antwort, um nicht vollends aus seinen Gedankengängen gerissen zu werden. Die Frau gab sich damit nicht zufrieden, zeigte ihm stattdessen ihre gefüllten Einkaufstaschen und liess ihn an ihrem vermeintlichen Glück teilhaben, was Elliot sehr wenig beeindruckte, da er für den Einkaufsrausch dieser Frau kein Verständnis aufbrachte. Zu seiner Freude stieg die Person bei der übernächsten Haltestelle wieder aus dem Bus und er konnte sich weiter seinen Erinnerungen widmen.

Das Studium der Medizin beanspruchte seine Zeit und die Ausreden wurden dadurch glaubhafter gegenüber seinen Eltern. Der Familienrat brauchte nur noch selten zu tagen und Elliot blieben schmerzhafte Eindrücke erspart. Die Beziehungen zu Menschen ausserhalb der Familie hielten sich in Grenzen. Freunde und Partys, zu denen er anfangs häufig und dann immer weniger eingeladen wurde, sagten ihm sowieso nicht zu. Allein die fast väterliche Freundschaft zu Professor Mathey an der Universität liess ihn an die zwischenmenschlichen Beziehungen glauben. Mädchen, die ihn kannten, hielten Elliot für einen Langweiler, obwohl er überdurchschnittlich gut aussah, vermögend und einer der besten Studenten war. Nach Abschluss seines Studiums, anschliessendem Durchwandern von medizinischen Anstalten, Hospitälern und Privatkliniken, stand er am Anfang seiner Karriere als Mediziner. Doch seine Fachrichtung fand er erst nach einem langen Gespräch mit seinem

Ratgeber und Freund, Professor Mathey. Dieser schlug ihm eine Anstellung beim gerichtsmedizinischen Institut in Boston vor, was Elliot zuerst als Scherz betrachtete, wofür er sich aber nach Abwägung der Sachlage doch kurzfristig entschied.

Nebelartige Rauchschwaden hingen um das Flughafengebäude, als der Linienbus den Motor vor dem Eingang zu Abfertigungshalle abstellte. Die Reisetasche geschultert, den Koffer in der rechten Hand, betrat Elliot O'Connor die Halle und stellte sich am Schalter hinter einer grösseren Anzahl wartender Passagiere, von der Fluggesellschaft Pan Am an. Er erkannte die Stimme der Frau, die hinter dem Tresen sass. Es war dieselbe, die ihn am Telefon, als er das Ticket bestellte, über die Möglichkeiten der verschiedenen Fluggesellschaften beraten hatte. Elliot wäre ja lieber mit Air Lingus, der irischen Linie, geflogen, wurde aber daraufhin belehrt, dass diese Fluggesellschaft Boston nicht bediene und er nach New York fliegen und dann umsteigen müsste. Er entschied sich für Pan Am, die einen Direktflug nach Dublin anbot. Nach einer guten Stunde sass er im Flugzeug und liess sich nach dem Start von der Stewardess einen Orangensaft servieren. Ein Gefühl von Befremdung überfiel ihn, als er die Stadt im grauen Dunst von Regenschwaden unter sich zurückliess und die Maschine Kurs auf den Ozean nahm.

Die Kabinenbeleuchtung brannte nur sehr schwach, die meisten Passagiere hingen in ihren Sesseln und versuchten ein wenig Schlaf zu bekommen, während das Flugpersonal so leise als möglich durch den Gang zwischen den Sitzreihen ging, um an wachgebliebenen Passagieren verschiedene Dienstleistungen zu erbringen. Durch das ovale Fenster schien der Mond auf Elliots Platz. Die Anziehung, die von der runden, hellen Scheibe ausging, wirkte wie ein Magnet und er verfiel in den Zustand eines komatösen Schlafes, in dem die Vergangenheit neu erwachte.

Nachdem der Vertrag mit der zuständigen Dienststelle unterschrieben worden war, er eine eigene Wohnung in einem idyllischen Vorort von Boston bezogen und ihn der alltägliche Trott gefangengenommen hatte, lebte er ein unauffälliges Leben ohne besondere Höhepunkte.

Im Laufe der Zeit wurde er zu eine Kapazität in der Gerichtsmedizin. Besonders schwierige Fälle wurden Dank seiner Arbeit aufgeklärt und die Täter zur Rechenschaft gezogen. Die Gedanken verhakten sich im letzten Fall, den er bearbeitete, wo der Täter, ein angesehener Geschäftsmann in der Stadt, seine Frau auf bestialische Weise umgebracht hatte und die Leiche verschwinden liess, um eine millionenschwere Versicherungssumme zu kassieren. Der Fall wurde von der Polizei ad acta und das Dossier als unaufgeklärt ins Archiv gelegt. Durch einen dummen Zufall – eine Frau hatte mit ihrem Wagen einen Unfall und wurde aus dem Auto geschleudert – hatte die Polizei bei der Suche nach ihr plötzlich zwei weibliche Leichen gefunden. Die Ermittlungen gaben den eindeutigen Beweis, dass es sich um die Frau des Geschäftsmannes handelte und der Leichnam landete auf dem Seziertisch von Elliot O'Connor. Nach intensiven Untersuchungen an der stark verwesten Leiche fand Elliot den Beweis, dass die Frau ermordet worden war. Den Täter zu überführen war für die Kommissare der Stadtpolizei ein Leichtes. Dem Geschäftsmann wurde ein halbes Jahr nach seiner Tat der Prozess gemacht. Elliots Arbeit war wieder einmal wie so oft von Erfolg gekrönt.

Paddy O'Connor

Der Wassereinbruch im Stollen war nicht dramatisch, Paddy hatte lediglich eine Kaverne angebohrt, in der sich Regenwasser angesammelt hatte. Mit einem Keil versuchte er den Riss in der Wand zu stopfen; als seine Arbeit fast beendet war, versiegte der Fluss in ein Rinnsal. Nass bis zur Hüfte, knöcheltief im Schlamm, mit klammen Fingern und zeitlupenartigen Bewegungen versuchte er Ordnung in das Chaos zu bringen. Auf der obersten Plattform stehend, hatte ihn Niall argwöhnisch beobachtet. Wie zufällig stiess er dabei Abbaumaterial aus fünfundzwanzig Metern auf Paddys Helm hinunter. Anzeichen einer Feindschaft, wie sie unter Kumpels gehandhabt wurden.

„Willst du uns ersäufen?" Goulder, der Mann an der Pumpe, kam zu Paddy gelaufen und schrie gegen den Krach der Presslufthämmer an, deren Höllenlärm sich an den Wänden fortsetzte. Ein Stück Granit platzte mit Wucht vor seine Füsse.

„Heiliger Sankt Patrick, der eine will mich ersäufen wie eine Katze, der andere schmeisst mit Felsen nach mir. Seid ihr alle verrückt geworden! Ich habe Kinder zu Hause, die brauchen ihren Vater und eine Frau, die auf ihren Mann wartet." Seine tiefe Stimme übertönte den Lärm der Arbeitsgeräte. Augenblicklich herrschte Ruhe in dem Stollen.

„Hy Goulder, bist du sicher, dass du derjenige bist?" Eine Frage, die vom Gestein als mehrfaches Echo abprallte.

„Wer war das? Wo ist der Scheisskerl? Los, zeig dich, damit ich dir die Knochen brechen kann!"

„Gib nicht so an, Goulder. Wir wissen doch alle, dass deine Kraft nur noch dazu reicht, ein Glas Guinness zu heben!" und wieder dieselbe Stimme. Der Pumpenmann tanzte wie ein Debiler auf der Stelle. Er suchte das Gesicht zu der Stimme.

„Paddy, hilf mir. Wer ist das Schwein?" Er war ganz nahe an Paddy herangetreten, so nahe, dass dieser seinen Schweiss riechen und den Atem spüren konnte.

„Ich denke… Niall."

„Niall O'Flynn? Na warte, der kann was erleben." Die Fäuste in den Taschen vergraben, trottete er zurück an seine Pumpe. Auf der Schiene rumpelte ein Verband von kleinen Wagen heran und hielt unter Paddy. Sofort begannen die von hinten aufgerückten Männer, die Loren zu beladen. Tonne um Tonne Abbaumaterial wurde dem Gestein mühevoll entzogen und verschwand unter einem Aufzug, dessen Behälter die Wände durch das ewige Auf und Ab glattgebügelt hatte, aus dem Berg. Paddy hatte sich gerade über eine vielversprechende Verfärbung im Granit, deren blaugraue Farbe in einem schmalen Band von oben nach unten zog, gebeugt, als von weit her die Dampfpfeife das Arbeitsende ankündigte.

Minuten später war der Lärm der Maschinen verstummt und die Gänge füllten sich mit Männern, deren Gesichter dreckverkrustet, gezeichnet von harter Arbeit, Mühsal und Entbehrungen waren und die dem Ausgang der Mine zusteuerten. Über Treppen und Korridore, durch einen Wirrwarr von meilenweiten Hohlgängen tanzten Schatten an den nassen Wänden entlang, erzeugt von den Lampen der Männer, die dem Durchlass entgegenstampften, der sie in den Sonnenuntergang entliess. Das fahle Licht der untergehenden Sonne zeichnete tiefe Furchen, ähnlich einer Ackerkrume, in ihre blutorange gefärbten Antlitze.

Paddy suchte den Umkleideraum auf und entledigte sich seiner dreckbesudelten Arbeitshose. Zerschundene Hände mühten sich mit Kleidungsstücken ab, tastend, gefühllos an den Fingerspitzen, verdickt und taub von übermenschlicher Anstrengung. Über den Hof hörte er das Gegröle von Männern, die irgendjemandem Anweisungen zuschrien. Ein Blick aus dem Fenster bestätigte seine Annahme: Goulder verprügelte Niall. Nachdem Paddy sich gewaschen hatte, stellte er sich unter die Tür und schaute dem Treiben zu.

Niall O'Flynn wehrte sich geschickt, indem er den Fäusten von Goulder tänzelnd auswich, um ihn herumscharwenzelte, wobei Goulder Mühe zeigte, die Koordination seiner Bewegungen zu steuern. Er tapste wie ein Bär im Kreis herum und versuchte unkontrollierte Schläge im Gesicht von Niall zu landen. Das dauerte eine ganze Weile, so dass Paddy die Lust am Zuschauen verging und er sich auf den Heimweg machen wollte, gerade in dem Moment, als Niall den entscheidenden Fehler beging und in die Reichweite von Goulders Fäuste gelangte. Der erste Schlag, der ihn traf, trennte ihm fast den Schädel vom Hals, die darauffolgenden liessen ihn ohnmächtig werden.

Mit Genugtuung stellte Paddy nachher fest, dass Niall sich wie ein Wurm im Dreck wälzte. Nach diesem Intermezzo des Tages, das ihn für den Rest des Abends versöhnlich stimmte, machte Paddy sich auf den Heimweg.

Der Nebel über der Moorlandschaft hatte sich aufgelöst und seine Augen konnten sich an blühendem Heidekraut erfreuen. Das erinnerte ihn an den Strauss, den er Hazel bei der Hochzeit geschenkt hatte. Eine Hochzeit, die er sich erst anders vorgestellt hatte und die dann schöner und besser wurde, als seine vorangegangenen Träume je waren.

Von ihren Brüdern durch halb Irland gejagt, versteckt in Köhlerhütten und Höhlen, hatten sie geweint und gelacht, geflucht und gebetet. Zu Fuss geflohen, vor Pferd und Reiter, fanden sie Zuflucht bei Bauern im Heu oder auf kargem Boden in Schafställen. Für Paddy war alles eine grosse Hatz, an der er sich erfreute, während bei Hazel von Tag zu Tag die Stimmung trübseliger wurde.

„Wie lange wollen wir diese sinnlose Flucht noch betreiben?", fragte sie, als beide wieder einmal in einem Versteck nahe dem River Shannon hausten, jeden Moment zum Aufbruch bereit.

„Ich habe keine Kraft mehr, ich werde mich meinen Brüdern stellen."

„Das wirst du nicht. Jedenfalls nicht in diesem Zustand!"

„Welchen Zustand meinst du damit?"

„Na, was wohl? Ehelos und schwanger. Wer hat denn von Teer und Federn gesprochen, das warst doch du, soweit ich mich zu erinnern vermag." Er schaute durch einen Spalt in der Bretterwand und suchte die Gegend nach verdächtigen Bewegungen ab. Aber ausser einem Transportschiff, das weiter oben ankerte, konnte er nichts Ungewöhnliches erspähen.

„Kann ich etwas dafür? Du hattest auch deinen Spass daran und jetzt muss ich für all das büssen." Ihre Augen füllten sich mit Tränen.

„Aber nein, was erzählst du da." Er legte zärtlich seinen Arm um sie. „Du musst für gar nichts büssen. Wir werden heiraten und somit erledigt sich das mit der Schwangerschaft von selbst."

„Wie denn? Niemand wird uns trauen."

„Oh doch. Jemand wird es tun, muss es tun und ich weiss auch schon wer."

Der Kapitän wurde von einem Matrosen, den Paddy nicht verstand, aus der Koje geholt. Leicht schwankend, nicht nur der Wellen wegen, die der River Shannon an dieser Anlegestelle produzierte, sondern auch der genossene Alkohol trug zu diesen Bewegungen bei. Mit ausländischem Akzent wollte er von Paddy einen guten Grund wissen, wieso er sich erlaube, ihn mitten am Nachmittag aus dem Bett zu holen. Paddy war sich seines Mutes bewusst, als er sich vorstellte und dem Kapitän, der sich an der Reling festhielt, um nicht über Bord zu fallen, seinen Plan anvertraute, wie vor Stunden, als er Hazel die Vorzüge einer Hochzeit auf dem Schiff plausibel zu erklären versuchte.

Als er aufgefordert wurde, die Gangway der *Polski Star* zu besteigen, um an Bord zu kommen, klopfte sein Herz bis zum Hals und Hazels Hand, die in seiner lag, war eiskalt. Aus der Nähe betrachtet, sah der Mann noch hünenhafter und massiger aus. Er stellte sich als Nepomuk Karlowski vor und beteuerte, Irland zu lieben.

„Du wollen chheiraten?" Paddy nickte. „Du chhaben Geld, viel Geld?" Paddy verneinte.

„Chein Geld, cheine Cheirat", meinte er entrüstet und wendete sich an den Matrosen, der neben ihm stand. Sie diskutierten auf Polnisch und drehten ihnen den Rücken zu. Hazel zog an Paddys Jackenärmel, sie wollte gehen, weg von diesen Menschen, runter von diesem Schiff, fort von diesem Ort. Gerade als Paddy ihrer Quengelei nachgeben wollte, meldete sich der Kapitän zurück.

„Warum wollen cheiraten, wenn kein Geld?" Paddy schaute auf Hazel und dann zum Kapitän. „Ich chhaben verstanden:"

Dann ging alles sehr schnell. Rufe hallten über das Deck, Matrosen tauchten aus dem Bauch des Schiffes auf, wurden befehligt, um nachher in einer Ecke der Aufbauten zu verschwinden. Mit zeremoniellem Schritt kam Kapitän Karlowski auf die beiden zu und geleitete die Braut in die Offiziersmesse vor einen provisorisch aufgebauten Altar. Paddy wurde, flankiert von zwei Matrosen in Ausgangsuniformen, ebenfalls vor den Altar geführt. Auf Stühlen sitzend, vor sich den Altar, dahinter der Kapitän mit der Bibel in der Hand und rundherum von lächelnden Matrosen umschlossen, harrten sie der Dinge, die jetzt stattfinden sollten. Von irgendwoher hörten sie eine Mundharmonika, die den Hochzeitsmarsch spielte. Da alles in polnischer Sprache zelebriert wurde, verstanden Hazel und Paddy überhaupt nichts und wurden zur richtigen Zeit durch einen Puffer in die Seite aufgefordert, ja zu sagen. Beim Austausch der Ringe gab es eine kleine Verzögerung; da die passende Vorhangstange mit möglichst kleinen Ringen zuerst auf dem Schiff gesucht werden musste, wurde die Zeremonie kurzfristig mit Mundharmonikamusik unterbrochen.

Wenig später sassen sie am Tisch, der vorher noch als Altar gedient hatte und konnten sich an Dingen laben, die sie vorher nie an ihren Zungen verspürt hatten. Essen aus England wurde aufgetragen und schottischer Whiskey machte die Runde. Alles Bestandteile aus der Ladung, die das Schiff aus England mitgebracht hatte. Nach Stunden intensiver Völlerei, Tanz und Besäufnis wurden Hazel und Paddy unter johlendem Gesang von der Mannschaft in die Kapitänskabine geleitet, wo sie die Nacht verbrachten. Die Heiratsurkunde, auf der Rückseite eines Lieferscheines geschrieben, lag irgendwo auf dem Bett und wurde durch die Herumwälzerei der beiden zwischen die Laken gepresst.

Um die Mittagszeit lief ein starkes Zittern durch den Rumpf des Schiffes, was Paddy veranlasste, die Augen zu öffnen und die Erinnerung an die letzte Nacht zauberte ein Lächeln auf sein Gesicht.

An Kopf und Füssen schwer, bewegte er sich langsam vorwärtstastend auf die Türe zu, hinter der er die Toilette vermutete. In den Spiegel zu schauen, der überflüssigerweise an der Wand hing, kostete Paddy mehr Mut, als gestern ja gesagt zu haben.

Als Paddy auf Deck erschien, wurde er zum Kapitän gerufen. Karlowski stand auf der Brücke und beobachtete sein Schiff, wie es sich, gegen die Strömung ankämpfend, leicht rollend den Weg aus der Bucht ins offene Meer suchte.

„Warum fährt dieses Schiff, warum wurde ich nicht geweckt? Wohin fahren wir überhaupt, ich habe kein Interesse, in Amerika zu landen." Paddy wirkte sehr aufgeregt, was auch mit der Angst zu tun hatte, als er das grosse Wasser vor sich liegen sah.

„Nun, die *Polski Star* fährt nicht nach Amerika. Immer nur die gleiche Strecke von England nach Irland, jedenfalls solange der Krieg in Mitteleuropa anhält. Wir transportieren Lebensmittel von England herüber und nehmen Eisenerz mit hinüber. Vor zwei Stunden haben wir die Ladung gelöscht. Jetzt sind wir auf dem Weg zur Mine in Lahinch, um Ladung zu übernehmen." Der erste Offizier schaute Paddy vorwurfsvoll an. „Im Übrigen haben wir mehrmals versucht, Sie und ihre Frau zu wecken. Leider ohne Erfolg. Wir sind an unsere Transportzeiten gebunden, ausser bei Schlechtwetter. Also machen Sie uns nicht für ihre Unpässlichkeit verantwortlich!"

„Nun lass mal, Karel. Mister O'Connor hat eine strenge Nacht hinter sich." Karlowski blickte grinsend zu Paddy. „Ich chhabe mir gedacht, wir lassen Sie bei der Mine raus. Ich chhoffe, Sie haben keine Umstände deswegen?"

„Nein, nein, ist schon in Ordnung." Paddy bedankte sich für den gestrigen Abend und verschwand wieder in der Kabine, gerade rechtzeitig, um Hazel beim Aufstehen zu beobachten.

„Mir ist so schlecht", sagte sie und: „Ich wanke, als ob das Schiff fahren würde. Ich trinke in meinem Leben nie mehr Alkohol, das schwör' ich dir!" Sie suchte die Toilette auf.

„Ein Schwur, den du nicht halten kannst, übrigens wir fahren tatsächlich."

„Warum? Wohin?" Hazel schaute mit feuchtem Gesicht, einen Waschlappen in der Hand, ungläubig auf Paddy.

„Na, zu irgendeiner Zinnmine, oben in Lahinch." Wieder Ratlosigkeit in ihrem Antlitz. „Ich weiss auch nicht mehr. Obwohl, mir kommt da so 'ne Idee."

„Was...?"

„Ich könnte mich da, nach Arbeit erkundigen."

„Was...?" Sie konnte ihn nicht verstehen, das Wasser lief aus dem Becken.

„Nun, Geld verdienen, ich hab' ja jetzt Familie."

„Ich versteh' dich nicht!"

„Nicht so wichtig. Zieh dich lieber an, wir sind gleich da." Paddy lief zum Bullauge, an dem eine Felswand vorbeischlitterte und ihm den Blick nach draussen verwehrte.

Oben an Deck herrschte geschäftiges Treiben. Ladeluken wurden wie Scheunentore geöffnet, armdicke Taue flogen an Land, von finster dreinblickenden Männern um die Poller gelegt, hielten sie das Schiff am Landesteg fest.

Paddy und Hazel liefen über die Gangway an Land, stiegen steinerne Treppen hoch und standen auf einem Plateau vor dem Maschinenhaus. Tief unter ihnen lag das Schiff, in dessen Bauch über eine Förderbahn rostbraunes Eisenerz geladen wurde. In einem Nebengebäude, das Paddy entschlossen ansteuerte, war die Verwaltung untergebracht.

Als Paddy Minuten später vergnügt wieder aus der Türe trat und sie leidenschaftlich umarmte, wusste Hazel, dass er eine Arbeitsstelle hatte. Nicht nur das, Paddy hatte sogar noch ein Heim für sie gefunden, wie er ihr auf dem Weg dorthin erklärte. Mit einem Strauss Heidekraut in den Armen, den er unterwegs pflückte und als Hochzeitsstrauss deklarierte, trug er Hazel über die Türschwelle des Cottages.

Sein Sohn Elliot kam ihm auf halbem Weg entgegen. Er hatte schlechte Nachrichten von zu Hause. Linkisch, fast beschämend, erklärte er seinem Vater: „Mutter ist krank!" Das

Unfassbare war eingetreten. Elliot musste rennen, um dem Schritt seines Vaters folgen zu können. Er stolperte und fiel hin. „Hilf mir Daddy! Lass mich nicht alleine!", brüllte Elliot mit kindlichem Falsett seinem davoneilenden Vater hinterher. Paddy stoppte, drehte sich nach seinem Sohne um, sah das schmerzverzerrte Gesicht und die Hand, die er ihm entgegenstreckte, wendete sich ab und beschleunigte seine Schritte aufs Neue.

Elliot O'Connor

Das Flugzeug legte sich in eine Kurve parallel zur Landebahn und landete Minuten später mit einem Ruck auf der Betonpiste von Dublin. Leicht paralysiert stand Elliot O'Connor von seinem Sitzplatz auf, nachdem die Maschine zum Stillstand gekommen war und hangelte sich sein Handgepäck aus der Ablage.

Beim Schlangenstehen am Rollband der Gepäckausgabe sah er seine Schwester durch eine Glaswand unter vielen Menschen stehen. Sie suchte ihn. Er bemerkte ihr nervöses Gebaren, wie sie sich an die Glasscheibe drückte und die fremden Gesichter nach einem bestimmten, nach seinem absuchte. Selbst dann, als er vor ihr stand, bemerkte sie ihn nicht sofort, sondern wurde erst von ihrem Begleiter darauf aufmerksam gemacht, dass der, den sie suchte, längst vor ihr stand. Elliot nahm seine Schwester in die Arme und hielt sie lange fest, so als wolle er sie nie wieder loslassen. Nach mehreren Minuten des stillschweigenden Verharrens drückte er ihren Körper von sich weg und schaute in ein tränenfeuchtes Antlitz.

„Lange nicht gesehen, Schwesterherz", meinte er und schniefte kurz durch die Nase.

„Ja, viel zu lange. Komm jetzt, Albert hat sein Auto in der Kurzparkzone stehen, dein Flieger hatte Verspätung!"

„Wer ist Albert?"

„Oh? Habe ich ihn dir noch nicht vorgestellt? Das…", sie zog an einem Ärmel des Jacketts einen jungen Mann aus der herumstehenden Menge, „… ist Albert, mein Sohn."

Elliot schaute in ein mit Pickeln übersätes Gesicht eines Jugendlichen, der ihm emotionslos entgegenblickte.

„Hallo Albert", sprach Elliot dieses Objekt gegenüber an.

„He, Onkel Elliot!" kam es zurück. Elliot O'Connor stutzte.

Onkel, allein schon der Klang, die Aussprache dieses Wortes liessen bei ihm kleine Schauer über den Rücken fliessen.

„Elliot reicht schon", meinte er sichtlich benommen.

„Aber du bist doch sein Onkel, oder etwa nicht?", bemerkte seine Schwester, drei Schritte vor ihnen, maliziös.

„Ja doch, aber müssen wir das hier besprechen!" Jetzt drängte plötzlich Elliot zum Ausgang. Er versuchte Diskussionen mit seiner Schwester zu umgehen, wie früher, als sie noch Kinder waren.

Auf dem Parkplatz angekommen, jeder mit einem Gepäckstück unter dem Arm, musste Elliot sich zuerst an den Anblick des Stücks Altmetalls gewöhnen, das vor ihm stand. Sollte das etwa der Wagen sein, der sie in die Stadt brachte? Er äusserte sich dementsprechend verächtlich.

„Es hat nicht jeder so viel Geld wie du", monierte seine Schwester. Albert öffnete den Kofferraumdeckel und schaute seinen Onkel mit strafendem Blick an.

„Ja, genau, Onkel, kauf du mir ein neues Auto, wenn dir dieses nicht gefällt!"

„Ist ja schon gut, ich hab's nicht so gemeint. Lass uns jetzt fahren. Vielleicht geht es ja gut und wir kommen heil bei euch zu Hause an." Er warf sein Gepäckstück mit Schwung in die Karre. Der strafende Blick von Albert blieb weiter an ihm hängen. Als er wenig später auf dem Nebensitz Platz nahm und den Gestank nach Benzin und Öl roch, der aus den abgewetzten Polstern in seine Nase stieg, fragte er sich insgeheim, wieso er nicht in ein Taxi eingestiegen war und sich die Strapazen mit dem Vehikel erspart hatte.

„Wo ist denn dein Mann…, wie hiess der noch gleich?" Er drehte sich zu seiner Schwester um, die hinten auf der Rückbank kauerte.

„Ken? Wo wird der schon sein um diese Zeit, bei der Arbeit, wo denn sonst!"

„Natürlich." Er schaute auf seine Uhr. Neun Uhr morgens.
„..., bei der Arbeit. Er legt Leitungen oder so was, stimmt's?"
„Klempner, ja."

Albert orgelte am Anlasser. Die Vibrationen, als der Motor endlich lief, übertrugen sich auf die ganze Karosserie und liessen den Wagen samt Insassen hin und her schaukeln. Albert fuhr mit einem Ruck los und reihte sich in den fliessenden Verkehr ein. Jetzt erst bemerkte Elliot, dass er auf der falschen Seite im Auto sass und stierte ängstlich auf Albert, der sich mit dem Getriebe abmühte, um den Wagen im Verkehrsfluss zu halten. Auf der Schnellstrasse zottelte er hinter einem Lastwagen her, der eine Russwolke nach der anderen auf das kleine Auto abfeuerte. Elliot wollte Albert dazu animieren, den Stinker doch zu überholen, als dann aber seine Türe andeutet, demnächst aus den Angeln zu fallen, überlegte er es sich anders und hielt sich stattdessen krampfhaft am Armaturenbrett fest. Albert und seine Schwester Sarah bekamen von seinen Ängsten nichts mit und irgendwann hielt die Kiste vor einem schmucklosen Reihenhaus in einem Vorort von Dublin. Durch einen kleinen Vorgarten erreichten sie die Haustüre und standen zwei Minuten später im Flur.

„Wie geht es nun weiter?", wollte Sarah wissen. Elliot legte die Gepäckstücke mitten im Durchgang zu den Zimmern ab und meinte: „Zuerst brauche ich ein wenig Schlaf", zu seiner Schwester gewandt und dann zu Albert: „Zeigst du mir das Zimmer, ich bin hundemüde."

„Was heisst das, du willst jetzt doch nicht etwa schlafen? Wir haben noch so viel zu erledigen, du kannst jetzt nicht schlafen!" Sarah schaute irritiert zu ihrem Bruder.

„Ich muss, sonst fall' ich um. Ich kann mich kaum noch auf den Beinen halten. Komm jetzt, Albert, zeig mir das Zimmer." In einem kleinen Schlafzimmer, es hatte den Anschein, als wäre es Alberts Zimmer, zog Elliot die Vorhänge zu und warf seine Kleidung über einen Stuhl.

„Weck mich in etwa vier Stunden!", murmelte er zu Albert gewandt, der unter der offenen Türe stand, als er die Decke über sich zog und bereits schlief, als sein Haupt das Kissen erreichte. Albert schloss die Tür von draussen.

Von weit weg klang ein Tuten an sein Ohr, das sich wie das Nebelhorn eines Schiffes anhörte. Elliot öffnete zuerst das eine Augenlid, orientierte sich an der Zimmerdecke und an der geblümten Tapete, bevor er das andere Auge flatternd auftat. Der nervtötende Lärm drang durch das, einen Spalt breit geöffnete, Fenster. Er richtete sich im Bett auf und starrte widerwillig auf das Fensterbrett, in dem sich der Vorhang, der vom Wind herumgebeutelt wurde, an einem Haken verfangen hatte.

Fluchend stand er auf, schob mit beiden Händen das Fenster samt Vorhang in die Höhe. Sich immer noch am Fenster festhaltend, lehnte er seinen Kopf weit über die Brüstung und sah vor dem Haus ein kleines Mädchen, wie es eine Kindertrompete malträtierte.

In seinem Rücken wurde an die Zimmertüre geklopft.

„Onkel Elliot? Bist du schon wach?" Die kindliche Stimme von Albert war zu hören. Beim hastigen Zurückfahren schlug Elliot an den Rahmen des Fensters, was seine miese Laune noch verstärkte.

„Ja doch. Bei dem Krach kann sowieso niemand schlafen!"

„Was meinst du… ich kann dich nicht verstehen, Onkel Elliot? Übrigens Mutter wartet mit dem Essen auf dich."

„Eine Minute, ich muss mich noch anziehen, dann bin ich bei euch!" Dann leise, mehr zu sich selber: „…und dann dreh' ich dir den Hals um." Er gab seiner Stimme den Tonfall eines Refrains aus einem Kinderlied, was Albert als gute Laune seines Onkels deutete und zurück zu seiner Mutter ging. In der Küche stand seine Schwester am Herd und hantierte mit einer Bratpfanne. Elliot betrachtete den grossen Tisch, der den Raum mehr oder weniger ausfüllte und auf dem ein einzelnes Gedeck verloren wirkte.

„Nanu, diniere ich alleine? War ich nicht artig genug, muss ich zur Strafe jetzt alleine essen?"

„Ach Blödsinn!" Seine Schwester klatschte Fleisch und Gemüse in seinen Teller. „Aber um diese Zeit hat das arbeitende Volk von Irland schon gegessen."

Elliot kaute auf dem Fleisch, von seiner Schwester mit Argwohn beobachtet, als hätte er keine Zähne. Er versuchte mit einem Löffel Gemüse dem Ganzen die Trockenheit zu nehmen, was nur mühselig gelang und das Hinunterschlucken wurde von allen in der Küche Anwesenden hörbar vernommen.

„Schmeckt es dir nicht?"

„Doch, doch", beruhigte er, zwischen zwei Kauversuchen, seine Schwester. „Es ist nur, ich habe keinen Hunger. Wie geht es nun weiter?"

„Mit was? Mit dem Essen?"

„Nein, ich meine die Bestattung. Wann und wo, konntest du darüber schon etwas in Erfahrung bringen?"

„Vater..., ich meine sein Leichnam, wurde vom gerichtsmedizinischen Institut in Tralee noch nicht freigegeben, die Behörden sprechen von einem Unfall. Wieso liegt er dann noch im Leichenschauhaus? Ich verstehe das nicht... und zu deiner anderen Frage, er wird natürlich in dasselbe Grab von Mutter gebettet."

„Natürlich! Wo kann ich hier ein Auto mieten?"

„Was willst du denn jetzt mit einem Auto? Albert kann dich doch fahren." Sarah schaute, Böses ahnend, auf ihn.

„Ja, Onkel Elliot, ich fahre dich..."

„Nicht, solange ich es verhindern kann."

„...oder noch besser, ich vermiete dir meinen Wagen." Albert freute sich ob seiner gelungenen Idee, er grinste übers ganze Gesicht.

„Jetzt ist er ganz übergeschnappt!"

Im Schloss an der Haustüre wurde ein Schlüssel gedreht, und Ken stand unter dem Türbogen, Sarah schaute nervös zu Albert, dieser hob seine Schultern und machte eine undeutliche Handbewegung.

„Warum bist du um diese Zeit schon hier?"

„Ich wollte unseren Gast begrüssen... nachdem ich ihn am Mittag verpasst hatte", er kam auf Elliot zu und schüttelte kräftig seine Hand. „Hallo Elliot, schön, dich zu sehen."

„Nicht mehr lange", bemerkte Sarah beiläufig.

„Soll das heissen, du verlässt uns schon wieder?"

„Ich denk, ich schau mal in Tralee nach, vielleicht kann ich da etwas Bewegung in die Sache bringen, darum suche ich eine Autovermietung. Gibt es sowas in der näheren Umgebung?"

„Sicher, ich fahre dich hin."

Das Gepäck, das immer noch in der Diele stand, wurde von Albert nach draussen zu einem weissen Lieferwagen mit Reklameaufschrift geschleppt. Die Spuren seines Kraftaktes sah man an jedem Mauervorsprung. Elliot verabschiedete sich von seiner Schwester, nicht ohne ihr zum hundertsten Male zu versichern, dass er sie jeden Tag anrufen werde, um ihr alle Neuigkeiten zu erzählen.

Das kleine Mädchen quälte seine Tröte immer noch mit der Selbstverständlichkeit, die Kindern bei ihrem Tun anhaftet. Elliot atmete tief durch, bevor er sich neben Ken ins Auto setzte. Albert schlug vehement die Hecktüre zu und kam zur Seitentür gerannt.

„Auf Wiedersehen, Onkel..." Elliots strafender Blick liess ihn sofort verstummen. Betreten stand er vor dem Lieferwagen und hob zaghaft seine Hand. Als der Wagen um die Ecke in die

Hauptstrasse einbog, fing er zu winken an.

Ken starrte durch seine Brille, die er zum Autofahren aufgesetzt hatte, gebannt auf den Verkehr. Er suchte einen Vorwand, um mit Elliot ins Gespräch zu kommen, als ihm eine Verkehrssituation den Anstoss gab.

„Hast du das gesehen. Fährt mir doch dieser Blödmann direkt vor die Nase!" Ein Hupen begleitete seine Worte. Elliot nickte und presste ein belangloses „Tja" heraus. Damit war der Kontakt wieder hergestellt, nachdem sie seit der Abfahrt vor dem Haus nichts mehr miteinander gesprochen hatten.

„Was ich dir noch sagen wollte, äh…, ich bin nicht der Vater von Albert und ich bin mit deiner Schwester auch nicht verheiratet. Sie war vor meiner Zeit mit irgendeinem Kerl, der nichts taugte, verheiratet. Von ihm hat sie den Albert."

„Ach ja?" Elliot schaute fragend zu Ken hinüber. „Und ich dachte, ich hätte irgendwann einmal eine Einladung zur Hochzeit von euch gekriegt, war dem nicht so?" Jetzt schaute Ken fragend zu ihm. „Nein? Dann war das wohl ein Irrtum. Aber warum erzählst du mir das alles?"

„Ich möchte klare Verhältnisse!"

„So, und warum heiratest du sie nicht?"

„Wir sind hier in Irland und nicht in Amerika, wo Moralvorstellungen mit Füssen getreten werden. Bei uns gibt es keine Scheidung, auch keine Abtreibung und dergleichen." Ken hatte sich in Rage geredet.

„Was willst du? Soll ich sagen: glückliches Irland, willst du das hören!"

„Du bist schon zu lange in Amerika, um dich in die Denkweise eines Irländers zu versetzen. In deinen Augen ist mein Land tiefste Provinz, bei euch gilt doch die Devise: *Big and Bigger*. Bei dem Gigantismus hat doch jegliche Moralvorstellung keine Chance."

„Warst du schon mal in den USA?"

„Nein, und da will ich auch nicht hin. Allein der Gedanke, dass ihr euch für die Grössten und Unbezwingbaren auf dieser Welt haltet, zeigt, wie verletzlich und krank ihr doch letztendlich seid." Er steuerte einen Hinterhof einer Autowerkstatt an.

„Und du glaubst, an mir haftet nichts Irisches mehr?" Elliot betrachtete die Umgebung, die ihn genauso traurig stimmte wie Kens Antwort.

„Nach so langer Zeit? Ich bitte dich." Er liess Elliot mit dem Gesagten alleine und hastete auf eine kleine Bretterbude zu, an der in gelben auf grünem Grund gemalten Lettern *Glen's Auto* und darunter *Büro* stand. Etwas später stand er unter dem Türrahmen und winkte Elliot zu sich. Ein dickbauchiger Mann, der hinter einem wackligen Schreibtisch sass, begutachtete Elliot mit zusammengekniffenen Augen, bevor er eine Frage an ihn richtete: „Ken sagte mir, Sie sind Amerikaner und wollen ein Auto mieten. Wo soll's denn hingehen?"

„Nach Tralee. Einen Wagen mit Automatik, haben Sie so was?"

„Nein, aber das ist ja auch nicht das Problem. Sind Sie schon auf Irlands Strassen gefahren, ich meine auf der linken Seite? Nein? Dann haben Sie ein Problem!"

„Und Sie die Lösung, stimmt's?"

„Aber genau. Kommen Sie mit!" Er wuchtete sein Gewicht hinter dem Schreibtisch hervor und stürmte durch einen langen Gang mit einer Behändigkeit, die ihm Elliot gar nicht zugetraut hätte. Durch ein schweres Eisentor gelangten sie in einen Raum, in dem mehrere Fahrzeuge, ordentlich aneinandergereiht, untätig dastanden.

„Diesen oder keinen." Er deutete mit dem Hals der Pfeife, die er sich vorher angezündet hatte, auf einen kleinen, rosafarbenen Morris Minor älteren Datums. „Mit dem hat meine

Frau schon grössere Touren auf der Insel ohne Beanstandungen unternommen. Ein gutes Auto, verzeiht fast jeden Fehler. Zugelassen und vollgetankt. Sie können sofort starten. Na, was ist?"

„Alternative habe ich ja wohl keine, oder? Was soll's, laden wir das Gepäck um, damit ich hier wegkomme."

„Das ist ein Wort!"

Ken half beim Beladen, nachdem der Besitzer das Auto in den Hof gefahren hatte. Mit feuchten Händen fasste Elliot das Lenkrad und versuchte sich die Ratschläge und Weisungen der beiden, die blöd grinsend hinter der Glasscheibe vom Büro standen und ihn beobachteten, in sein Gedächtnis zurückzurufen. Er drehte den Zündschlüssel, drückte den Startknopf, legte den Gang ein, wie ihm gesagt wurde, und liess die Kupplung langsam kommen. Der Wagen setzte sich mit einem Ruck in Bewegung und rollte vom Hof.

Paddy O'Connor

Paddy stürmte ins Haus, fand Hazel auf dem Boden liegend vor, neben ihr Sarah, die hilflos weinte. Er kniete neben sie, schob den Arm unter ihren Kopf und hob ihn an. Hazel reagierte nicht. Elliot, der mit aufgeschlagenen Knien unter der Türe stehengeblieben war, schaute traurig auf Vater und Schwester, wie sie neben Mutter knieten und ebenso ratlos waren wie er.

„Elliot, lauf zu Doktor Rutless!"

Mit der Angst als Antriebsfeder hetzte Elliot über Wiesen, Felder und halbhohe Steinmauern dem Dorf entgegen. Von Gefühlen übermannt, seine eigenen Schmerzen unterdrückend, den Zustand seiner Mutter als Schreckensbild in sein Gesicht eingemeisselt, völlig ausser Atem, stürzte er in die Praxis von Doktor Rutless. Noch nie hatten ihn seine Füsse so schnell an einen Ort getragen.

Der alte Mann schaute irritiert auf den Jungen mit den blutenden Knien, dessen Worte, die aus seinem Mund sprudelten, nur noch durch die wilde Gestik mit Armen und Beinen übertroffen wurden.

„Ho, ho!", rief Doktor Rutless, wie bei einem durchgegangenen Pferd, das er aufzuhalten versuchte. „Langsam, langsam, junger Mann. Beruhige dich, sonst kann ich nichts verstehen von dem, was du mir erzählen willst." Elliot unterbrach abrupt sein Getue, schluckte schwer und stiess nur noch das Wort „Mutter!" in den Raum. Doktor Rutless wusste sofort, dass irgendwas Schlimmes passiert sein musste, nachdem er in die verzweifelt nach Hilfe schreienden Augen des Kindes gesehen hatte. Er griff nach seinem Arztkoffer, nahm Elliot bei der Hand und liess eine perplexe, halbbekleidete Patientin allein im Sprechzimmer zurück.

Das Auto hatte Mühe, über den Pfad, der von schweren Pferdefuhrwerken zu einem Tal von kleinen Erhebungen und feuchten Vertiefungen, gross wie kleine Seen, herausgearbeitet worden war, zu fahren. Trotzdem beschleunigte der alte Mann, als wären sämtliche Unebenheiten von Schutzengeln glattgebügelt worden und der Wagen ein Werk der Utopie. Elliot hielt sich fest, so gut er konnte, wurde aber von den physikalischen Kräften zwischen Sitz und Dach des Autos herumgebeutelt wie ein Blatt im Wind. Seinem Empfinden nach wäre er zu Fuss viel schneller gewesen als dieser Doktor Rutless, der mit grimmiger Miene seine stinkende Benzinkutsche, die jeden Moment auseinanderzufallen drohte, über das Gelände dirigierte. Nach etlichen Windungen kam sie vor dem Haus zum Stehen. Die Haustür stand immer noch sperrangelweit offen, so wie sie Elliot verlassen hatte. Doktor Rutless verschwand mit dem Koffer in der Hand, Unheilvolles ahnend, unter dem Türbogen, bevor sich Elliot bequemte, aus dem Auto zu steigen. Sein Bedarf an Aufregung war für heute gedeckt. Die Glieder bleischwer, das Blut inzwischen eingetrocknet, bewegte er sich zum Eingang, setzte sich auf den Boden und horchte nach oben. Nichts, kein Schreien, kein Wimmern war zu hören, seine Angst, Mutter könnte schon gestorben sein, klopfte mittels erhöhter Herzfrequenz bis zum Hals.

Nach Stunden, wie es Elliot schien, kamen der Doktor und sein Vater die Stiege, die zu den Schlafzimmern führte, herunter und unterhielten sich flüsternd. Er bekam nur Wortfetzen mit, was seinem Gefühlstief weitere Nahrung zuführte. Der Verzweiflung nahe, suchte Elliot Augenkontakt mit dem Menschen, den er liebte. Vater unterhielt sich immer noch mit Doktor Rutless, so dass er die Ängste seines Sohnes nicht mitbekam.

„Wo ist Mutter, was ist mit ihr?", war dann die hastig gestellte Frage an seinen Vater, als der Doktor, ohne sich um

Elliots Wunden gekümmert zu haben, das Haus verlassen hatte.

„Zusammen mit Sarah habe ich sie ins Bett gelegt. Sie schläft jetzt. Doktor Rutless hat ihr ein Medikament gegeben. Wir müssen jetzt tapfer sein, Mutter ist sehr krank."

Tage und Wochen vergingen. Minuten der Hoffnung wie Stunden der Angst überzogen die Gefühle der Familie O'Connor. Jedes Mal, wenn Doktor Rutless seine Visite beendete und sie über den Gesundheitszustand ihrer Mutter aufgeklärt hatte, schöpften sie neue Hoffnung, und wenn er sie dann verliess, legte sich ein Hauch von Depression auf ihr Gemüt. Paddy versuchte alles, um seine Hazel und die Kinder auf andere Gedanken zu bringen, leider gelang es ihm nur sehr selten, der Zustand von Hoffnungslosigkeit war allgegenwärtig. Eines Sonntags fasste er Mut und ging mit den Kindern in die Kirche von New Milltown, stellte sich am Aufgang zum Gotteshaus der Familie Kavanagh entgegen und informierte sie über den Zustand ihrer Tochter. Im selben Moment wusste Paddy, dass er einen vermeidbaren Fehler begangen hatte. Der Gewitterregen war vergleichsweise harmlos gegenüber dem, was an unflätiger Beschimpfung bis zur Androhung von Mord über ihn herniederging. Die Familie Kavanagh hätte keine Tochter mehr, wurde ihm erklärt und dass er sich mit seiner Brut hier nicht mehr blicken lassen solle, ansonsten für nichts garantiert werden könne. Paddy O'Connor nahm je eines seiner Kinder an die Hand und machte sich wieder auf den Heimweg. Beim Ausgang aus dem Park, in dem die Kirche stand, holte Mutter Kavanagh sie ein.

„Wo wohnt ihr?", fragte sie hektisch unter dem Regenschirm hervor.

„O nein. Das wäre nicht klug, wenn ich Ihnen das verraten würde."

„Tu es, und es wird euer Schaden nicht sein!" Paddy wunderte sich, gab ihr aber zögernd die Antwort.

Mitten in der Woche fuhr ein Pferdegespann vor das Haus der O'Connors. Paddy war bei der Arbeit, die Kinder hielten bei der Mutter Wache. Eine Frau stieg aus und hielt auf die Eingangstüre zu. Elliot und Sarah standen mitten im Raum, hielten angespannt die Luft an und warteten auf das Eintreten der fremden Frau.

„Seid ihr Elliot und Sarah?", herrschte sie die Kinder an. „Ich bin eure Grossmutter. Wo ist eure Mutter?"

„Oben…" Elliot blieben die Worte im Halse stecken, er versuchte vorauszugehen, ihr den Weg zu zeigen, wurde aber barsch darauf hingewiesen, unten zu warten.

Nach gut zwei Stunden kam sie wieder herunter und verliess das Haus, ohne sich von den Kindern zu verabschieden. Elliot stürmte ins Schlafzimmer seiner Mutter, versuchte die Stimmungslage zu ergründen, setzte sich auf die Bettkante und suchte nach ihrer Hand. Kalt und zerbrechlich fühlte sie sich an, blutleer und verletzlich lag sie in seiner. Als Paddy am Abend nach Hause kam, die Nachricht vom Besuch erfuhr, seine Hazel begutachtete, wusste er, dass dies ein grosser Einschnitt in sein Leben bedeutete.

Früh am Morgen des nächsten Tages, gerade als Elliot und Sarah sich überlegten, ob sie heute zur Schule gehen sollten, stand Hazel auf dem oberen Treppenabsatz. Die Kinder hielten sie am Anfang für eine Erscheinung, bevor sie sich auf die Mutter stürzten, um sich von der Realität zu überzeugen. Bald jedoch mussten sie erkennen, dass ihre Mutter nicht mehr die Mutter von früher war. Irgendetwas an ihr war anders. Nicht am Aussehen, sie sah immer noch wie ihre Mutter aus. Etwas kränklich, vielleicht, aber immer noch ihre Mutter. Nein, die Veränderung kam von innen, sie wirkte kalt und zerbrochen, durchsichtig und steril, sie wirkte gläsern.

Elliot O'Connor

Der albtraumähnliche Zustand, den Elliot während der Fahrt aus der Stadt begleitete, löste sich erst, als er auf der Autobahn in Richtung Südwesten fuhr. Die Anspannung schien in sein Gesicht gemeisselt, nachdem er Hunderte von Ampeln und Kreuzungen heil überstanden hatte. Da er fast jedes Mal vergass, beim Anhalten die Kupplung zu drücken, jedes Mal neu starten musste, vor lauter Gehupe anderer Verkehrsteilnehmer schon taub war, konnte er sich hier auf dem breiten Betonband erleichtert zurücklehnen. Jetzt erst bemerkte Elliot, dass er klitschnass war und tierisch schwitzte. Er lenkte das Gefährt auf einen Rastplatz, stieg aus, kramte im Kofferraum nach ein paar frischen Kleidungsstücken und steuerte die Waschgelegenheit an.

Er fühlte sich um einiges wohler, summte eine Melodie, sah kurz auf die Uhr und gab dem Kleinwagen mächtig Gas. Vor ihm tauchte ein gelbes Blinklicht auf, und von rechts schoss eine schwere Landmaschine quer über die Strasse. Elliot trat vehement auf die Bremse, natürlich starb der Motor wieder ab und rundherum wurde wieder gehupt.

„Wenn das so weitergeht, werde ich Tralee nie erreichen", dachte er und begann das Prozedere vom Starten des Motors über sanftes Anfahren aufs Neue.

Die Strassenbeleuchtung brannte schon mehrere Stunden, als Elliot das Ortsschild von Tralee in seinem Scheinwerferlicht wahrnahm. Es kam ihm so vor, als wäre er mit seinem bockigen Gefährt schon Tage unterwegs. Eine von einem imaginären Licht angestrahlte Tafel, die über der Strasse hing, auf der ein gemalter schwarzer Schwan seine Federn aufplusterte, zog Elliot in seinen Bann.

Er folgte dem Richtungsanzeiger und stand kurz darauf auf einem Hotelparkplatz. Mit einem tiefen Seufzer zog er den Zündschlüssel, schnappte sich einen Koffer und stand wenige Minuten später an der Rezeption.

„Was kann ich für Sie tun?", fragte eine junge Frau hinter dem Tresen.

„Einen Raum, gross, dunkel und ruhig. Haben Sie so etwas?"

„Aber ja, Zimmer 16. Kommen Sie!"

Über gewundene Treppen, schmale Durchgangstüren folgte Elliot der Frau in den hinteren Trakt des Hotels. Nachdem sie ihm die Türe zu einem Zimmer aufgeschlossen und ihn nach irgendwelchen Wünschen gefragt hatte, er mit dem Wunsch nach Bier und Sandwiches antwortete, fiel er aufs Bett und schlief sofort ein.

Elliot wunderte sich, als er am nächsten Tag aufwachte, dass er angezogen im Bett lag und auf einem kleinen Tisch daneben ein Bierglas mit teerfarbenem Getränk und zwei Sandwiches mit eingetrockneter Wurst sah. Er zog sich zuerst seine Kleidung aus, stellte sich unter die Dusche, schlüpfte in einen frischen Anzug und sass eine halbe Stunde später beim Frühstück.

Danach versuchte Elliot die Adresse vom Polizeirevier zu erfahren und fragte sich durch, bis er vor einem Gelände mit Sandsteinfassade und altem eingelagertem Holzriegel stand. Hinter der grünen, mit Messingringen versehenen uns als Eingang deklarierten Tür befand sich ein weiteres poliertes Messingschild, auf dem verschiedene Ressorts mit Stockwerksangaben abzulesen waren. Elliot fuhr mit dem Finger der Tafel entlang und blieb an einem Namen hängen, der sein Interesse erweckte. *Mordkommission, Chefinspektor Charles King, Stellvertreter Alan Henley* las er halblaut und dazu bewegten sich die Lippen synchron. Er benutzte die Treppe, nicht den Aufzug, die ihn in das dritte Stockwerk bringen sollte, er bereute es schon nach dem ersten Absatz. Ausser Atem kam er in dem direkt unter dem Dach liegenden Büro der Mordkommission an. Elliot überlegte sich, demnächst etwas für seine Fitness zu unternehmen, als er auf der Bank vor der Tür der Kommission sass und mühselig nach Luft schnappte.

„Kann ich Ihnen behilflich sein? Suchen Sie jemanden?", fragte ein junger Mann, der aus der Türe trat.

„Chefinspektor King?"

„In welcher Angelegenheit möchten Sie King sprechen? Verzeihung, mein Name ist Henley, Alan Henley, ich bin der Stellvertreter."

„Elliot O'Connor. Ich möchte mich in der Sache Paddy O'Connor an Ihren Chef wenden."

„Sicher, einen kleinen Moment bitte, ich werde Sie anmelden." Er verschwand in der Tür, um nach ein paar Minuten wieder hervorzutreten. „Der Chefinspektor lässt bitten!"

„Ah, Doktor O'Connor, nehmen Sie Platz!" Eine etwas steif anzusehende Verbeugung eines ebenso steif aussehenden, älteren Herrn liess Elliot auf einem Stuhl Platz nehmen. Hinter dem übergrossen Schreibtisch sass Charles King und nahm zum ersten Mal Kontakt mit Elliot auf.

„Sie bearbeiten den Fall O'Connor?"

„Unfall, meinen Sie. Denn um so einen handelt es sich hier. Ihr Vater hatte einen Ausrutscher am Strand von Lahinch, wieso auch immer. Er fiel mit dem Kopf auf einen Stein, riss sich ein Loch in denselben und verblutete daran, ganz einfach. Alles andere, das man Ihnen zugesteckt hat, können Sie vergessen. Fremdverschulden liegt jedenfalls nicht vor. Noch Fragen?"

„Fragen? Sie verzeihen, wenn ich Ihre Zeit in Anspruch nehme, aber ich habe noch viele Fragen an Sie. Sie glauben doch nicht, dass ich einen stundenlangen Flug nach Irland auf mich nahm, um dann von Ihnen mit drei banalen Sätzen wieder nach Hause geschickt zu werden." Elliot war ungehalten und King fixierte sein Gegenüber mit unverhohlenem Blick.

„So, was wollen Sie denn hören? Etwa irgendwelche Phantasien einer verblödeten Dorfbevölkerung oder Hirngespinste eines abgehalfterten Polizisten, Träumereien eines Bäckers, ich kann noch stundenweise fortfahren, wie hätten Sie's denn gerne?" Kings Augen funkelten. Das Gespräch bekam eine ungewollte Wende, Elliot nahm es mit Befremdung zur Kenntnis.

„Sie verstehen mich falsch. Ich will keineswegs Ihre Arbeit kritisieren, ich wollte mich lediglich nach meinem Vater erkundigen", lenkte Elliot beschwichtigend ein.

„Ich verstehe Sie schon richtig. Wir haben über Sie Erkundigungen in Amerika eingeholt und die riechen nach einer Menge Ärger."

„Kann ich meinen Vater sehen?"

„Aber ja." Alan Henley meldete sich, nachdem er bis anhin geschwiegen hatte. „Der Leichnam ist zur Beerdigung freigegeben. Sie können über ihn verfügen, er liegt im Leichenschauhaus. Das ist eine überaus gute Idee, wir haben sowieso noch keine glaubhafte Identifizierung, das könnten Sie dann bei der Gelegenheit noch nachvollziehen."

„Nun, das glaube ich nicht, nach all den Jahren würde das zu einer Enttäuschung für Sie." Elliot stand auf und ging zur Tür.

„Wo finde ich das Gerichtsmedizinische Institut?"

„Nehmen Sie 'ne Taxe!" Für King war die Unterhaltung zu Ende, er blätterte in einem Ordner und nahm von Elliots Abgang keine Notiz.

Der Taxifahrer hielt Elliot für einen amerikanischen Touristen. Schon beim Einsteigen in sein Fahrzeug begann er ihn mit einem Frage-Antwort-Spiel zu quälen, zeigte auf dies und jenes und ballerte Elliot mit Worten zu.

„Hören Sie, bringen Sie mich einfach an die angegebene Adresse. Ich bin an einer Sightseeing – Tour nicht interessiert", versuchte er den Redefluss des Taxifahrers zu stoppen, was dieser einfach ignorierte und fröhlich weiterplapperte.

Elliot liess sich nicht weiter davon abhalten, an das vorangegangene Gespräch mit dem Inspektor zu denken. Er vermisste die irische Gastfreundschaft, die dem Inspektor King abhandengekommen zu sein schien, im Gegenteil zu seinem Fahrer, der sein Fahrzeug angehalten hatte und auf ein besonders reizvolles Haus mitten in der Stadt zeigte. Elliot zeigte gespieltes Interesse, war aber in Gedanken weit weg, hineingekauert in den Rücksitz, schwelgte er in der Erinnerung, dachte an die Zeit, als er selbst noch in Irland lebte. Waren es auch nur schemenhafte Kindheitserinnerungen, die seinen Geist beschlichen, stimmten sie ihn dennoch traurig darüber, dass die Vater-Sohn-Beziehung nicht intensiver stattgefunden hatte. Er, der sie jetzt mühsam, als etwas längst Vergangenes wieder in sein Gedächtnis zurückrufen musste und dabei die positiven Momente wie kleine Geschenke des Lebens herausfilterte.

Die Taxe hielt an einem langgestreckten Bau, deren zahlreiche Fenster im gleissenden Sonnenlicht die Umgebung widerspiegelten. Er sah, wie sich der Fahrer zu ihm umdrehte und die Lippen bewegte. Erst jetzt bemerkte Elliot, dass sie vor einem Gebäude angehalten hatten und der Mann den Fahrpreis verlangte. Mit schlafwandlerischen Bewegungen zog er die Geldbörse, bezahlte den ihm noch lange nachschauenden Taxifahrer und verliess den Wagen.

Das gleiche Spiel begann, als er die Klinke der Eingangstür niedergedrückt hatte, er rutschte mit dem Finger auf einer Tafel entlang. Wieder das dritte Stockwerk, nur diesmal nach unten. Er entschloss sich für den Aufzug.

Die Tür ging auf und gab einen langen Gang frei, in dem er sich zu orientieren versuchte, als ein junger Mann auf ihn zutrat und sich als Sean Kennan zu erkennen gab.

„Sie sind Doktor O'Connor? Henley hat Sie angemeldet. Folgen Sie mir!"

Elliot trabte ohne Widerrede hinter dem Jungen her und befand sich wenig später in einem kleinen, weissgekachelten Raum. Eine quirlige, leicht übergewichtige, kleine Frau baute sich vor ihm auf und schaute Elliot mit weichen, braunen Augen Willkommen heissend an. Eine echte Irin, äusserst sympathisch, schoss es Elliot durch den Kopf, während sich die schwarzhaarige Frau als Kollegin outete.

„Mary Hayley. Mein Beileid zum Tod Ihres Vaters." Der feste Händedruck, der darauf folgte, überzeugte sogar Elliot von der Ehrlichkeit ihres Ausspruches. „Ich nehme an, Sie wollen den Leichnam sehen und untersuchen?"

Elliots verblüffter Gesichtsausdruck – an diese Möglichkeit hatte er bis anhin noch keinen Gedanken verschwendet – veranlasste Mary Hayley, eine Tür aufzustossen und voranzugehen. Ein allzu vertrauter Raum erwartete ihn und der intensive Geruch nach Formalin stach in seine Nase. Die sterile Kälte, die von Boden und Wänden ausging, das karge Mobiliar, die Waschgelegenheit gleich beim Eingang. Helles, kaltes Licht strahlte von Lampen an der Decke in einen fensterlosen Raum und verbreitete den Charme eines Schlachthauses.

All das kam Elliot so vertraut vor wie einem Handelsreisenden ein Zimmer im Hotel Sheraton irgendwo auf der Welt. Zugleich ging eine Verwandlung in ihm vor, vorher unsicher und gehemmt, jetzt sein Element, seine Arbeit, in der er sich stark und gewandt bewegte.

„Sie können Ihre Kleidung in den Schrank hängen, da befindet sich auch eine Schürze. Sean wird Ihnen zur Seite stehen. Wenn Sie etwas benötigen, wenden Sie sich an ihn, er ist unser

Faktotum." Mary Hayley wandte sich zum Gehen, Elliot hielt sie zurück.

„Entschuldigung, Frau Kollegin, gibt es ein Protokoll Ihrer Untersuchung? Mich würden die Ergebnisse Ihrer Arbeit interessieren. Schon der Vergleiche wegen."

„Die liegen dort auf dem Tisch. Wie gesagt, Sean weiss über alles Bescheid, er wird Ihnen gerne behilflich sein. Mich müssen Sie entschuldigen, die Pflicht ruft."

Gleichsam mit der Aktivität von Mary Hayley legte sich Sean ins Zeug und schob ein hochbeiniges Gefährt herbei, auf dem die Umrisse, zugedeckt unter einer grünen Wachsdecke, eines menschlichen Körpers zu erkennen waren. Elliot wurde die Situation, in der er sich befand, augenblicklich klar, als er mit zittrigen Fingern nach dem Tuch griff.

Nach Jahren des Suchens, der Standortbestimmung, der Erinnerung an Gemeinsamkeiten mit Vater, Mutter und Schwester sollte eine Begegnung stattfinden, die sich Elliot als Junge in schlaflosen Nächten so sehr herbeigesehnt hatte. Ein Sohn wollte seinen Vater wiedersehen, von dem er gewaltsam getrennt wurde. Die Träumereien, der aufkeimende Hass, das Gefühl vom Verlassen werden, all dies kam in dem einzigen Augenblick, als er nach der Decke griff, mit brachialer Gewalt in ihm hoch. Elliot zog den Stoff zurück, legte den Kopf des Toten frei, um ihn nachher gleich wieder zu bedecken, denn was er da sah, dieses Gesicht, war nicht das seines Vaters, jedenfalls nicht seiner Erinnerung nach. Zögernd legte er den ganzen Körper frei, betrachtete befremdet den Leichnam und brannte sich Einzelheiten scheibchenweise in sein Gehirn. Er musste sich beherrschen, um nicht auszurufen, nicht zu betteln. Sean, der Elliot scharf beobachtete, sah den Ruck, der durch den Körper ging, er wusste um die Situation des Fremden und zog sich auf einen Stuhl in die hinterste Ecke des Raumes zurück.

Über seinem Haupt hing ein Kabel von der Decke mit dem Mikrophon, in das die Aufzeichnungen gesprochen wurden. Das Tray, ein kleines, rollendes Tischchen, stand neben der Bahre, auf dem sich verschiedene Werkzeuge, Skalpelle und Gummihandschuhe befanden. Nachdem er diese übergestreift hatte, beschäftigte Elliot sich als erstes mit dem Körper, suchte gründlich nach Spuren von Verletzungen, Einstichen und begutachtete die Totenflecken, die blassrosa an der Unterseite hervortraten. Ausser einer leichten Schürfung am Ellbogen waren keine weiteren Verletzungen zu erkennen. Dann betrachtete er die Öffnung am Kopf. Die leicht angetauten, verkrusteten Hautlappen zog er mit einem Fleischhaken auseinander, leuchtete mit der Lampe, an der ein Vergrösserungsglas montiert war, in die Wunde. Kleine Holzsplitter lugten über den Rand, die er mit einer Pinzette vorsichtig entfernte und in eine blecherne Schale legte. Mit dem Skalpell vergrösserte er die Öffnung und stiess bis zur Schädeldecke vor, die paar Krabben, die er dabei zerteilte, kamen zu den Holzsplittern in die Schale.

„Sean, würden Sie mir bitte die Akte mit dem Protokoll herüberreichen?" Sean kam dem eilig nach und drückte Elliot ein Untersuchungsblatt mit zwei Seiten in die Hand. „Ein Rastermikroskop, habt ihr so etwas?" Sean sah ihn konsterniert an, als ob er nach einem fünfgängigen Menü verlangt hätte.

„Ich glaube nicht. Ein Mikroskop haben wir, ob es aber der von Ihnen gewünschte Typ ist, wage ich zu bezweifeln."

Elliot war schon in den Bericht seiner Kollegin vertieft, so dass er von den Zweifeln des jungen Mannes nichts mitbekam. Der Bericht enthielt Angaben zur Person, allgemeine Daten, Blutbefunde und noch etwas, die Todesursache.

Paddy O'Connor

Es war noch dunkel, als Paddy durch den Ostschacht über die feuchte Leiter Sprosse um Sprosse bis zum dritten Abbauschacht hinunterkletterte. Der neue Arbeitstag begann mühselig und stand erst am Anfang. Er warf einen flehentlichen Blick durch den Zentralschacht nach oben, konnte die ersten Konturen des anbrechenden Tages erkennen und dachte kurz daran, dass es für eine ganze Weile das letzte Mal sein würde, dass er das Tageslicht sehen konnte. Der Schacht lief schräg an einer chlorit- oder zinnhaltigen Ader entlang. Eine orangefarbene Schicht aus verwittertem Quarz umrahmte das blauschwarze Gestein und löste Assoziationen mit modernen Gemälden aus. Links und rechts bogen Tunnels ab, da Zinnadern senkrecht in den Boden verlaufen, mehrere übereinander, um so die Erzgewinnung zu beschleunigen und die Lüftung zu verbessern.

Seine Gedanken kreisten um Hazel, fanden den Anfang und das Ende immer an der gleichen Stelle: Was passierte, wenn sie nicht mehr war? Was für Zustände würden eintreten, was geschah mit seinen Kindern, Sarah und Elliot? Paddy mühte sich um eine Antwort, fand keinen Zugang zu der Lösung und verrannte sich in aberwitzigen Versionen von wenn und aber. Kein noch so schwerlich erdachter Kompromiss fand seine Zustimmung oder eine Annäherung an das Problem. Im Gegenteil, Verdrängung von Schuld und Verantwortung verlangten nach immer mehr Raum in seinen Gedanken, sie machten ihn dumpf und taub gegenüber seiner Sehnsucht nach Frau und Familie. Paddy erschrak über sich selbst.

Was war das noch für eine Aufregung im Haus O'Connor, als das erste Kind kam. Auf was wurde nicht alles geschworen,

Lobhudelei ausgesprochen und Träume gehegt, was war das für ein leichtes, unbeschwertes Leben. Kein Los zu schwer, keine Unbill zu hart.

Schrilles Pfeifen schreckte ihn aus der Lethargie von Träumen längst vergangener Zeiten. Die Lunte brannte und an ihr hingen zwei Kilo Schwarzpulver, das jeden Moment in einer Bohrung explodieren würde. Goulder rannte an ihm vorbei, stiess Paddy an der Schulter und rief ihm etwas Unverständliches zu, Hals und Beinbruch oder etwas Ähnliches. So wie sie es immer taten, bevor der Sprengmeister die Lunte entzündete. Paddy suchte Schutz im nächsten Tunnel und hielt sich die Ohren zu. Ein Tick zu spät, dachte er, als seine Gehörgänge vom Druck der Detonation verschlossen wurden. Leicht benommen klopfte er sich den Dreck aus der Arbeitskleidung und versuchte sich in den Schwaden von verbranntem Schwarzpulver und dem Staub von abgesprengtem Gestein, die wie Puder in den Gängen hingen, zu orientieren. An was dachte er vorhin, an ein leichtes, unbeschwertes Leben. Er musste an Verblödung leiden, anders konnte er sich solche Gedanken nicht erklären.

Im Maschinenhaus brannte noch Licht, als Paddy nach der Arbeit aus dem Schacht stieg. Einem kurzen Gedanken folgend, drückte er die Tür zum Eingang auf. Die gigantische dampfbetriebene Maschine beeindruckte Paddy immer wieder aufs Neue, wie sie fast lautlos ihren Dienst verrichtete. Rhythmische, wie von Zauberhand geführte Arbeitsgänge von Stössel, Schwungrad und Drosselklappen. Ventile, die sich im vorgezeichneten Takt öffneten und schlossen und dabei der Maschine Leben einhauchten, das dann, über unzählige Räderwerke, einem Gewirr von Seilen und Bändern auf andere Maschinerien und Werkzeuge verteilt, der Mine den technischen Rückhalt gab.

Unter einer Absperrung hervorkriechend, mit Fettpresse und Ölkännchen bewaffnet, versuchte der Maschinist den Eindruck von Betriebsamkeit zu erwecken. Paddy erkannte die Taktik nur zu gut, um auf sein Gehabe hereinzufallen, wusste doch jeder hier in der Mine, dass dieses Prachtwerk, mal abgesehen von ein bisschen Fett, seinen Dienst auch alleine verrichten könnte und der Kerl schon lange im Verdacht stand, hier seine Zeit zu verpennen.

„Gib dir keine Mühe, ich bin's", meinte Paddy lachend, als er das verdutzte Gesicht von Cassidy, dem Maschinisten, sah.

„Ach Paddy, du bist das. Ich dachte schon Mister Alleswisser Duke stünde auf dem Parkett. Oh, wie ich dieses Arschloch hasse. Überall steckt er seine dicke Knollennase rein, sagt mir: >Tu das, tu dieses< und hat von alledem keinen blassen Schimmer. Irgendwann schmeiss' ich ihn unter meine *Isabella*, damit er von ihrem herrlichen Metallrad zerquetscht wird. Glaub mir, irgendwann wird das passieren und keiner weint ihm einen Träne nach. Was kann ich für dich tun?" Völlig ansatzlos sprang er auf ein anderes Thema um, stellte dabei seine Utensilien auf die Werkbank und starrte Paddy fragend an.

„Was? Ach so…, nun ja, ich wollte dich etwas fragen."

„Nur zu, frag mich, oder ist es was Delikates? Vielleicht über ein Weibsbild?"

„Nein… ja, aber nicht, was du denkst."

„Woher willst du wissen, was ich denke? Hast du etwa eine kleine Freundin und brauchst ein Alibi für deine Frau? Kein Problem, sag es deinem Freund Cassidy, der wird's schon richten." Ein breites Grinsen begleitete seinen Ausspruch.

„Wie kommst du auf so was?" Paddy war über so viel Unverfrorenheit erstaunt. „Gibt es jemanden, der mit so einem Anliegen zu dir kommt?"

„Ab und zu, sicher."

„Verrückt! Nein, ich habe eine Frage wegen deiner Mutter. Soviel ich mich erinnere, war deine Mutter sehr krank und wurde von einer Kräuterfrau mit irgendwelchem Zeug behandelt, bevor sie starb und…"

„Warum willst du das wissen? Meine Mutter ist schon vor Jahren gestorben, aber nicht der Kräuter wegen, die sie eingenommen hatte." Seine Hände wurden unruhig, versuchten eine Stelle zu finden, an der sie sich verstecken konnten und fanden nach mehreren fehlgeschlagenen Versuchen die Taschen seines Overalls.

„Sondern…?"

„Schuld an allem war Hochwürden O'Sallivan. Er glaubte zu wissen, nein er bestand sogar darauf, dass meine Mutter vom Teufel besessen war und übte sich an ihr im Exorzismus. Leider überstand sie die Tortur nicht, fiel anschliessend ins Koma, aus dem sie nie wieder erwachte. Irgendwie kam Father O'Sallivan mit der Geschichte nicht mehr richtig klar und verstarb noch vor meiner Mutter." Er starrte auf seine Stiefel, und Paddy glaubte eine Träne in den Augen des Mannes aufblitzen zu sehen. „Hat es eine besondere Bewandtnis oder ist alles nur Neugierde?"

„Traust du mir das zu? Meine Frau liegt zu Hause, abgezehrt, ausgemergelt und hohlwangig. Einer Erkrankung erlegen, an der sich Doktor Rutless die Zähne ausbeisst. Mutter Kavanagh behandelt sie mit irgendwelchem Kräutertee. Und murmelt dazu unverständliches Zeug. Ich wollte dich lediglich fragen, ob die Möglichkeit bestünde, mit geheimen Tinkturen, Pülverchen und rituellem Gelaber einen Menschen zu zerstören."

„Die Frage ist nicht, ob sie es kann, das ist kein Kunststück. Die Frage ist, warum sollte sie das tun? Warum sollte sie ihrer Tochter Böses antun, hätte sie denn einen Grund dazu? Nein? Oder etwa doch? Alles Fragen, die du dir zuerst beantworten solltest, bevor du bösartige Unterstellungen an die Adresse von deiner Schwiegermutter sendest."

„Und wenn es so wäre, wie du sagst, was dann?"

„Halte die Augen weit offen, sammle Beweise für das Unterfangen und dann bringe sie an den Galgen."

Auf dem Nachhauseweg fasste Paddy den festen Entschluss, Mutter Kavanagh und ihr Wunderheilen genauer unter die Lupe zu nehmen und seinen Sohn Elliot zur Spionage an seiner Grossmutter zu bewegen, um damit vielleicht hinter die geheimen Absichten dieser Frau zu kommen. Wie und was er sich auch überlegte, um seinen Emotionen Herr zu werden, es reduzierte sich immer wieder auf dieselbe Ausweglosigkeit. Paddy befand sich in der Quadratur des Kreises, ein Objekt der Ausweglosigkeit.

Elliot O'Connor

Elliot beugte sich über den Seziertisch und begann mit der Post-Mortem-Untersuchung. Nachdem er ein nach Ammoniak stinkendes und somit alle anderen Gerüche überdeckendes erbsengrosses Stück chemischer Masse unter die Nasenflügel gestrichen hatte, setzte er das Skalpell am hinteren Rand der Kopfhaut an und zog es mit einem glatten Schnitt horizontal bis zur Stirn vor. Dann klappte er beide Seiten auseinander und untersuchte die Schädeldecke nach eventuellen Rissen. Sean sass immer noch auf seinem Stuhl und stopfte Sandwiches in sich hinein, nicht ohne vorher Elliot eingeladen zu haben, was dieser dankend ablehnte.

Der vier Millimeter lange Riss, der sich an der Wunde am Schädel gebildet hatte, konnte unmöglich, wie von Mary Hayley in ihrem Protokoll angegeben, die Todesursache sein. Er fragte sich insgeheim, wie jemand eine Obduktion so schlampig ausführen konnte. Keine der drei Körperhöhlen wurde geöffnet, nie ein Blick ins Innere geworfen.

Das erste Organ, das Elliot dem Körper entnahm, war das Gehirn. Trotz sorgfältiger Untersuchung konnte er keine Blutung im Hirngewebe entdecken. Mit einem Hautschnitt vom Kinn abwärts, der ihm Zugang in den Halsbereich, Brust- und Bauchraum erlaubte, setzte Elliot seine Obduktion fort. Er suchte nach typischen Veränderungen oder vitalen Zeichen in den Organen, die ihm den schlüssigen Beweis der Todesursache erbringen sollten. Mit einer elektrischen Säge trennte er zwei Rippen ab, gelangte so an das Herz, an dem weder Narben noch Anzeichen eines Infarktes oder Herzstillstandes vorhanden waren.

Seit zwei Stunden werkelte Elliot an der Leiche, ohne einen

Befund zu erahnen. Zwischendurch tauchte Sean vor seinem Blickfeld auf und fragte nach einer Aufgabe, die er ihm zuteilen möge.

„Was ist Ihre Funktion in diesem Institut? Ich meine, Sie haben doch sicherlich eine Ausbildung genossen?"

„Ich bin Leiter des Laboratoriums."

„Das trifft sich gut. Dann möchte ich Sie bitten, hier den Mageninhalt zu untersuchen." Elliot drückte ihm eine Petrischale mit Exkrementen aus Darm und Magen in die Hand.

„Suchen Sie nach etwas Speziellem, oder wollen Sie nur wissen, was er zuletzt gegessen hatte?"

Pflanzenschutzmittel, Gifte aller Art, suchen Sie gezielt in die Richtung!"

„Oh..., das dauert aber. Wie Sie wissen, sind Vergiftungen schwer nachweisbar und wir im Institut haben nicht das ganze Spektrum, um die Giftskala rauf und runter zu testen."

„ 'ne Fliege werdet ihr ja wohl noch haben?" Elliot schaute über den Rand der Vergrösserungslampe auf Sean.

„Was...?"

„Fangen Sie eine Fliege, sperren Sie mit dem Mageninhalt zusammen in ein Glas und verschliessen den Deckel. Wenn sie nach zehn Minuten auf dem Rücken liegt, war der Inhalt vergiftet, so einfach geht das. Die Art des Giftes können Sie später eruieren."

Sean verschwand mit der Schale hinter der Tür am Ende des Raumes. Akustisch bekam Elliot nachher das Fangen einer Fliege mit, jedenfalls ging einiges im Labor zu Bruch, bevor Elliot sich wieder an die Arbeit machte. Nach einer weiteren halben Stunde, er betrachtete gerade die Leber etwas intensiver, stand Sean wieder vor ihm.

„Sie fliegt immer noch", berichtete er völlig aufgelöst.

„Danke, das wollte ich hören! Aber da Sie schon mal hier

sind, können Sie mir helfen, den Körper auf die Seite zu drehen."

Gemeinsam wuchteten sie den schweren Leichnam auf die Seite. Während Sean den Körper in der Stellung behielt, schaute sich Elliot nach seiner Vermutung um. Blassrosa Totenflecken auf dem Rücken deuteten auf innere Verblutung hin. Hinter einer dunklen Sommersprosse getarnt, fand er den Einstich. Mittels einer metallenen Sonde suchte Elliot den Weg. Der Durchgang in den Weichteilen war nach der Tat nicht mehr zusammengewachsen, so dass er ohne Widerstand das Stück Metall bis zur Niere vor und durch sie hindurch schieben konnte.

„So war das also", sagte er halblaut, um sich selbst zu bestätigen.

„Sorry, ich versteh' nicht?" Sean sah ihn fragend an. Elliot wollte gerade antworten, als unter der Tür Mary Hayley erschien.

„Sie sind ja immer noch hier und, wie ich sehe, noch voll bei der Arbeit?"

„O ja, solche Sachen können dauern. Kann ich Sie sprechen? Ich hätte noch ein paar Fragen an Sie."

„Laden Sie mich zum Essen ein, da bin ich besonders gesprächig. Dann bis nachher." Sie verliess die beiden auf dieselbe Art, wie sie gekommen war.

Nachdem er alles vermessen und die Organe wieder an ihren Platz gelegt hatte, vernähte er die Körperhöhlen mit Katmaterial und überliess den Leichnam Sean.

Der gleiche Taxifahrer brachte Elliot in das Hotel zurück, dieses Mal ohne grosses Geplapper, was mit einem Trinkgeld belohnt wurde. Das kalte Wasser aus dem Duschkopf rann über seinen Körper, weckte seine Sinne und liess die vergangenen vier Stunden schemenhaft an ihm vorüberziehen. Seine Erinnerungen an Vater erkalteten, alles, was ihm an Bildern, Gedanken und Begebenheiten von früher in seinem Gehirn haften geblieben war, wurde durch den heutigen Nachmittag in eine neue Datei verschoben. Eine grosse Dynamik setzte ein und bedrängte Elliot mit einer Dimension von ungeheuerlicher, emotionaler Wucht, deren Verarbeitung sein Leben begleiten würde, dessen war er sich bewusst.

In einen Bademantel gewickelt, setzte er sich an den Schreibtisch seines Zimmers und begann den Obduktionsbefund einem kleinen Tonband anzuvertrauen. Szene für Szene liess er an seinem geistigen Auge passieren und als Wort gesprochen in die Maschine fliessen. Der dunkle Anzug, den er vorher auf das Bett gelegt hatte, erinnerte Elliot an seine Verabredung mit Mary Hayley. Die Abmachung galt für ein Abendessen in seinem Hotel. Er erhoffte sich als Gegenleistung Informationen über den Tathergang. Ein Blick auf die Armbanduhr brachte Hektik in sein Tun, ein letzter Blick in den Spiegel, das Glattstreichen seiner Kleidung und Elliot befand sich auf der Treppe in den Speisesaal.

Seine Kollegin war nirgends zu entdecken, was wohl mit der obligaten Verspätung enden würde, dachte Elliot und nahm auf einem Hocker an der Bar Platz. Die Bestellung beim Barkeeper wurde durch das Erscheinen von Mary Hayley zunichte gemacht, genauso wie sein Kompliment über ihr Aussehen. Zwei verschiedene Ansichten einer Frau belegten Elliots Speicher im Gehirn, so dass er über so viel Anmut gedanklich ins Stolpern geriet und sich irgendwelche belanglosen Worte sagen hörte.

Mit der Doppelmoral amerikanischer Höflichkeit pilotierte er sie an den Tisch, der für ihn reserviert worden war. Nachdem er ihr Parfum etliche Male durch seine Nase eingesogen und die Sinne durch ihre Erscheinung betören hatte lassen, störte der Kellner sein Fluidum mit der banalen Frage nach einer Bestellung.

Die ganze Zeit während des Essens sprachen sie über belanglose Dinge, deren Inhalt aus Konversationsfloskeln bestand und warteten auf den Kaffee, um mit der Diskussion über die Obduktion zu beginnen.

„Damals als die Leiche am Strand gefunden wurde, war da ein Arzt anwesend?", fragte Elliot in die strahlenden Augen von Mary Hayley, die sich bis anhin köstlich amüsiert hatte und von der Frage total überrascht wurde.

„Keine Ahnung." Sie lachte übers ganze Gesicht. „Jedenfalls ist mir nicht bekannt, was am Strand passierte! König Charles hat das unter seinen Fittichen…"

„Wer?"

„Na, Charles King, Chefinspektor aus eigenen Gnaden." Der Wein, den sie zum Essen getrunken hatten, tat seine Wirkung.

„Was soll das heissen?" Elliot wurde hellhörig.

„Nun, die politische Machtstellung, die dieser feine Herr geniesst, geht weit über seinen Kompetenzbereich hinaus. Sein Arm reicht bis in die höchsten Regierungsämter. Die Befugnisse, die er tagtäglich überschreitet, würden grosse Ordner füllen. Machen Sie ihn nicht zu Ihrem Feind!"

„Ich glaube, das habe ich schon getan. Eine andere Frage. Warum haben Sie keine Obduktion an der Leiche vorgenommen, wie es vom Gesetz gefordert wird, dann hätten Sie bemerkt dass die Todesursache niemals Ihren Angaben entsprechen kann."

„Befehl von oben!" Sie streckte ihren Zeigefinger nach der Decke.

„Wer sollte Interesse an einem alten Mann haben? Och, liebe Mary, lassen Sie sich was Neues einfallen."

„Sie Witzbold. Glauben Sie wirklich, Sie können nach Irland

kommen, sich in Dinge einmischen, von denen Sie keine Ahnung haben und dann noch Wünsche äussern, hä? Dass ich Ihnen erlaubt habe, den Leichnam zu öffnen, war eine freundliche Geste an einen Kollegen, gibt Ihnen aber noch lange nicht das Recht, Kritik an unserem Rechtssystem zu üben." Diese Worte flossen immer träger aus ihrem Munde, so dass Elliot sich genötigt sah, dem Gespräch eine andere Wendung zu geben.

„O.k., da wir dieses nun geklärt haben, möchte ich mich dafür bedanken und Ihnen, Frau Kollegin, noch einen Whiskey an der Bar spendieren."

„Sehen Sie, so gefallen Sie mir schon besser."

Mary Hayley hatte für Elliot ihren Reiz verloren. Das Flair, das sie vor ein paar Stunden noch versprüht hatte, war wie weggeblasen, als sie auf ihren hochhakigen Schuhen, leicht einknickend, der Bar zusteuerte.

Elliot hatte gut geschlafen und befand sich nach einer kalten Dusche in Hochform. Die Alkoholexzesse seiner Kollegin am Vorabend hatten ein jähes Ende gefunden. Nach dem dritten oder vierten Whiskey fiel Mary Hayley vom Hocker, wurde vom Barkeeper in ein Taxi verfrachtet und nach Hause transportiert. Auf dem Frühstückstisch lag eine Nachricht mit einer Entschuldigung für ihre Entgleisung.

Elliot verlud seinen Koffer im Auto, nachdem er das Zimmer geräumt und bezahlt hatte. Ein wunderschöner Tag empfing ihn mit einem lauen Lüftchen, das durch die Blätter des Ahornbaumes wehte, unter dem sein Wagen stand. Das Atmen fiel unheimlich leicht, es roch nach der Mischung von frischer Erde, Blumen im Beet, man hörte das Bächlein im Wald und Vogelgezwitscher auf dem Baum. In dieser Stimmungslage sollte das Leben immer sein, dachte er, setzte sich in das Auto und die Realität hatte ihn wieder.

Wie war das noch mit dem Starten, Kuppeln und Wegfahren? Eine geraume Zeit mit Nachdenken, Missverständnissen und Wiederholungen verging, ehe Elliot das Auto vom Parkplatz bewegte und sich in den morgendlichen Verkehr dieser Kleinstadt einreihte. Er fand den Ausgang von Tralee mehr durch Zufall und befand sich auf der Strecke, die ihn nach Lahinch bringen sollte. Einige Gedanken verlor er über Mary Hayley, über die Art, wie sie den Fragen ausgewichen war, die Lüge, warum sie nicht obduziert hatte und dergleichen, als ihn die Landschaft gefangen nahm.

Soviel an opulenter Schönheit, was nun über ihn hereinbrach, konnten seine Augen kaum verarbeiten. Instinktiv trat er auf die Bremsen, steuerte eine Parkbucht an und liess die Aussicht über grüne Weiden, jede von einer kleinen Mauer eingezäunt, eine Vielfalt von blühenden Büschen und Bäumen, kleinen Weilern, putzigen Dörfern bis hin zum Meer am Horizont, auf sich einwirken. Elliot war fasziniert, ein leichtes Gefühl nach Heimat keimte in ihm hoch, Erinnerungen an die Kindheit wurden wach, was er einmal besass, als ihm das noch jeden Tag gehörte und was durch die Schuld seines Vaters eingetauscht wurde.

Mitten in dieser Pracht stand eine Telefonzelle, die Elliot an seine Schwester erinnerte, die er anrufen sollte. Das grün bemalte Häuschen gab die Tür nur widerwillig frei und Elliot stemmte sich dagegen. Ein Schaf blökte ihm entgegen, rannte zwischen seinen Beinen hindurch und suchte das Weite. Kopfschüttelnd nahm Elliot den Hörer aus der Halterung und begann die Wählscheibe zu drehen. Nachdem der Coin durchgefallen war, plärrte seine Schwester aus der Muschel ihren Namen.

„Ich bin auf dem Weg nach Lahinch", sagte er, nachdem er seinen Namen genannt hatte. „Die Beerdigung vorzubereiten. Der Leichnam ist von Tralee freigegeben..."

„Elliot, ich kann dich so schlecht hören. Was quatscht denn da für 'ne Frau dazwischen…, wo bist du jetzt? Wann ist die Beerdigung?"

„Ich bin auf dem Weg nach Lahinch, die Beerd…"

„Elliot…?"

Er hatte den Hörer längst aufgelegt. Die Verständigung war unmöglich. Elliot würde seine Schwester vom Hotel aus anrufen.

Er befand sich auf einem engen, mit Kurven übersäten Teil einer Bergstrasse, hing seit einer halben Stunde hinter einem von Touristen gecharterten Pferdefuhrwerk, dessen Insassen ihm dauernd mit penetrantem Lächeln im Gesicht zuwinkten. An ein Überholen nur zu denken, löste bei Elliot überdimensionale Schweissausbrüche aus. Schwarze Wolken drohten sich jeden Moment von ihrer Last zu befreien, was er mit Missfallen registrierte, dazu kam der steife Wind, der durch das Lüftungsgitter ins Auto drang und ihn frösteln liess. Nach intensiver Suche fand er den Klappenhebel, befehligte damit die Heizung und stand plötzlich allein auf der Strasse. Die Fuhrwerke waren durch die Öffnung, in einer Mauer aus Buschwerk, auf einen Feldweg abgebogen. Regen prasselte mit unverhoffter Wucht gegen das kleine Auto. Sein Magen rebellierte, verlangte nach Nahrung, was Elliot bewog, im nächsten Dorf ein Pub aufzusuchen, um über eine köstliche Mahlzeit herzufallen.

Nach Stunden der Sorglosigkeit, des Erfreuens an der überschwänglichen Natur fand Elliot sich am Ziel seiner Fahrt ein. Die Polizeistation von Lahinch lag im Halbdunkel vor ihm.

Paddy O'Connor

Zwei Frühlinge und ein Winter gingen ins Land. Mit all seinen widrigen Umständen streitend, liess sich Paddy auf seinen grössten Kampf ein. Den Kampf ums Überleben seiner Familie. Hazel hatte den Zugang zu der Familie verloren, suchte verzweifelt nach ihrer Identität und zerbrach zusehends an unkontrollierten Gefühlen. Sie entfernte sich immer weiter von Mann und Kindern. Anfangs mit kleinen Schritten, später mit grossen, dem Abgrund entgegen. Paddy hielt dagegen, so gut er konnte, schon der Kinder wegen, scheiterte am Schluss aber kläglich in seinen Bemühungen, die Mutter den Kindern zurückzugeben. Grossmutter Kavanagh kam in regelmässigen Abständen zu Besuch, beobachtete die Fortschritte ihrer Tochter und schmetterte jede Frage von Paddy nach der Medizin, die sie seiner Frau verabreichte, als unbeantwortet ab. Doktor Rutless verweigerte daraufhin seine Dienste mit der Begründung, er würde sich nicht mit fremden Mächten anlegen. Was immer das auch bedeuten mochte. Paddy wusste sich keinen Rat und suchte Trost im Alkohol. Der Zerfall der Familie O'Connor hatte begonnen.

Im Dorf wurden die wildesten Geschichten über Paddy, seine Frau Hazel und Mutter Kavanagh erzählt, von Teufeln und Dämonen handelten sie, von Übersinnlichem, Fremdem und Abartigem. Pfarrer Jones aus New Milton schaltete sich ein und wollte Paddy zu Experimenten an seiner Frau überreden, was dieser mit Vehemenz ablehnte, bevor der Gottesmann die Gedanken in die Tat umsetzten konnte. Das Gebiet um das Haus der O'Connors wurde zur Sperrzone für Kinder und schwangere Frauen erklärt. Niall O'Flynn und Benny Moore taten sich besonders hervor, indem sie sich als Intimfreunde von

Paddy outeten und sich somit immer am Quell der Geschehnisse befanden.

Der alte Matheu, dem die Zinnmine gehörte, war gebürtiger Franzose und hielt nichts von keltischen Sagen und den verlogenen Geschichten, die über Paddy an sein Ohr drangen. Hauptsache, er verrichtete seine Arbeit. Als dann ein Stück der Zinnmine einstürzte, ein paar Kumpels dabei ihr Leben verloren und das Elend der Familie O'Connor untergeschoben wurde, änderte er seine Meinung und entliess Paddy aus seiner Anstellung. Mit der Versicherung, weiter im Haus wohnen zu dürfen und ein paar Pfund Abfindung in der Hosentasche, suchte Paddy sich eine andere Tätigkeit. Er kaufte sich Schafe, begann damit zu züchten und trieb sich in einem immer grösser werdenden Umkreis auf Tiermärkten herum. Tage, manchmal Wochen war Paddy für seine Familie verschwunden.

Elliot und Sarah versorgten die Tiere, Mutter war in Trance, und ab und zu tauchte Grossmutter Kavanagh mit einem Korb Essbarem und geheimen Tinkturen bei ihnen auf. Die verächtlichen Worte, die sie für ihren Vater fand, machten auf die Kinder nicht den gewünschten Eindruck, im Gegenteil, sie wünschten, ihr Vater wäre hier und würde der alten Schachtel endlich das Maul stopfen.

Paddy hatte andere Sorgen. Er umgab sich in letzter Zeit mit zwielichtigen Gestalten, die er in schummrigen Kneipen auflas. Mit ihnen begann er kleinere Diebstähle, Betrügereien und Unterschlagungen zu organisieren. Paddy war zum Verbrecher geworden und scherte sich einen Dreck um Recht und Gesetz.

„He, Zinnmann, hast du schon gehört...!", schrie ein baumlanger Kerl über einige Tische hinweg nach Paddy.

„Was kann ein Jemand wie du erzählen, was ich nicht schon vorher wusste?"

Die schäbige Kaschemme, in der Paddy mit seinen Kumpanen nach der letzten Gaunerei sass, war besetzt mit Handelsleuten auf der Durchreise und Männern, die zur See fuhren. Der Matrose stand auf und trat an seinen Tisch.

„Dann halt dich fest. Heute Morgen ist deine ehemalige Arbeitsstätte, die Matheu-Mine, abgesoffen mit Mann und Maus. Gewaltiger Wassereinbruch von der Meerseite, während unserer Ladearbeiten. Die zweite Schicht ist dabei umgekommen."

„Wurden Namen genannt? O'Flynn, Benny Moore vielleicht?"

„Haben die in der zweiten Schicht gearbeitet? Dann sind sie weg. Verbuddelt, in einer Grube von siebenhundert Metern Tiefe."

Paddy war schockiert und erleichtert zugleich. Wenn es denn so wäre, dass Niall und Benny ihr Grab gefunden hätten, die Mine geschlossen würde, dann könnte Paddys Traum vom eigenen Haus mit grosser Weide doch noch in Erfüllung gehen. Er versuchte es sich vorzustellen.

Seine Nachbarn waren verstorben und mit ihnen eine Menge von den Kumpels. Von der Zinnmine war nur das Maschinenhaus, das trotzig als Überbleibsel für das nächste Jahrhundert auf dem Plateau stand und als Sarkophag diente, übriggeblieben. Die Trauerfeier für die Grubenarbeiter fand unter Anteilnahme des ganzen Dorfes statt. Der neue Pfarrer, Pater O'Brian, hielt die Trauerrede, fand Worte des Zuspruchs und verteidigte die Natur für ihr in den Köpfen aller Anwesenden verwerfliches Tun. Er versprach Hilfe für die Seelen derjenigen, die sie benötigten. Über substantielle Hilfe, die den Betroffenen, lag doch ihr einziger Ernährer mehrere hundert Meter in der Erde vergraben, in dem Moment willkommener gewesen wäre, sprach niemand. Eine braune Holztafel, auf der mit weisser Schrift die Namen der Toten standen, wurde an der Mauer des Maschinenhauses angebracht. Der alte Matheu, der die

Mine von seinem Vater übernommen hatte, ging in seine Heimat nach Frankreich zurück. Da er nie geheiratet hatte, keine Familie besass, überliess er Paddy das Haus zu einem symbolischen Preis von ein paar Pfund.

Paddy ging systematisch vor. Als erstes das Haus, dann bearbeitete er die Familien Moore und O'Flynn, bis sie ihm das angrenzende Land sehr billig verkauft hatten und steckte seine ganze Energie in die Aufzucht von Schafen. Zu seinem Leidwesen musste er feststellen, dass durch diese Einkaufstour die Kasse leerer und leerer wurde. Paddy sann auf Abhilfe.

Die Küste von Mouth of Shannon galt nicht als internationaler Seeweg. Und so passierten nur mittlere und kleinere Frachter die Meeresenge. Ab und zu sichtete man am Horizont die übergewichtigen Dampfschiffe auf ihrer Fahrt in die neue Welt. Doch im Frühling und Herbst, wenn die Stürme das Meer aufwühlten, die Wassermassen zu Türmen aufbauten und die Winde über See und Land tobten, geschah es, dass die Schiffe vom Kurs abkamen und an der Küste strandeten. Vorgelagerte Riffs schlitzten die Bäuche der Riesen auf und die Ladung an Mensch und Tier ertrank oder wurde an Land gespült. Diese Tatsache sich zu Nutzen machend, holte Paddy zu seinem grössten Coup aus. Er scharte einen Haufen gleichgesinnter Männer um sich, suchte eine passende Höhle an der Küste und wartete auf den Tag, an dem er zuschlagen konnte. Vorbereitungen wurden getroffen und es wurde auf den Kurier, den Paddy aus seinen Männern rekrutiert hatte, gewartet. Nach drei Tagen war es soweit.

Elliot O'Connor

Angus O'Malley staunte über seinen Besuch, der kurz vor Feierabend in seinem Revier auftauchte und sich als Sohn von Paddy O'Connor vorstellte. Ein leiser Anflug von Zweifel überkam ihn, als er die Gestalt vor dem Pult stehen sah. Nicht mal eine Ähnlichkeit konnte er ihm attestieren. Vorsichtig verlangte Angus die Ausweispapiere, überprüfte und verglich mit seinen wenigen Angaben, bevor er endlich auf die Fragen des Fremden antwortete.

„Was kann ich für Sie tun?", fragte O'Malley beflissen.

„Bearbeiten Sie den Fall O'Connor? Haben Sie die Leiche am Strand entdeckt?"

„Nun, ich weiss nicht, wieweit Sie informiert wurden, aber den Unfalltoten haben wir, nachdem wir die Meldung erhielten, geborgen. Der Leichnam liegt im Schauhaus von Tralee und ich...?"

„Ich komme geradewegs von Tralee. Vielleicht haben Sie morgen ein bisschen Zeit, dann könnten wir uns darüber unterhalten. Jetzt hätte ich gerne von Ihnen gewusst, wo ich hier für ein paar Tage unterkomme."

„Sie meinen ein Hotel, oder so?"

„In der Art!"

„Tut mir leid. In unserem Dorf gibt es kein Hotel. Der Wirt vom Pub vermietet manchmal Zimmer an Wanderer, die in die Gegend kommen. Aber warum schlafen Sie nicht in Ihrem Haus, ich habe den Schlüssel hier?"

„Nein, das möchte ich nun wirklich nicht. Zu viele Ressentiments, Sie verstehen?"

„Irgendwie schon. Soll ich Sie zum Pub begleiten und ein freundliches Wort beim Wirt für Sie einlegen?"

„Das wäre nett..., wenn es keine Umstände macht?"

Elliot fuhr das Auto bis zum Lokal *Kapitän Drake's Cove* vor, während O'Malley vorausgeeilt war und den Wirt von seiner Ankunft benachrichtigt hatte, um dann unter dem Eingang auf ihn zu warten. Er liess sich auch nicht davon abhalten, die Koffer in den ersten Stock vor die Zimmertüre zu stellen. Elliot bedankte sich überschwänglich bei dem Polizisten und verabredete sich für den nächsten Morgen auf dem Revier.

Dann sortierte er seine Kleider in den Schrank, begutachtete sein Zimmer, das aus einem Bett mit Nachttisch, verschiedenen Bildern von grossen Segelschiffen vergangener Jahrhunderte an den Wänden und einer Kommode, auf der die Waschschüssel mit dem eingravierten Emblem dieser Herberge stand, zusammensetzte. Von der Main Street, die unter seinem Fenster lag, hörte er den infernalischen Lärm eines vorbeibrausenden Motorrads.

Als er den Schankraum betrat, sich den kleinen Tisch an einem Mauervorsprung aussuchte, befanden sich drei Männer, samt Besitzer dieses Pubs, im Raum. Das Abendessen bestand aus Sandwiches mit Salat und einem Glas Wein. Urplötzlich verwandelte sich die Idylle in eine geräuschvolle Umgebung. Zahlreiche Menschen aus dem Dorf bevölkerten das Lokal, konferierten lautstark mit ihren Nachbarn und tranken Unmengen von dunklem Bier. Elliot wurde schnell klar, dass sie nur seinetwegen hier waren. Die Ankunft im Dorf hatte sich wie ein Lauffeuer verbreitet und sein Auftauchen zur Sensation hochstilisiert. Er kam sich wie auf dem Präsentierteller vor, wollte auf sein Zimmer flüchten, wie früher, wenn er sich vor seinen Zieheltern verborgen hatte.

Absolute Stille begleitete seinen Abgang. Durch ein Spalier von Menschen, die sich von ihm wegbewegten, kämpfte er sich zum Ausgang vor, als ihn der Wirt zu einem Drink einlud. Zögernd, sich an den fremden Gesichtern orientierend, die ihm erwartungsvoll entgegenblickten, nahm Elliot unter Applaus der Menge das Angebot an. Ein Platz an der Bar wurde geräumt, ein Glas mit goldbraunen Inhalt vor ihn hingestellt, eine Verführung zelebriert.

Fragen über Fragen prasselten auf Elliot ein, als er auf der noch warmen Sitzfläche vor dem Tresen Platz nahm. Er wurde, zuerst verhalten, dann immer mehr, berührt, gedrückt, umarmt und geküsst, von fremden Menschen als verlorener Sohn begrüsst. Gesichter stellte sich vor, die er glaubte nach so langer Zeit noch zu erkennen, Geschichten wurden erzählt, die so abstrus für ihn waren, von den Beteiligten aber als verbürgt und verbrieft in die Annalen eingingen. Irgendjemand spielte auf einer Fidel, begleitet von einem Wistler, irisches Volksgut und dazu sang eine weibliche Fistelstimme gegen den Lärm der johlenden und tanzenden Menge im Lokal an.

Elliot wusste nach Stunden der Ausgelassenheit nicht mehr, wie er in sein Zimmer, in sein Bett gekommen war. Irgendwann in der Nacht wachte er auf, sass im Bett und glotzte steif auf die gegenüberliegende Wand, an der das Segelschiff im Bilde sich langsam zu bewegen begann. Immer wilder wurde der Tanz auf den Wellen, Sturm gesellte sich hinzu, die Bewegungen wurden hektischer, das ganze Zimmer wurde mit einbezogen, alles drehte sich, alles bewegte sich. Elliot war speiübel. Er tapste unsicheren Schrittes zur Kommode, griff sich die Waschschüssel, hängte seinen Kopf darüber und pumpte den Mageninhalt in ruckartigen Stössen in das Gefäss.

Geweckt durch den Lärm eines unter seinem Fenster vorbeirasenden Motorrades und den Gestank nach Erbrochenem, stierte Elliot an die Decke und versuchte fragmentartig in den Erlebnissen zu kramen. Geräuschvolle Bilder tauchten aus dem Bewusstsein hoch, störende Gedanken übermannten ihn, liessen Zweifel garen. Und immer wieder flackerte das Bildnis einer Frau schemenhaft über die von Fliegenkot gefleckte Zimmerdecke. Elliot wusste, nein er dachte, sie von früher zu kennen, fand aber in seinem Gewirr, das wie ein Fischernetz sein Gehirn umspannte, nicht den richtigen Zugang zu dieser Erinnerung.

Schwer in den Beinen wagte er sich aus dem Bett und suchte die Toilette auf, die sich am Ende des Korridors befand. Der Magen rebellierte aufs Neue über den verräterischen Inhalt der Waschschüssel, den Elliot schwappend über den Gang trug und im Lokus verschwinden liess. Solche kleinen Gemeinheiten konnten ihm den ganzen Tag verderben.

Nach dem Frühstücksessen begann sein Körper sich langsam wieder zu regenerieren, unter Auslassung des Gehirns. Die Kopfschmerzen ignorierten die Gesundungssignale, die vom Immunsystem ausgestrahlt wurden. Auf dem Weg zu Angus O'Malley schwor er sich: „Nie wieder Alkohol."

Vor der Polizeistation hörte er das herannahende Geräusch eines Motorrades, schnell drückte er die Klinke und verschwand eilig hinter der Eingangstüre. O'Malley erschrak sichtlich über sein Hereinplatzen.

„Hallo, Elliot, was für ein Teufel ist denn hinter dir her?"

„Einer mit Motorrad, schon seit meiner Ankunft!"

„Ach, das ist Shaughnessy. Unser kleiner Psychopath. Den brauchst du bloss nicht zu beachten, dann verliert er das Interesse an dir", meinte O'Malley, während Deputy O'Keefe still vor sich hin grinste. „War gestern 'ne Vollmondnacht und das nicht nur auf der Strasse. Ich hoffe, du hast trotzdem gut geschlafen."

„Nun ja, ich habe da ein paar Erinnerungslücken vom gestrigen Abend, vielleicht kann mir jemand von euch auf die Sprünge helfen."

„Aber gerne. Setz dich." O'Malley rückte an einem Stuhl.

„Womit soll ich beginnen?"

„Etwa an dem Punkt, wo die Musik einsetzte."

„Oh, der Herr hat sich was Besonderes herausgepickt. Also…", fing Angus mit der Aufzählung von Elliots Schandtaten an und erhob dabei seine Stimme wie ein Pfarrer bei der Predigt. Nach O'Malleys Schilderungen musste Elliot mit sämtlichen Einwohnern des Dorfes Bruderschaft getrunken und darüber hinaus eine Lokalrunde nach der anderen geordert haben. Das würde auch seine Kopfschmerzen und die nächtlichen Unannehmlichkeiten erklären. Des Weiteren habe er mit einer Frau geflirtet, so dass es ihm, O'Malley, angst und bange um die Ehre der Jungfer geworden sei – was das Bildnis von der Frau erklärte. „…Übrigens, nur um der Wahrheit Genüge zu tun, du hast ein Rendezvous mit der Dame, heute Nachmittag!" Angus O'Malley endete mit dem letzten Trumpf seine Berichterstattung.

„Was, wo?" Elliots Selbstvertrauen war angeknackst.

„Eines würde mich noch interessieren. Seid ihr Amerikaner immer so fix, ich meine, bei den Frauen?" Jetzt ging das schon wieder los. Elliot wurde laut.

„Ich bin Irländer, genauso wie ihr!"

„Ja, aber nur auf dem Papier. Leider."

„Könnten wir jetzt über etwas anderes sprechen, bitte."

„Aber sicher, solange es nicht über deine Standesdünkel ist…"

„Wie wäre es zum Beispiel mit…, lass mich mal nachdenken. Nehmen wir den Mord an meinem Vater." Jetzt sah Elliot in verdutzte Gesichter.

„Nach meinen Unterlagen starb dein Vater an einem Unfall, von Mord war nie die Rede."

„Und nach meiner Obduktion steht fest, dass er ermordet wurde."

„Du hast deinen Vater obduziert?" Im Gesicht von O'Malley

stand blankes Entsetzen. „Und, dass er ermordet wurde, daran besteht kein Zweifel?"

„Nein, ausser denen von Superinspektor King!"

„Hast du dafür Beweise? Ich meine…, Mann, ist das 'ne Scheisse!"

„Natürlich, jede Menge…"

„Nein, hast du nicht. Ganz einfach, keine Zulassung, keine Beweise."

„Soll das heissen…"

„Genau das. Kein Gericht in Irland wird deine Aussage als Beweis akzeptieren. Wer hat dir die Erlaubnis zur Obduktion ausgestellt? Weiss King von der Sache? Ich hoffe nicht, sonst kannst du schon mal überlegen, wie du deinen Arsch rettest!" O'Malley wirkte besorgt, seine Nervosität übertrug sich auf den Deputy.

„Der kann ganz schön ekelhaft werden, nicht wahr, Angus?"

„Ja, nun lass doch, ich muss überlegen, wie wir die Kiste ins Lot bringen."

„Apropos Kiste. Ich müsste mich um die Beerdigung kümmern. Sitzt der Pfarrer immer noch auf dem Berg neben der Kirche?"

„Ja, O'Keefe bringt dich hin." O'Malley gab seinem Deputy ein Zeichen.

Elliots Wagen, den O'Keefe steuerte, der dabei neidisch beobachtet wurde, wie mühelos er mit dem Auto umging, brachte sie auf den Hügel. O'Keefe blieb im Wagen sitzen, während Elliot sich zum Haus begab, von der Haushälterin nach seinen Wünschen befragen liess und in der Haustür verschwand, ehe die ersten Tropfen sein Haupt berührten.

Charismatisch empfing Pater O'Brian Elliot an seinem Schreibtisch, liess ihn an der Freude über das Wiedersehen und der Trauer über den Tod seines Vaters teilhaben. Fragte sich bis zu seiner Schwester und deren Familie durch, horchte ihn über seinen Beruf aus, bis Elliot endlich sein Anliegen vorbringen konnte. Mit der Bemerkung, er, Pater O'Brian, würde die Sache in die Hand nehmen und für ihn erledigen, was man einem Freund doch irgendwie schuldig sei, wurde Elliot entlassen.

Ohne von O'Keefe bemerkt zu werden, ging er über die Strasse zum Friedhof. Dumpfes Grollen von einer schweren Maschine begleitete ihn und mit einem Sprung durch das Tor hinter die Mauer, die den Friedhof einzäunte, rettete Elliot sich vor dem, über den Hügel heranbrausenden Motorrad.

„Shaughnessy", dachte er auf der Suche, zwischen unzähligen, schiefstehenden und vom Wetter ausgelaugten Steinplatten, nach dem Grab seiner Mutter. Eine mit Moos bedeckte Granitplatte, in den Boden eingelassen, auf der *Hazel O'Connor* und die Sterbedaten standen, erregte Elliots Aufmerksamkeit. Im Regen stehend, von Gedanken und Gefühlen an seine Mutter übermannt, vermischten sich die Tränen mit den Wassertropfen auf dem Gesicht.

Wieder im Auto sitzend, befehligte er Michael O'Keefe, an den Strand zu fahren und ihm die Fundstelle des Opfers zu zeigen. Eine grosse Wolke teilte sich und liess die Sonne einen gleissenden Lichtstrahl auf den Stein am Strand werfen. O'Keefe legte sich trotz seiner Uniform in den nassen Sand und zeigte Elliot die Opferstellung.

„Siehst du, genau so hat er dagelegen, ein Loch im Kopf und voll mit Sand!" Als Beweis schaufelte er beidseitig mit den Händen Sand auf die Uniform. Elliot schaute sich einstweilen das Meer an und streckte der Sonne sein Gesicht entgegen.

„Und wie lange, glaubst du, ist er so dagelegen?"

„Schwer zu sagen. Einen Tag, eine Nacht. Dem Geruch nach...", O'Keefes Adamsapfel begann zu zucken, er schluckte schwer, „... bestimmt achtundvierzig Stunden!"

„Das Mädchen, das ihn gefunden hatte, wirkte es sehr aufgeregt?"

„Ich möchte irgendetwas sehen, worüber Rachel O'Ryan sich aufregt. Ich glaube, das Kind ist von einem anderen Stern. Du wirst es erleben, wenn du mit ihm gesprochen hast. Schade, dass du Pathologe und nicht Kinderpsychologe bist. An der hättest du jede Menge Arbeit zu verrichten."

„Ein Arzt, der den Totenschein ausstellte, war der dabei?"

„Nachdem Doktor Rutless gestorben ist, hat sich kein Arzt mehr ins Dorf verirrt."

„Also keine Untersuchung der Todesursache, wie?"

„O'Malley und Chefinspektor King haben ihn als Unfallopfer angeschaut und…"

„Und darum auch keinen Spurendienst hinzugezogen, willst du sagen!" Elliot schaute auf O'Keefe. „Ich bleibe noch ein bisschen hier am Strand. Fahr du zurück, stell den Wagen auf den Parkplatz und schmeiss den Schlüssel in das Fach beim Eingang."

„Wie kommst du zurück? Soll ich dich in 'ner Stunde abholen?"

„Nein, ich gehe zu Fuss, bis später."

Widerwillig zog sich O'Keefe zurück, stapfte auf den Wagen zu und rief Elliot noch Worte zu, die im Wind und in dem Rauschen der Wellen untergingen.

Hier, an dieser Stelle, an dem Stein, auf dem Elliot sass, war also sein Vater gestorben. Qualvoll, von Mörderhand hingerafft, an innerer Verblutung verendet. Das Warum und Wieso quälte Elliot, liess ihn als gläubigen Katholiken am Vorhandensein von Himmel und Hölle zweifeln und er haderte mit dem Herrgott, dass seine Macht nicht über die des Bösen reichte.

Was passierte mit seinem Vater, als er ihn verliess, wo trieb er sich herum die letzten fünfundzwanzig Jahre? Warum musste gerade hier sein Leben auf so brutale Art und Weise enden? Elliot peinigte das Gehirn, um Antworten auf seine Fragen zu gewinnen und bemerkte den Besucher zu spät. Ein beklemmend kaltes Etwas legte sich um Elliots Hals und drückte zu.

Paddy O'Connor

Unbezähmbare Wassermassen trieben einen Frachter auf sturmgepeitschten Wellentälern tanzend, wie ein Korken als Spielball der Natur gegen das Land. Blitze zuckten über den nächtlichen Himmel und beleuchteten die Sphäre von unmenschlichem Leid. Im Bauch des Schiffes grollte das dumpfe Mahlen der Maschine und das Poltern der sich bewegenden Ladung. Die Wellen schlugen mannshoch in den Laderaum. Der Kapitän und seine Mannschaft befürchteten das Schlimmste, sie wussten die Zeichen zu deuten, ehe sie das Licht auf den Klippen erspähten.

„Da, der Leuchtturm von Inismore mit den Positionslichtern an der Einfahrt zum Hafen!", schrie ein Matrose gegen das Heulen des Windes an.

„Zu keiner Zeit!", meinte der Steuermann. „Ausgeschlossen. Wir sind niemals auf der Höhe von Aran!"

„Doch ich erkenne die Einfahrt. Halte darauf zu."

Das Schiff nahm eine bedrohliche Schräglage ein. Der Kapitän musste handeln, wollte er nicht die Mannschaft samt Fracht verlieren.

„Steuermann, drei Strich Backbord!"

„Ay, ay, Käpt'n!"

Der Bug bewegte sich langsam in Richtung Land. Durch die Wendung bekam der Frachter Schub von hinten und schoss mit immenser Geschwindigkeit auf das Land zu.

„Käpt'n, wir sind zu schnell!"

„Volle Kraft zurück!" Die Augen versuchten das Dunkel zu durchdringen. Alles, was der Kapitän sehen konnte, waren die tanzenden Lichter hoch oben auf einem Felsen. Sein Schiff schlingerte und rollte um sich selbst, bis er und die Mannschaft nicht mehr wussten, was oben und unten, was hinten und

vorne war, aber gleichzeitig das Ende erkannten. Klabauter-
mann hatte das Steuer übernommen, in voller Fahrt mit Kurs
aufs Riff. Irrlichter waren zum Leuchtfeuer geworden.

Ein aufgewühlter Atlantik, der seine Sturmflut gegen die
Klippen donnerte, Männer in wasserabweisender Kleidung ver-
packt, Sturmlampen schwenkend vor dem Abgrund. Fünfzig
Meter unter ihnen ein tobendes Meer, vor ihnen ein gähnendes
Loch in der Tiefe und von hinten ein Wind, der jede falsche
Bewegung mit dem Tode bestrafte.

Oben auf den Klippen kommandierte Paddy seine Spiessge-
sellen. Befehle, die er in das tosende Unwetter brüllte, wurden
von den Kumpanen in ameisenartiger Geschäftigkeit vollzogen.
Ein bizarres Feuer flackerte gegen den Himmel und bescherte
den Männern fratzenhafte Gesichter. Grotesk in ihren Handlungen hielten sie fest am Ziel, die Mannschaft samt Schiff mit
ihrem falschen Spiel an Land zu spülen.

„Nicht nachlassen, Männer, schwenkt die Lampen. Gorky,
entfache das Feuer auf dem Fels, Na los, macht schon!", trieb
Paddy seine Komplizen ohne Verschnaufpause zu Höchstleis-
tungen an. Dann sah er das Schiff, wie es mit starker Krän-
gung, auf einer Welle reitend, gegen die Klippen zuschoss und
am vorgelagerten Riff zerschellte. Hilferufe der Mannschaft
gingen gurgelnd im Dröhnen des Orkans unter.

Paddy eilte mit seinen Handlangern den schmalen, aus dem
Fels gehauenen Pfad hinunter an den Strand. Jede Minute
musste eine Woge Teile der Ladung an Land spülen, die sie
nur noch aufzuheben brauchten. Die Gischt der anlandenden
Wellen versperrte die Sicht, so dass sich die Männer frühzeitig,
gehalten an Seilen, ins Wasser stürzten. Zuerst tauchten nur
Bretter, Schiffsteile und Taue aus der Dunkelheit auf und
Paddy befürchtete schon, dass die Strömung die Ladung abge-
trieben habe und er sich mit den Wrackteilen begnügen

müsste, als die ersten Holzkisten mit der Brandung an Land gespült wurden.

Paddy dirigierte und applaudierte, wenn sich die Männer mit der geraubten Habe aus der kochenden See kämpften, sich wieder todesmutig zur nächsten Tour aufmachten und dabei ihre letzten Reserven mobilisierten. Viele Fässer, weitere Kisten, alles Mögliche an Behältern bis hin zu Möbelstücken wurde vom Meer ausgespuckt, von Paddys Helfern eingesammelt, zusammengetragen und in der Höhle versteckt.

Es dauerte Stunden, bis das letzte verräterische Diebesgut in der Höhlung verschwunden war. Abgekämpft scharrte Paddy seine Truppe um sich, öffnete das erste Fass und liess die Schöpfkelle rundum kreisen. Während in der Höhle eine grosse Zecherei vonstattenging, vollzog sich auf dem Meer das Desaster von sterbenden Seefahrern.

Anderntags kam Paddy nach langer Zeit wieder einmal nach Hause. Unwillkürlich, als er sich seinem Haus näherte, wusste er, dass seit seiner Abwesenheit irgendetwas vorgefallen war, bei dem seine Gegenwart unbedingt erforderlich gewesen wäre. Unter der Haustüre wurde seiner Erscheinung Befangenheit entgegengebracht und ihm auf schonende Weise erklärt, dass Hazel gestorben war.

Elliot O'Connor

Die Hände gaben den Druck um den Hals frei. Elliot drehte sich um und schaute in das Antlitz einer Frau, die ihn seit geraumer Zeit als schemenhaftes Bild verfolgt hatte.

„Bin ich zu spät? Wartest du schon lange?"

Elliot begriff die Situation nicht, blickte konsterniert in blaue Augen, erfasste das ganze Gesicht und war erfreut ob dem, was er sah.

„Sag bloss, du hast mich vergessen? Dann kannst du was erleben, Elliot O'Connor. Oder waren deine Schwüre und Beschwörungen letzte Nacht etwa nur heisse Luft? Sag's lieber gleich und du hast eine Menge Ärger weniger!" Sie drängelte auf den Stein und strahlte ihm eine nie zuvor gekannte Energie entgegen.

„Wie könnte ich das vergessen...", wand er sich diplomatisch, „...woher hast du bloss so kalte Hände?"

„Vom Fahrradfahren, aber jetzt keine Ausflüchte. Hast du mich hierher gebeten oder nicht?"

„Ich denke schon."

„O.k., dann küss mich!"

„Was denn, hier in aller Öffentlichkeit?" Elliot betrachtete genierlich die Umgebung.

„Siehst du jemanden? Nein, na also. Gestern warst du umgeben von Menschen... warum sind wir denn heute so schüchtern? Ist es dir peinlich?"

Linkisch küsste er sie auf die Wange. Die Frau zog die Augenbrauen hoch und sah ihn schief grinsend an.

„Küssen so die Amerikaner? Gestern Abend war es besser, irgendwie so, als hätte mich ein feuriger Italiener geküsst."

Umständlich versuchte Elliot, in seiner Ehre gekränkt, einen neuen Anlauf. Diesmal übernahm sie die Sache und Elliot verfluchte den Alkohol, der ihn gestern um so viel Schönes gebracht hatte. Er konnte sich nicht daran erinnern, dass er jemals von einer Frau so beglückt worden war.

Er hielt verliebt ihre Hände und versuchte aufs Neue, sie ungestüm zu erhaschen, dabei purzelten beide vom Felsen in den Sand.

Nachdem sie sich ihre Liebe gestanden, er über Umwege ihren Vornamen erschlichen und einen Teil seines Repertoires der vergangenen Nacht herausgefunden hatte, befand er sich ihr gegenüber in einer ebenbürtigen Position. Das Spiel konnte beginnen.

Die Sonne tauchte die Landschaft in rosafarbiges Licht und passte sich dabei Elliots Stimmung farbenprächtig an.

„Deine Schwester hat versucht, dich zu erreichen. Sie rief zuerst bei O'Malley und jetzt dauernd hier an." Der Wirt empfing den lustwandelnden Elliot mit der Hiobsbotschaft am Eingang. „Er hat dir seinen Deputy hinterher geschickt."

„Michael, ich habe ihn nicht mehr gesehen, seit er mich am Strand verlassen hat!"

„Ach, ist ja komisch. Wo steckt der Kerl bloss wieder?"

Elliot stapfte in die Kabine, wählte Sarahs Nummer und wurde gleich, nachdem sie den Hörer abgenommen hatte, von ihr gescholten. Sie beklagte sich über seine lasche Kommunikation und hatte den Beerdigungstermin bei Pater O'Brian in Erfahrung bringen können.

„Hast du dem Haus einen Besuch abgestattet? Können wir morgen darin wohnen?"

„Nein. Ich glaube nicht!"

„Warum nicht? Wir haben kein Geld für Übernachtungen." Sarah quengelte.

„Trotzdem, es geht nicht!"

„Woher willst du das denn wissen, wenn du nicht dort warst?"

„Ich schau' morgen mal hin und geb' dir dann Bescheid."

„So wie immer. Du rufst nie an und wenn, dann erfahre ich nichts. Was bist du bloss für ein Mensch?"

„Wir sehen uns morgen. Bis dann." Elliot hängte ein.

Sein Gespür für die Heimat hatte ihn nicht getäuscht. Die Sinneswahrnehmungen strahlten so viel Sanftmut und Wärme aus, Vertrautes mit Altvertrautem. Instinktiv liess er sich von den Gedanken an früher leiten, als er den Weg über die Wiesen und Mauern suchte, um an das Haus zu gelangen. Unscheinbar und festgeklebt an den Felsen stand es vor Elliot, einladend mit seinen grünen Fenstereinrahmungen, von der Sonne beschienen, gerade so, als würde er von dem Elternhaus erwartet. Graziler, als in der Erinnerung gespeichert, von Empfindungen überlagert, herausfordernd in der Wahrnehmung.

Die Hand mit dem Schlüssel, den er von O'Malley geholt hatte, zitterte leicht, als er ihn ins Schloss steckte. Die Tür gab dem leichten Druck nach und Elliot stand in dem Raum, der für ihn der Inbegriff von Freude im Leben war. In Anbetracht der verlebten Stunden mit der Familie gab es für ihn keinen Ort auf dieser Welt, den er mit Harmonie und Zufriedenheit so in Einklang brachte.

Alles stand an seinem Platz und wurde durch helles Sonnenlicht angestrahlt wie von Scheinwerfern im Kaufhaus. Jedes Teil, jeder Gegenstand wurde mit einer Geschichte, mit einer Begebenheit assoziiert. Längst verschwunden geglaubte Erinnerungen tauchten bildhaft vor seinen Augen auf und stanzten schmerzhafte Eindrücke in die Seele. Bedarf es nicht grosser Anstrengung, Mittelmässigkeiten zu verdrängen in Anblick von Verbitterung und Ressentiments? Die Bitte um Vergebung war ein Trugschluss, angesichts der Zeitzeugen, der Wunsch um

Nachsicht wurde in Elliot geweckt.

Nachdem er sämtliche Räume durchstöbert, altvertraute und neue, aus seiner Sicht unbekannte Gegenstände befingert hatte, sass Elliot am Tisch in der Küche und liess Geschehen von guten Zeiten auferstehen. Wie hatte doch Mutter immer geschimpft, wenn sie als Kinder Gefässe mit Flüssigkeiten umstiessen oder Vater neben dem Teller ass.

Er sollte seiner Schwester die Übernachtungen im Haus erlauben, so konnten sie zusammen in den Erinnerungen schwelgen. Elliot zog am Tischtuch, wollte die Flecken seiner Hinterlassenschaften überprüfen und erschrak über den dunkelrot eingefärbten Teil am Anfang des Tisches. Sein geschultes Auge konnte Blut und Farbe einwandfrei unterscheiden und dies war eine Menge Blut, verräterisch eingetrocknet im Holz. Elliot starrte auf die Umrisse und konnte sich keinen Reim auf das Erspähte machen. Hatte sein Vater die Schafe auf dem Küchentisch geschlachtet? Oder war das sein Blut? Wurde er hier umgebracht und nachher an den Strand geschleppt, um Spuren zu verwischen?

Er dachte sich Kombinationen aus, stellte sie um und verwarf die einzelnen Gedanken ins Reich des Absurden. Mit einem Messer, das er aus der Schublade im Küchentisch zog, schabte er am Holz blaurot gefärbte Teile ab. Wahllos, vom linken Rand des Tisches, von der Mitte und von rechts aussen. Vereinigte alle in einer Tüte und steckte sie in die Hosentasche. Sean Kennan in Tralee würde sich über ein bisschen Arbeit freuen.

Als er das Messer zurück in die Tischschublade legen wollte, rutschte das Metall aus seiner Hand und kullerte unter den Tisch. Er zog den Stuhl beiseite, kniete sich hin, robbte unter die Tischplatte, bekam den Griff zu fassen und zog daran. Auch hier auf dem Boden war alles mit kleinen Punkten von Blutspritzern dicht bedeckt, was ihn an Moureen, mit der er den Nachmittag und einen Teil des Abends verbracht hatte, erinnerte. Ihr Körper war von Sommersprossen übersät, dazu die kastanienroten Haare, er hatte ihr Bild vor Augen.

Das blöde Ding hatte sich in einer Bodenspalte verklemmt. Elliot zog vehement daran und löste ungewollt ein Bodenbrett aus seiner Verankerung. Mürrisch begann er das Puzzleteil wieder einzusetzen, als sein Blick auf eine kleine, in der Erde steckende Schatulle fiel. Dann legte er ein zweites Brett frei und darunter befand sich ein Koffer.

„Jetzt wird die Angelegenheit mysteriös", dachte er und behändigte sich der Habe. Einmal auf den Tisch gelegt, konnte Elliot sich der Neugierde nicht entziehen und öffnete als erstes die aus Edelholz gefertigte Schatulle. Was er dann zu Gesicht bekam, verschlug ihm die Sprache. Alles hätte er in dem Behälter erwartet, auf dem die Initialen P.J.U. eingraviert waren, aber niemals das, was ihm seine Augen vorgaukelten, zu sehen.

Schnell griff er nach dem danebenliegenden Koffer, brach die Schlösser mit Gewalt auf, öffnete den Deckel und nun begann für Elliot der Albtraum vom Erfassen des Auges auf dem langen Weg ins Gehirn.

Paddy O'Connor

Der Zustand einer Familie war mit dem Tod von Hazel nicht mehr gegeben. Die Kinder wurden Paddy auf richterliche Anordnung entzogen und die Frau, die er einstmals so sehr geliebt hatte, befand sich auf dem Friedhof. Er fragte nicht nach dem Wieso und wollte von einem Warum ebenso wenig wissen. Sein Herz hatte sich, schon lange bevor dies alles geschah, von Gefühlsäusserungen verabschiedet. Passive Kälte zog ein, roh und hartherzig. Eine imaginäre Schere im Gehirn von Paddy hatte angesetzt, die Familie aus dem Gedächtnis zu löschen, die Erinnerungen daran auszuradieren. Seine früher hochgeschätzten Ideale wurden über Bord geworfen und machten konfusen, destruktiven Handlungen Platz.

Paddy besorgte sich einen Einspänner, fuhr damit über Land und suchte in den Counties nach geeigneten Männern für seine diversen Machenschaften. Mit seinem Instinkt für minderwertiges, abstossendes Gesindel bekam er eine kleine Truppe zusammen, mit der er, über die Insel verteilt, niederträchtige Beutezüge unternahm. Nach einiger Zeit, in der er unbehelligt seinen Geschäften nachgehen konnte, begann sich die Polizei für ihn zu interessieren und setzte Paddy auf die schwarze Liste.

Die Spelunke in Portmagee hatte die Form eines Hufeisens und nannte sich auch so. Paddy sass mit seinen Kumpanen in einer stillen Ecke und brütete seine nächste Aktion aus. Molly, die dralle Bedienung, brachte das dunkle Gebräu an den Tisch, sehnsüchtig erwartet von den Männern.

„Na Molly, wie wär's mit uns beiden?" Paddy fasste ihr unter den Rock und bearbeitete die festen Oberschenkel. Sie quietschte wie ein kleines Ferkel und die Runde hatte ihren Spass daran. Unbemerkt trat ein älterer, gutgekleideter Herr an den Tisch und verlangte Paddy zu sprechen.

„Was wollen Sie? Sehen Sie nicht, dass Sie uns stören!" Er knuddelte Molly ungeniert weiter.

„Ich wollte mit Ihnen über ein Geschäft sprechen."

„Ich sprech' mit Fremden nie über meine Geschäfte." Die Hand rutschte am Schenkel höher. Molly trug keine Unterwäsche.

„Verzeihung…, meine Karte." Er überreichte Paddy ein kleines Stück weissen Karton, auf dem sein Name stand. Paddy las und schubste Molly beiseite.

„Was kann ich für Sie tun, Sir?"

„Vielleicht besprechen wir das an einem anderen Tisch, unter vier Augen?"

„Ich habe grundsätzlich keine Geheimnisse vor meinen Freunden, aber wenn Sie wollen, bitte."

Der Fremde zog ein Stück Pergament aus der Tasche und breitete es auf dem Tisch vor Paddy aus. Paddy betrachtete es von allen Seiten, konnte sich aber keinen Reim darauf machen.

„Was soll ich damit?"

„Wie Sie wissen, liegen im Boden unseres Landes viele Schätze, die man bloss erkunden und aufzuheben braucht. Hier in dieser Karte sind solche Orte eingezeichnet. Ich möchte, dass Sie und Ihre Männer mir bei der Arbeit behilflich sind."

„Warum, wieso gerade ich?"

„Weil Sie eine Ahnung von Bergbau haben. Sie sind bekannt als der Zinnmann, demzufolge können Sie sich untertage bewegen und die dazu benötigte Mannschaft besitzen Sie auch. Beantwortet all das Ihre Frage?"

„Nun, Kumpels ohne Arbeit, die sich ebenso gut im Bau bewegen können, gibt es viele, warum stellen Sie sich die Truppe nicht selbst zusammen?"

„Das dauert zu lange. Wir müssen jetzt handeln, nachher ist es zu spät!" Der Herr wirkte nervös.

„Wozu die Eile?"

„Sind Sie nun interessiert, oder muss ich mir einen Sterblichen suchen, der mehr Courage besitzt, mit mehr Verwegenheit und Wagemut versehen als Sie?" Paddy horchte auf, da war jemand, der seine inneren Werte angriff, zur Zielsetzung seines Gespötts machte.

„Eine Frage noch, nach was soll denn gebuddelt werden?"

„Gold. Tonnenweise Gold!" Jetzt wurde er zum Ziel des Spottes wegen seiner Angeberei.

„Was soll das? Wollen Sie mich für dumm verkaufen? In ganz Irland gibt es kein Gold, schon gar nicht in dieser Grössenordnung."

„Doch und ich weiss sogar, wo. Also, sind Sie nun bereit, mir beim Aufsammeln zu helfen, ansonsten betrachte ich dieses Gespräch als beendet."

Die Mannschaft war von der Tatsache, ihre Taschen mit Gold aufzufüllen, hell begeistert, nur der Ort, wo sie es abholen sollten, machte einige von ihnen stutzig. Sie dachten an einen verlassenen Stollen tief in einem Berg und jetzt befanden sie sich in einem Kellergewölbe mitten in der Stadt Cork. Paddy hatte ihnen keine Details verraten, nur den Hinweis, dass er sie sehr, sehr reich machen würde.

Nun standen sie vor einer Mauer, nachdem sie tagelang einen Gang gebuddelt hatten und fühlten sich von Paddy übergangen. Sloan, ein kleiner Kerl aus Donegal an der Grenze zu Nordirland, fand, dass es so nicht mehr weitergehen konnte und stellte ihn zur Rede.

„Was ist das für ein Spiel, das du mit uns treibst? Lässt uns endlos diesen Keller an allen Ecken umgraben, ohne dass wir auf ein Zeichen von Gold stossen. Wir machen das nicht mehr mit, wir lassen uns nicht länger hinhalten."

„Sloan, du warst immer schon ein dummer Kerl. Du konntest dein Glück nie erwarten. Jetzt kurz vor dem Ziel inszenierst du wieder einen Aufstand und machst dich zum Sprecher von einem Haufen Idioten. Pack deine Sachen und verschwinde!" Paddy blickte in die dreckverschmierten Gesichter seiner Clique. „Jeder von euch, der mit ihm ziehen will, ist dazu eingeladen!"

Betroffene Gesichter machten sich breit, verstanden den Anlass dieses Szenariums nicht und versuchten es mit Schadensbegrenzung, indem sie ihrem Widersacher in den Rücken fielen.

„Los, verschwinde, Sloan, mach, dass du fortkommst, so haben wir einen weniger zum Teilen."

Paddy sah mit Vergnügen der Vertreibung des Unruhestifters zu, wusste er doch um seinen Einfluss bei der Mannschaft. Gefährlich konnte nur dieser Sloan, nachdem er mehrere Drohungen gegen sie alle ausgestossen hatte, für ihn und seinen Auftrag werden. Paddy setzte ihm nach, erwischte Sloan auf dem obersten Teppichabsatz und hielt ihn zurück.

„Du wirst doch jetzt nicht etwa zur Polizei rennen, um uns zu verpfeifen?"

„Genau das hatte ich vor. Du wirst schon sehen, was du davon hast, wenn du die nächsten Jahre im Kerker verbringst. Und jetzt lass mich los, ich bin in Eile!"

Der kleine Schubser kam für Slaon völlig unerwartet, traf ihn auf dem falschen Fuss, er konnte sich nicht dagegen wehren. Mit den Händen ruderte er für kurze Zeit in der Luft.

„Hilf mir, Paddy! Halt mich fest! Paddy...?", schrie er und fiel die steile Treppe rücklings hinunter. Schon der erste Aufschlag mit dem Kopfe auf den Stein wäre für Sloan absolut tödlich gewesen. Die unzähligen Male, die dann folgten, bis er endlich unten an der Mauer zu liegen kam, überzeugten auch Paddy von dessen Tod.

Er gab ihm das Geleit, indem er der Blutspur entlang hinunterschritt, sich vor dem geschundenen Körper aufbaute und einen alten keltischen Fluch über ihn aussprach, damit konnte Sloan den Weg in die Hölle ohne Umwege antreten.

Elliot O'Connor

Langsam nahm die Sonne Abschied von diesem Tag, eine gute Stunde würde es noch hell sein. Sie sendete den letzten Strahl weicher Wärme durch das Fenster, an dem Elliot über seinen Fundsachen brütete. Solange er sie auch betrachtete, er konnte sich keinen Reim darauf machen. Wie kamen diese Sachen unter den Küchentisch? Von wem wurden sie benutzt? Elliot verrannte sich in unglaubliche Synthesen gegen alle Regeln von Herz und Verstand, blies zum Angriff auf seine Hirnzellen und wurde fahl wie seine Leichen auf dem Seziertisch, als er glaubte, den Schuldigen namhaft machen zu können.

Der Wind strich zärtlich über den Grasteppich vom Weideland, als Elliot die Tür abschloss und das Haus mit dem Mysterium verliess. Tief einatmend, strömte Sauerstoff in die Lungen, befreite den Druck im Kopf und machte ihn empfänglich für die Schönheiten seiner ehemaligen Heimat.

In Träumereien versunken, erreichte er den Dorfrand und wurde zum wiederholten Male Zeuge von Shaughnessys halsbrecherischen Fahrkünsten. Konfus betrat er das Polizeirevier.

„Gut, dass du kommst! Ich hatte ein längeres Gespräch mit Tralee, deine Schwester mit Familie wartet im Pub auf dich und der Sarg mit den sterblichen Überresten deines Vaters liegt aufgebahrt in der Totenhalle bei der Kirche. Übrigens, wo hast du dich den ganzen Tag herumgetrieben?", empfing ihn O'Malley missgelaunt.

„Draussen beim Haus. Aber das hast du doch gewusst, ich habe die Schlüssel heute Morgen bei dir abgeholt."

„So lange? Was gab's denn da draussen so Interessantes zu sehen, Elliot O'Connor, waren wir am End' gar nicht alleine?" Die Anspielung auf Moureen war unüberhörbar.

„Was war mit dem Anruf aus Tralee, wollten die etwas Bestimmtes?"

„Ja, deine unerlaubte Autopsie hat ziemlichen Staub aufgewirbelt. Mary Hayley wurde in die Wüste geschickt und Chefinspektor King überlegt sich, rechtliche Schritte gegen dich zu unternehmen. Du hast anscheinend eine Lawine losgetreten, von deren Umfang du keine Ahnung hast. Mich haben sie damit beauftragt, ein Auge auf dich zu werfen und deine Wissbegier zu unterbinden. Was hiermit vollzogen wird, indem ich dich zu deiner Schwester abkommandiere."

„Was stimmt hier nicht, Angus? Irgendetwas ist doch faul an der Sache, aber was? Kannst du mir dabei helfen, den Knoten zu lösen?"

Deputy O'Keefe stolperte durch die Eingangstür, zwinkerte Elliot bedeutungsvoll zu, bevor er spöttisch lachend in den hinteren Räumen verschwand. Kurze Zeit später kam er wieder zurück, zwinkerte abermals und steuerte zum Ausgang.

„Was ist denn mit dem los?"

„Keine Ahnung. Irgendjemand muss ihn stark beeindruckt haben, er benimmt sich die ganze Zeit schon so komisch. Was ich dich noch fragen wollte, hast du im Haus etwas entdeckt oder wahrgenommen, was ich wissen müsste?"

„Wie meinst du das? Worauf willst du hinaus?" Der durchdringende Blick von O'Malley machte Elliot stutzig.

„Nur so. Es könnte ja sein, dass dir etwas aufgefallen ist, was nicht sein kann, oder dass du einen Fund gemacht hast, der dich, sagen wir mal vorsichtig, überwältigt hat?"

Auf dem Weg zum Pub rätselte Elliot über die Fragen des Polizisten nach. Was wusste er über seinen Vater, über das Haus an der Klippe und seine Bewohner, nachdem Elliot ausgezogen war? Warum bestreiten die Einwohner vom Dorf,

Paddy O'Connor gekannt zu haben? Weshalb wurde er verleugnet? An was lag es, dass sie ihm, Elliot, soviel Freundlichkeit und Anteilnahme entgegenbrachten, war es nur gespielt, oder sollte auf ihre eigene Art Wiedergutmachung stattfinden? Fragen über Fragen und keine Antworten.

In der Schankstube wurde er von Alfred enthusiastisch empfangen, während seine Schwester Sarah das Geschehen demonstrativ nur mit den Augen verfolgte, bleich und empfindsam an Ken angelehnt, hinter demselben kleinen Tisch sitzend wie Elliot bei seiner Ankunft.

„Hallo, Onkel Elliot, wir warten schon Stunden auf dich. Ken hat mir ein Sandwich mit Gürkchen spendiert und dazu 'ne Cola!" Für Alfred war die Begegnung ein Riesenfest, folglich benahm er sich aufdringlich daneben.

„Tag, Alfred. Bestell dir noch mal dasselbe. Ich lade dich dazu ein."

„Ehrlich Onkel…?"

„Ja doch! Und wie geht es euch beiden, lange Fahrt gehabt?"

„Mit einigen Unterbrechungen, weil Alfred dauernd pinkeln musste, haben wir es überstanden. Trotzdem hätten wir gegen ein Bett nichts einzuwenden, wir sind ausgelaugt und hundemüde." Ken stand auf und drückte Elliot die Hand.

„Ich werde mich darum kümmern. Wie wäre es mit einem guten Nachtessen?" Elliot schaute abwartend in die Runde.

„Kein Bedarf. Wir hatten genug Zeit, uns mit Sandwiches vollzustopfen, bis es dem Herrn genehm war, hier aufzutauchen!" Sarah meldete sich beleidigend zu Wort.

„Ich bin dabei, Onkel Elliot!", rief Alfred lärmend aus einer Ecke des Lokals, wobei seine Mutter wohlerzogen, aber entschlossen auch für ihn ablehnte.

Während Elliot den Wirt dazu überreden konnte, ihnen die

Zimmer am Ende des Ganges zu überlassen, transportierten Ken und Alfred das Gepäck auf dieselben. Mit der Frage nach der Uhrzeit verschwand Sarah in einem der Räume und liess den Bruder mit ihren Männern alleine.

„Hast du heute Abend noch etwas vor, oder lässt du dich zu einem Drink in die Bar einladen?" Ken buhlte um Vergebung für das Benehmen seiner Lebensgefährtin.

„Warum nicht..., zu einem kleinen Whisky sage ich nicht nein."

„Au ja, Onkel Elliot, dann nehme ich noch 'ne Cola!" Alfred mischte sich ein.

„Obwohl...", im Hinblick auf einen Abend mit Alfred, „... ach, was soll's. Gehen wir an die Bar."

Ken erzählte ihm sein Leben, immer wieder unterbrochen von Alfred, der belangloses Zeug von sich gab. Elliot hatte viel Zeit, seine Augen im Raum schweifen zu lassen und versuchte, sich markante Gesichter aus der Menge zu picken, über deren Leben er sich Gedanken machte, während Ken pausenlos auf ihn einquasselte. Nach einer Stunde der Beobachtung fiel ihm ein Mann auf, der ihn aus der hintersten Ecke des Raumes, versteckt im Schatten von Stützbalken und Einrichtungsgegenständen, unverhohlen fixierte. Übelgesinnte Augen erfassten Elliots Körper und liessen keinen Zweifel über die Betrachtung aufkommen. Elliot rieselte ein Kribbeln über den Rücken, er zwang sich dazu, nicht mehr hinzuschauen und überraschte sich kontinuierlich bei der gleichen Bewegung.

„Hörst du mir überhaupt zu, was gibt's denn da so Interessantes zu sehen?" Ken versuchte Elliots Aufmerksamkeit zu erregen.

„Was? Ach nichts, ich dachte nur, ich hätte jemanden erkannt."

„Ach so. Also hör zu. Als ich die Schulden endlich weg

hatte…"

„Sekunde, ich muss mal für kleine Mädchen."

Nachdem er diesem Langweiler entkommen war, schlüpfte Elliot durch den Hinterausgang aus dem Lokal, umrundete das Gebäude und traf unverhofft auf den Kerl, der ihn in der Schankstube andauernd observierte.

„Hy, Sasannach O'Connor ciamar a tha thu…? Dè an t-ainm a tha ort…?"

"Ich versteh' nicht!" Elliot entsann sich vor lauter Schreck der gälischen Sprache nicht mehr.

„Fuirich mionaid…, wollten wir uns verdrücken? Sie sind doch Elliot O'Connor, der Sohn vom Zinnmann, der jetzt oben in 'ner Kiste liegt?" Die Gestalt zeigte in Richtung Friedhof. „Ist dieser, Gott sei bei uns…", er schlug schnell hintereinander drei Kreuze und spie auf die Seite, „…Luzifer endlich in der Hölle angekommen, hat ihn Beelzebub geholt, hui, hui!"

Die Gebärden, die er dabei aufführte, machten Elliot Angst. Dieser abscheulich aussehende Mann beraubte ihn einer Reaktion. Ohnmächtig musste er mit ansehen, wie ihn kleine, böswillige Augen fixierten, jede seiner Bewegungen kontrollierten und an dem Übel der Situation keinen Zweifel aufkommen liessen. Die in einen langen schwarzen Mantel gehüllte Gestalt drängte Elliot an die Hausmauer. Ein schwacher Lichtstrahl aus dem Lokal liess nur gerade die Umrisse eines unter einem Hut versteckten Gesichtes erkennen. Nach Fäulnis riechender Atem wehte Elliot um die Nase und legte sämtliche Wahrnehmungen lahm. Urplötzlich streckte sein Gegenüber eine Hand, an der mehrere Finger fehlten, nach ihm aus und setzte die Knorpel schmerzhaft auf Elliots Brust.

„Hör gut zu! Dein Alter hat mir etwas weggenommen, das möchte ich wiederhaben. Du wirst es mir besorgen. In der ersten Tageshälfte, nach der Beerdigung. Und komm ja nicht auf dumme Gedanken, das Grab deines Vaters ist noch nicht zugeschüttet."

Unvermittelt liess er von ihm und tauchte in den dunklen Eingang von der Hofeinfahrt ab. Elliot lehnte benommen an der Wand und versuchte seine Gedanken zu ordnen, die wirres Zeug von sich gaben.

„Onkel Elliot...?" Alfred stand, hell erleuchtet vom Lichtkegel, der das Schild *Kapitän Drake's Cove* anstrahlte, unter dem Eingang und starrte ihm entgegen. „Onkel, was machst du da draussen, fehlt dir etwas?" Schrittweise kam er auf ihn zu, zögerte und wich erschrocken zurück, als er in das Gesicht von Elliot sah. „Ken hat mich gedrängt, dich zu suchen. Soll ich dir helfen?" Alfreds Augäpfel sprangen wild durcheinander.

„Nein...! Ja...! Bringe mich aufs Zimmer."

Alfred fasste ihn grob unter dem Arm, setzte seine jugendliche Kraft unverhältnismässig hoch ein, dabei riss Elliots Sakko.

„Lass mich los. Du reisst mir noch den Arm ab!"

„Aber Onkel Elliot, ich wollte dir doch nur helfen."

„Ich verzichte auf deine Hilfe, die wird mir zu teuer." Elliot stapfte wutentbrannt, mit Albert im Rücken, zum Eingang.

„Ich bringe dich jetzt hoch aufs Zimmer und leg' dich ins Bett, dann kannst du deinen Rausch ausschlafen. Du wirst sehen, morgen geht es dir schon viel besser." Albert fasste wieder nach dem Arm.

„Du sollst mich in Ruhe lassen!"

„Was ist denn hier los? Albert, was hast du schon wieder angestellt?" Ken war aus der Kneipe dazugestossen.

„Nichts! Ich habe bloss Onkel Elliot besoffen von der Strasse aufgelesen und wollte ihn ins Zimmer bringen, aber er weigert sich, von mir Hilfe anzunehmen."

„Warum willst du seine Hilfe nicht entgegennehmen, er

meint es doch nur gut mit dir. Ich habe den Eindruck, du könntest ein wenig Unterstützung von Alfred gebrauchen."

„Würdet ihr zwei mich bitte in Ruhe lassen? Ich brauche niemanden, der mich zu Bett bringt. Gute Nacht!"

Elliot verbrachte eine Nacht, die alles andere als gut war. Er wurde in seinen Träumen von Dämonen heimgesucht. Sein Zimmer verwandelte sich in ein Tollhaus, von schemenhaften Gestalten belästigt. Mystische Wesen, von denen er als Kind in Büchern gelesen hatte, brachten ihn um den Schlaf. Sie sassen auf seinem Körper, drückten ihre fingerlosen Hände in den Körper und hoben das Herz aus der Verankerung. Er konnte zuschauen, wie sein Herz in ihren fragmentarischen Händen, wilden Zuckungen unterworfen, als Spielball diente. Elliot wollte nach seinem Herzen fassen, wollte es wieder in seine ursprüngliche Lage versetzen, griff kämpferisch danach und fiel aus dem Bett.

Paddy O'Connor

Den Mord an Sloan stellte Paddy gegenüber seinen Kumpanen als Unfall dar. Er liess ihn unter dem Hügel des Abbaumaterials vergraben und verschwieg seinem Auftraggeber die Existenz der Leiche. In der Nacht auf St Patricks Day durchschlugen sie das Mauerwerk und standen im Tresorraum der Irish National Bank. Das Jubelgeheule der Truppe, als sie den ersten Stapel Gold vor sich liegen sahen, konnte dank der dicken Mauern von draussen nicht gehört werden. Paddy rief sie zur Räson und befahl, mit dem sofortigen Abtransport der Goldbarren zu beginnen, da die Zeit drängte. Unter Murren fassten die ersten nach dem kalten Metall, bildeten eine Kette durch den Hohlgang und schon bald lag ein goldglänzendes Exemplar im dafür vorgesehenen Versteck.

Nach stundenlanger Tätigkeit im Gestank von Männerschweiss und unter derben Flüchen verschwand Paddy kurz an die frische Luft und stellte sich unter das Tor des Nebengebäudes der Bank. Er sog die reine Nachtluft tief in seine Lungen, hustete nach der Sauerstoffattacke beim Atemausstossen und versuchte die Geräusche der Nacht zu orten. Dumpf hörte er das Gejohle von Betrunkenen, die auf ihre Art den Feiertag einläuteten, eine Katze, die Frühlingsgefühle lauthals äusserte und das Brummen eines Dieselmotors, der sich näherte. Paddy schreckte hoch, als er das Gefährt um die Ecke biegen sah. Ein Planwagen hielt am Eingang zur Bank, eine Lade wurde geöffnet, aus der uniformierte Polizisten mit Gewehren sprangen und sich vor dem Gebäude postierten. Zwei von ihnen hieben mit Äxten auf die Eingangstüre, die jeden Moment nachzugeben drohte. Paddy musste handeln, wollte er nicht in Gefangenschaft geraten. Schnell huschte er die Treppe hinunter, fasste sich seinen Koffer mit Kleidung, schüttete den Inhalt auf den Boden und füllte stattdessen Goldbarren, so vieler er in der kurzen Zeit habhaft werden konnte, in den Koffer. Dann stürmte er wieder die Treppe hoch, vergewisserte sich nach hinten und vorne, dass sein Tun nicht bemerkt wurde und verschwand in der dunklen Nacht.

Die Polizei hatte inzwischen sämtliche Hindernisse aus dem Wege geräumt und war in das Gebäude eingedrungen. Ihre nagelbesohlten Stiefel hallten auf dem Steinboden, rutschten über die Treppen in die Tiefe und kamen vor dem Tresorraum zum Stehen. Das Erstaunen lag auf allen Gesichtern der Beteiligten, als die Tür aufging und Paddys Mannschaft Zigaretten rauchend auf dem letzten Stapel Gold sass. Nachdem sie realisiert hatten, dass sie um die Früchte ihrer Arbeit betrogen worden waren, ging ein Geschrei und ein Gezeter über den Verrat an der Sache los. Jeder denunzierte jeden, beschuldigte Vater Staat für sein unwürdiges Verhalten, indem immer nur die Kleinen eingesperrt wurden und bettelte um Gnade für sein unwürdiges Leben.

Paddy war inzwischen an seinem Versteck angelangt. Klugerweise hatte er sich schon viel früher um solche Eventualitäten gekümmert, somit hielt sich seine Überraschung in Grenzen. Der kleine Raum in der Herberge lag abseits der Hauptstrasse in einem verschwiegenen Viertel von Cork. Vom schweren Koffertragen hatte er Blasen an seinen Händen, die er mit einem nassen Tuch zu kühlen versuchte, als er auf dem Zimmer angelangt war. Paddy hielt am Fenster nach irgendwelchen Verfolgern Ausschau und zog, nachdem er sich vergewissert hatte, die Vorhänge bis auf einen Spalt breit zu. Dann stellte er den Koffer unter das Bett und legte sich mitsamt der Kleidung darauf. Lange Zeit grübelte er im Dunkeln liegend über den verpatzten Ausgang seiner Mission nach und kam dann zum Schluss, dass sie irgendjemand verraten haben musste und mit vollster Überzeugung wusste er auch schon, wer derjenige war.

Den Gedanken, dass es einer aus seiner Mannschaft gewesen sein könnte, verwarf Paddy, ehe er entstand. Von seinen Männern würde keiner so etwas Abscheuliches tun, im tiefsten Grunde niederträchtig und verwerflich, dessen war er sich sicher, trotzdem fühlte er sich nicht wohl bei der Betrachtung seiner Schandtaten. Wenn die Polizei erst die Leiche von Sloan unter dem Erdhaufen entdeckte, war es um seine Beschaulichkeit geschehen, dann begann die Hatz über die ganze Insel nach ihm.

Paddy packte seine wenigen Sachen in die Kutsche, legte den Koffer mit dem Gold neben das Gewehr und zog eine Decke darüber. Über ausgekundschaftete Feldwege begab er sich nach Norden, fand sein Zuhause ohne Zwischenfall und versteckte den Schatz, nachdem er zwei Barren davon entnommen und in die Manteltasche gesteckt hatte, unter dem Bodenbrett in der Küche. Dann verschloss er die Haustüre, hängte seinem Pferd den Futtersack über und verschwand in der Dämmerung aus Lahinch.

Elliot O'Connor

In der Frühe stiess er auf dem Gang zu der Toilette mit seiner Schwester Sarah zusammen, die ihn mit zusammengekniffenen Augen scheel betrachtete. Elliot schlurfte an ihr vorbei, ohne auf das Gehabe weiter einzugehen.

„Lange Nacht gehabt, wie man so hört. Auf den Putz gehauen und das am Abend vor der Beerdigung. Sie sollten sich was schämen, Mister O'Connor!"

„Wie du weisst, mein liebes Schwesterlein, war ich nicht allein zugange. Deine Herren waren auch mit von der Partie." Er schlug die Türe hinter sich ins Schloss und hörte gedämpft seine Schwester plärren: „Weil du sie dazu verleitet hast!" und von irgendwoher war der Brummton eines Motorrades akustisch wahrzunehmen.

Nun stand Elliot wieder am selben Ort, an derselben Stelle wie vor fünfundzwanzig Jahren. Es hatte sich nichts, aber auch gar nichts verändert. In Irland schien die Zeit stillzustehen. Die Zeiger hielten sich am Ziffernblatt fest, angehalten von einer imaginären Hand, leise, lautlos und von der Umgebung unbeobachtet. Fatalistische Gedanken machten sich in Elliot breit und belegten den Teil seines Gedächtnisses, den er für die Bestattung für seinen Vater vorgesehen hatte. Aber wo blieb jener Teil von Verzweiflung, Seelenschmerz und Gram, den er beim Begräbnis seiner Mutter verspürt hatte, wo blieb das Gefühl von Trauer? Heilt die Zeit wirklich alle Wunden, auch die, die sein Vater in ihn geschlagen hatte? Oder war er durch seine Arbeit schon so sehr abgestumpft worden, um nicht mehr einer Empfindung mächtig zu sein?

Beim zauberhaften Ausblick über die Friedhofsmauer, in das Dorf, weiter zum Strand und zu dem Meer, der in seinen Augen wohl einzigartig auf dieser Welt war, ertappte er sich dabei, sich trotz seiner Disponiertheit noch eines Gefühles zu bemächtigen, bevor er den Blick wieder über, die vor der Grabstätte versammelte Gesellschaft, schweifen liess. Über die zahlreich erschienenen Menschen – die Einwohner des Dorfes wollten sich das Spektakel nicht nehmen lassen, mussten dabei sein, wenn ihre Leiche vom Strand eingebuddelt wurde – erblickte Elliot hinter einem Baum halbverdeckt Moureen.

Pater O'Brian ermahnte bei seiner Grabrede alle Anwesenden zur Besonnenheit, zu Mitgefühl und Respekt gegenüber Andersdenkenden und vermied es, allzu vertrauliche Mitteilungen über das Leben von Paddy O'Connor verlauten zu lassen. Sarah stand stocksteif neben Ken und stierte in die Grube. Was in dem Moment in ihr vorging, wusste sie geschickt zu verbergen, jedenfalls konnte Elliot keine noch so geartete Regung an ihr entdecken.

Der Regen kam für alle überraschend und besprühte den Blumenkranz, den Ken eilfertig besorgt hatte, mit kleinen Tropfen, die hüpfend vom weissen Stoffband tanzten, auf dem in goldenen Lettern von innerer Verbundenheit stand. Pater O'Brian hatte es plötzlich sehr eilig. Der Tatbestand, dass seine Soutane klitschnass wurde, änderte seine Souveränität in Flucht. Ein hurtig geschlagenes Kreuz, ein angedeuteter Segen und Pater O'Brian verschwand mit der, als Schutz über den Kopf geschlagenen Bekleidung, im Gotteshaus. Elliot schaute sich um und sah, dass es die anderen ihm gleichgetan hatten, nur Moureen unterhielt sich unter einem Regenschirm lebhaft mit Angus O'Malley.

Nachdem er die kleine Schaufel aus der Hand gelegt hatte, mit der Alfred zuvor Erdreich fleckchenweise auf die Totenlade verteilt hatte und damit ungewollt ein Bild der Umgebung mit ihren eingefriedeten Parzellen auf dem Sargdeckel produzierte, trat Elliot unbemerkt auf die beiden zu. Wortfetzen drangen an sein Ohr, die keinen Sinn ergaben, aber zusammen mit ihrer Körpersprache doch ein Zeugnis von Geheimnissen war.

„Hab' ich etwas verpasst?"

„Oh, Elliot, du...?" Der Schreck sass tief in ihren Gesichtern.

„Dem Anschein nach habe ich euch bei einem wichtigen Gespräch unterbrochen?" Zwei Augenpaare, die ihn unter der Kante des Regenschirms hervor nervös inspizierten.

„Kein Gedanke, wir haben uns nur über dies und das unterhalten. Willst du etwas von mir?" Angus schien sich wieder im Griff zu haben während Moureen sich immer noch in der Definition der Worte befand und dem Gespräch hinterherlief.

„Wenn es deine Zeit erlaubt, möchte ich ein paar Worte mit dir wechseln und den Rat für eine Transaktion bei dir einholen."

„Wichtig...?"

„Eminent, würdest du dazu sagen und von solcher Tragweite, dass es Leben zerstört."

„Elliot, was meinst du damit, betrifft es uns?" Moureen schien von ihrer Benommenheit erwacht und den Anzeichen nach in die nächste zu sinken.

„Findet ein Trauermahl statt?" Angus reagierte dienstlich, die Fragen wurden sachlicher.

„Das wiederum hängt von der Abreise meiner Schwester ab. Besprochen wurde es nicht."

„Wann ist der Termin von deiner Abreise, bestehen darüber irgendwelche Daten?"

„Tatsache ist", den Blick auf Moureen geheftet, „ich weiss es nicht, noch nicht."

„Heute ist Samstag, am Nachmittag muss ich mit meiner Frau einen Einkauf erledigen, nachher hätte ich Zeit. Wir treffen uns um vier, im Haus auf den Klippen. Bis dann!" Angus entfernte sich.

„Darf ich auch dabei sein?" Moureen bettelte.

„Lieber nicht, wir führen Männergespräche und da stört eine Frau", meinte Elliot scherzhaft.

„Wo warst du gestern Abend? Ich habe am Strand auf dich gewartet."

„Ich war schon unterwegs, wurde aber daran gehindert. Wir sehen uns heute Abend..." Vom Kirchenportal aus wurde sein Name gerufen. „...an der gleichen Stelle."

Sarah empfing Elliot mit eisiger Miene, blickte über ihn nach Moureen und liess deutlich spüren, was sie von der Betrachtung hielt.

„Warum hast du uns die Dame nicht vorgestellt? Was hattest du mit ihr zu bereden? Warum ist sie an der Beerdigung von unserem Vater, oder kennen wir sie von früher?"

„Ich glaube nicht. Gehen wir, ich habe Hunger."

Elliot stürmte zum Ausgang, schielte um die Ecke nach Shaughnessy, bevor er den Hügel talwärts schritt. Hinter sich hörte er das Geklapper von kurzen Schritten, das seine Schwester mit ihren Schuhen auf dem Asphalt erzeugte. Alfred rief nach ihm, was bei Elliot einen weiteren Wirbel in seiner Gemütsverfassung auslöste. Seine Gedanken weilten bei dem schwarzen Mann, seinem bitterbösen Anschlag vor dem Pub und den maroden, hinterhältigen Drohungen. Unwillkürlich drehte er sich nach allen Seiten um, betrachtete jeden Mauervorsprung als Heimsuchung, in der sich ein Sonderling verstecken konnte und war heilfroh, als endlich der Pub in Sicht war.

Nach dem Mittagessen, das, geprägt von Emotionen vergangener Zeiten, in Rührung und Gefühlsduseleien unterging, verabschiedete er sich von Ken, drückte ihm ein, an Sean Kennan adressiertes Plastiksäckchen, in die Hand und bat ihn, es beim Vorbeifahren in Tralee im Institut für Gerichtsmedizin einzuwerfen. Anschliessend umarmte er Sarah und Alfred, versprach auf dem Rückweg bei ihnen vorbeizuschauen und winkte dem Lieferwagen mit der burlesken Firmenaufschrift noch lange nach.

Irgendetwas von dem Gespräch am Mittagstisch blieb dann doch gefühlsmässig in seinem Gedächtnis hängen, als er denselben Weg über Wiesen und Äcker zu den Klippen nahm. Möwen, die sich mit ihren Artgenossen um Futter balgten, begleiteten seinen Weg und störten durch das Gezeter seine Gedankeninformation. Das schwere Metall des Schlüssels in der Hosentasche trommelte bei jedem Schritt beharrlich gegen seinen Schenkel und erinnerte ihn durch den regelmässigen Ablauf an die Klopfgeräusche beim Abbau von Gestein in der Zinnmine, die er als kleiner Junge mit seinem Vater besuchen durfte.

Die Dauer von zwei Stunden, bis Angus endlich eintrudeln würde, wollte er mit dem Anblick der Umgebung verbringen. Wollte sich Details von Erlebtem zurechtrücken, die in seiner Erinnerung falsch oder verblasst vorhanden waren. Er liess seinen Blick über das tief unter ihm liegende Meer schweifen, sah einem Fischerboot zu, wie es Kurs an Land nahm und am Horizont in den Hafen einfuhr. Elliot sass an der Kante des Abgrundes, auf einem Felsen, der schon als Kind sein Lieblingsplatz gewesen war, der Aussicht und des Überblicks wegen. Vorne Unmengen von Wasser, die beängstigend auf Phantasie und Illusion eines Kindes wirken könnten und die den unruhigen Pol in der Betrachtung darstellten, hinten in seinem Rücken die vertrauenerweckende Umgebung von Weiden, Äckern und dem Dorf.

Was sich nun in sein Blickfeld schob, war alles andere als angenehm. Ein schwarzer Mantel flatterte im Wind, bauschte sich zum drohenden Ungetüm auf und wurde, je näher er kam zum Verhängnis. Elliot überlegte, ob er sich verdrücken sollte, sah aber den Läufer in Windeseile auf sich zukommen, womit seine Flucht vereitelt wurde.

„Latha math dhut fhèin…, Verzeihung, ich wünsche einen

guten Tag."

„Ich hab' Sie schon verstanden, was wollen Sie?"

„Wie ich gestern Abend schon sagte, schuldest du mir etwas…, aber können wir das nicht im Haus besprechen?"

„Von mir aus."

Elliot ging voran, schloss die Türe auf und bekam von hinten einen Tritt, der ihn unsanft auf dem Boden landen liess. Als sich Elliot umdrehte, um sich mit der Wut des Beleidigten auf ihn zu stürzen, sah er den Kerl mit dem Rücken an der Türe lehnen, in der einen Hand befand sich ein *skean dhu*, ein alter irischer Dolch.

„O, a bheil thu ceart gu leor…! Setz dich auf den Stuhl und verhalte dich ruhig!" Seine Stimme war schneidend wie der Dolch in seiner Hand. Elliot tat wie ihm geheissen und kam sich dabei wie ein Kind vor, das von seinem Vater gescholten wurde.

„Hör mir gut zu, ich wiederhole mich nicht gerne. Der Satansbraten, den ihr heute unter die Erde gebracht habt, schuldet mir meinen Anteil aus diversen Handlangerdiensten, die ich für ihn erbracht habe. Die einzukassieren, dazu bin ich hier. Und glaube ja nicht, ich lasse mich von dir mit faden Ausreden abspeisen, wie es dein Vater bis anhin mit mir getan hat." Er stellte sich ans Fenster, damit er eventuelle Besucher frühzeitig kommen sah. „Dein Vater, dieses fiese Stück Dreck, hat mich andauernd mit Versprechungen getäuscht, seit unserer Zusammenkunft log er mir das Blaue vom Himmel herab, von heute an wendet sich das Blatt der Geschichte, ich will meinen Anteil!"

„Sie wiederholen sich. Nur, wovon Sie einen Teil wollen, das haben Sie mir noch nicht verraten."

„Werd bloss nicht komisch, Jungchen. Du weisst genau, wovon ich rede, hast es dir wohl schon unter den Nagel gerissen und Pläne damit gemacht. Vergiss es, die Sore gehört mir. Um es kurz zu machen, hol die Ware, bringe sie her und ich verschwinde sogleich."

„Was, verdammt nochmal, soll ich irgendwo holen…, ich habe keine Ahnung, worüber Sie sprechen!"

Mit einem Sprung stand er vor Elliot und hielt ihm den Dolch an den Hals. Sein Gesicht kam ganz nahe an das seine. Die Augen funkelten Elliot Mordlust entgegen. Der Mund, aus dem wässeriger Speichel lief, kam dicht an sein Ohr. Zwischen den braunen Zähnen steckte noch das Essen der Vortage und das Sprechen klang wie ein Wispern.

„Ich hab's ihm gezeigt! Nach einem System verflucht und jetzt fertiggemacht. Hui, ab in die Grube mit ihm!"

„Sie haben meinen Vater umgebracht?"

„Vater, ich hör' immer Vater. Was hast du denn gehabt, Jungchen, von deinem sogenannten Vater, hä? Im Stich gelassen, abgeschoben in ein fernes Land, verfemt und verleumdet, das hast du gehabt von deinem Vater. Nun hör schon auf damit. Du hängst einem Trugbild nach, das nur in deinem Kopf existiert. Lass dir ein für alle Mal gesagt sein, dein Vater war ein übles Schwein, das war er, geht das nicht in deinen Kopf?" Elliot hörte ihm schon längst nicht mehr zu. Seine Gedanken drehten sich immer nur um den einen Punkt, er unterhielt sich gerade mit dem Mörder seines Vaters und konnte nichts dagegen unternehmen.

Der Kerl sabberte leise vor sich hin. „Geld und Gold, wie lieb' ich das!" und dann wieder aggressiv, fordernd: „Tu, was ich dir sage, wenn dir dein Leben noch ein Furz wert ist!"

Der Druck des Stahls am Hals erhöhte sich, die Haut war kurz vor dem Einreissen. Elliot stöhnte, verhielt sich aber vollkommen ruhig, denn bei der kleinsten Bewegung stand seine Luftröhre im Freien, wurde die Arterie durchtrennt.

„Meine Uhr können Sie haben…"

„Cha toigh leam cloc. Die steck' ich sowieso ein. Aber die

Beute...", er zog ein Seil aus der Mateltasche und begann Elliot damit zu fesseln, dann kippte er den Stuhl gegen die Wand, „... wo ist die Beute, oben oder unten, was glaubst du, wo hat sie dein Alter versteckt?"

„Ich sagte doch schon, ich habe keine Ahnung, wovon sie sprechen. Ich wohne seit fünfundzwanzig Jahren nicht mehr hier und habe keine Vorstellung davon, was mein Vater in dieser Zeit getan und nicht getan hat. Also lassen sie mich mit Ihren Verbrechen in Ruhe. Im Übrigen taucht hier jeden Moment Constabler O'Malley auf. Ich an Ihrer Stelle würde mich hurtig aus dem Staub machen."

„Ach komm, dieser alte Trick hat sich inzwischen bis zu uns auf die Insel herumgesprochen. Ich werde mich mal oben umschauen und du bleibst ruhig auf deinem Stuhl sitzen."

Elliot befand sich, festgeschnallt an seinem Stuhl, an die Wand gelehnt in einer misslichen Lage, jede Bewegung konnte zum Absturz führen. Er hörte, wie über ihm die Schränke und Kommoden ausgeräumt wurden, Fluchen auf Gälisch, derbe Schuhe über den Holzboden schleifen und jemanden, der seinen Namen rief:

„Elliot...?"

Paddy O'Connor

Über drei Tage, unterbrochen von Aufenthalten und Übernachtungen in Kaschemmen verschiedener Couleurs, brauchte Paddy, bis er in Nordirland ankam. Er versuchte eine bestimmte Adresse in Belfast ausfindig zu machen, von der er Unterstützung in eigener Sache erhoffte.

Am Eingang angelangt, fand er das Tor weit offenstehend vor. Paddy lenkte den Einspänner in den Hof und schaute sich nach Personen um. Da sich nichts rührte, stieg er von seinem Gefährt und kletterte die Stufen zur Haustüre hoch. Die aussen angebrachte Klingel schepperte los, als er den Metallstab leicht berührte und im Inneren des Hauses begann ein Hund wie wild zu bellen. Paddy suchte die Hausnummer an der Wand, um sie ein letztes Mal zu vergleichen, in dem Moment öffnete sich die Tür einen Spalt breit und eine ältlich aussehende Frau fragte nach seinen Wünschen. „Bin ich hier richtig, ich suche…?"

„Keine Ahnung, mein Herr. Der, den Sie suchen, wohnt hier nicht mehr." Hernach fiel die Türe mit einem Knall wieder ins Schloss zurück.

„Aber…? Sie wissen doch gar nicht, wen ich suche! Hallo…, hören Sie mich?" Er zog aufgebracht an der Klingel. Ausser einem aggressiven Gebell rührte sich nichts mehr hinter der Tür. Paddy beschloss im Hof zu warten. Irgendwann würde der Kerl nach Hause kommen, dachte er und machte es sich in der Kutsche bequem.

Bei Einbruch der Dunkelheit, nach Stunden, die ihn viel an Überwindung kosteten, der Alten nicht die Tür einzurennen, sie nach dem Aufenthalt der gesuchten Person auszuquetschen und ihr danach den Hals umzudrehen, schlich sich eine dunkle Gestalt auf den Hof. Paddy wunderte sich darüber, dass der

Hund augenblicklich ruhig wurde, nachdem er sich vorher stundenlang im Gebell geübt hatte.

„Du hast dir aber viel Zeit gelassen, um nach Hause zu kommen", empfing Paddy aus dem Dunkeln heraus den Spätheimkehrer.

„Was soll das? Wer sind Sie...?" Seine rechte Hand fuhr blitzartig unter das Jackett, als sie wieder auftauchte, lag eine Waffe darin.

„Moment, nicht so hastig. Ich bin Paddy O'Connor und komme einen weiten Weg, um mich einem Verein anzuschliessen, den ich nur dem Namen nach kenne. Empfängt ihr so eure Freunde?" Er stellte sich unter die Strassenlaterne, dass der Fremde sein Gesicht sehen konnte.

„Sie sind nicht mein Freund, ich kenne meine Freunde, wer schickt Sie..., haben Sie eine Empfehlung? Nennen Sie mir den Namen?" Die Waffe war wie zufällig auf Paddys Bauch gerichtet.

„Landlord Hendry..."

„Sie kommen von *unten*? Werden Sie gesucht?"

„Nein, nicht dass ich wüsste." Paddy bluffte.

„Also werden Sie gesucht! Sind Sie eine Gefahr für uns?"

„Was meinen Sie damit?"

„Sind Sie eine Gefahr?" Die Waffe hob sich leicht und zeigte jetzt auf das Herz von Paddy.

„Die einzige Gefahr, in der ich stecke, geht von Ihnen und Ihrer Waffe aus!"

„Sie kennen Landlord Hendry. Haben Sie schon mit ihm gearbeitet?" Der Lauf senkte sich auf Kniehöhe.

„Des Öfteren. Aber jetzt zu Ihnen. Sie fragen mich ein Loch in den Bauch, ohne sich vorzustellen. Ich möchte von Ihnen wissen, wie funktionieren Sie in der Partei?"

„Mein Name tut nix zur Sache, nenne mich Liam. In der Partei bin ich zuständig für Beschaffungen aller Art..."

„Auch Waffen?"

„Das muss dir fürs erste genügen. Bringe das Pferd in den Stall, alles Nötige findest du in der rechten Kammer neben den Boxen, anschliessend erwarte ich dich im Haus."

Nachdem Paddy sein Pferd mit Futter versorgt hatte, empfing ihn Liam in der Küche beim Zubereiten einer Mahlzeit. Von der Alten und dem Hund war nichts zu entdecken.

„Setz dich. Ich denke, du kannst einen Happen vertragen." Er stellte einen Teller mit Eintopf und ein Glas, randvoll gefüllt mit Guinness, vor Paddy hin. Die Aufforderung zu Speis und Trank kam für Paddy zum richtigen Zeitpunkt, sein Magen gab schon seit längerer Zeit komisch anzuhörende Geräusche von sich. Liam beobachtete ihn beim Essen und machte, ausser einer kurzen Bemerkung über das Wetter, keine Konversation mit Paddy.

Nach dem Essen und einem weiteren Glas Bier drängelte Liam mit Blick auf die Uhr. Er zeigte Paddy den Schlafplatz, machte eine Andeutung über die frühe Tagwache, liess ihn aber über das weitere Vorgehen im Unklaren.

Durch das Geräusch der Regentropfen, die vom heftigen Wind an die Fenster gedrückt wurden, erwachte Paddy. Über den Hof drangen das Bellen des Hundes und das Geklapper von Pferdehufen auf Steinboden an sein Ohr. Noch müde, rieb er sich den Schlaf aus den Augen und stieg aus dem Bett. Nachdem er die Hände in die Waschschüssel getaucht und die Nässe über Gesicht und Haare verteilt hatte, trat Paddy aus dem Zimmer und stand im Halbdunkel urplötzlich der alten Frau gegenüber. Paddy versuchte ein zwanghaftes Lächeln, was vom Gegenüber mit einem Knurren beantwortet wurde.

Auf dem Hof empfing ihn die Betriebsamkeit der Bauern, die sich für einen langen Arbeitstag rüsteten. Liam trat auf ihn zu. Bei Tageslicht betrachtet, war er ein hübscher Kerl, dachte

Paddy bei sich. Das dunkle Haar ordentlich geschnitten, fein gezeichnete Lippen, darunter grosse, ausgeprägte Zähne und dazu die feurig anzusehenden Augen. Er glich eher einem jungen Spanier als einem Nordiren.

„Ich habe meinen Arbeitern erlaubt, sich um dein Pferd zu kümmern. Ich hoffe, es ist dir recht?"

„Danke. Eine Frage, die Frau im Haus…?"

„Die brauchst du nicht weiter zu beachten…" und als Erklärung, „…sie ist nicht ganz richtig im Kopf." Er machte eine kreisende Bewegung mit dem Zeigefinger um die Schläfe.

„Bist du bereit? Ich stell' dir heute meine Parteifreunde vor. Frühstück gibt es im Parteigebäude. Gehen wir?"

Durch enge Gassen, dem Wind und seinen überfallartigen Sturmböen hilflos ausgesetzt, vom Regen aufgeweicht, erreichten sie in feuchter Kleidung ein grosses, behäbig dastehendes Haus.

Im Innern brannte ein einladendes Torffeuer und um den mannshohen Kamin standen Gruppen von heftig diskutierenden Menschen. Liam unterbrach ihr Palaver, indem er Paddy jedem mit der Floskel vom Neuzugang vorstellte. Altersmässig war jeder Jahrgang vertreten und was Paddy besonders stutzig machte, sogar Frauen waren zugegen. Ein Umstand, der für ihn nur schwer nachvollziehbar war, da Frauen und deren Handlungen in seinem Verständnis eine untergeordnete Rolle einnahmen. Nach Hazels Tod hatte sich der Eindruck noch verstärkt.

Auf einem Tisch standen gefüllte Kaffee- und Teekannen. Liam deutete ihm, sich zu bedienen und hielt Paddy dazu an, die grossen Teigtaschen zu versuchen. Ein Raunen ging durch den Saal und Paddy verschluckte sich an dem Gebäck. Händeklatschen begleitete den Auftritt von einer grauen Eminenz, die leicht gebeugt die Huldigungen ihrer Untertanen entgegennahm. Paddy wollte sich bei Liam wegen dieser Person erkundigen, musste aber zu seinem Leidwesen feststellen, dass der schon längst die Position des unterwürfigen Lakaien eingenommen hatte und beflissen um den Neuankömmling scharwenzelte. Paddy beobachtete die Gesichter der Gesinnungsgenossen und fragte sich insgeheim, ob er auf der richtigen Party war. Der Tattergreis sollte wohl die Personifizierung, die Doktrin der Partei darstellen. In seinen Augen war der alte Mann eine Persiflage auf sich selbst. Paddy konnte ein Lächeln nicht verkneifen.

Elliot O'Connor

Elliot, wo bist du? Antworte gefälligst, wenn ich dich rufe." Angus O'Malley war zornig über den Zustand seiner Aggression. Er hatte den Nachmittag damit zugebracht, von seiner Frau Imelda durch sämtliche Geschäfte in Milltown gehetzt zu werden, nur um den gleichen Artikel in verschiedenen Farben zu bewundern, um ihn dann schlussendlich doch nicht zu kaufen. Seine Beine taten ihm weh und die Gedanken an Elliot liessen ihm keine Ruhe, um sich auf seine Frau konzentrieren zu können.

Nun stand er abgekämpft vor dem Haus und der Kerl antwortete nicht einmal. Er drückte die Türklinke, trat in den Raum, wollte sich instinktiv gegen den Schatten wehren, der von hinten auf ihn niedersauste, spürte den Schlag auf den Nacken nur als Detail und bevor jemand das Licht bei ihm ausknipste, glaubte er die Stimme von Elliot, der seinen Namen rief, gehört zu haben.

Als Elliot die Stimme von O'Malley erkannte und sich auf dem Stuhl aufzusetzen versuchte, kam sein Peiniger wieselflink die Treppe herunter und stellte sich hinter die Eingangstüre. Den Knauf seines Dolches fest in der Hand, erwartete er den Eindringling. Elliot wollte den Freund warnen, rief seinen Namen und fiel in demselben Moment mit dem Stuhl zu Boden, als O'Malley den Schlag erhielt.

„Wer ist das..., a bhalgair?" Er drehte den am Boden liegenden O'Malley mit der Stiefelspitze um, setzte sich rittlings auf ihn und fuhr mit der Dolchspitze den Hals entlang.

„Constabler O'Malley."

„Warum trägt er keine Uniform? Wohl nicht im Dienst. Machst du mit dem halbe Sachen?"

„Nein, er wollte mich nur besuchen. Aber was erzähl' ich Ihnen das alles. Schauen Sie zu, dass Sie von hier verschwinden, bevor er zu sich kommt!" Elliot zog an den Fesseln und versuchte durch Hin- und Herwälzen mit dem Stuhl den Knoten zu lösen.

„Ist wohl besser. Aber ich komme wieder und dann bin ich nicht mehr so liebenswürdig. Dann krieg' ich, was ich will, oder du bist tot." Er kletterte von O'Malley herunter, der dabei leicht stöhnte und verschwand mit wehendem Mantel über den Klippen.

Elliot scheuerte sich am Seil die Handrücken auf, die alsbald scheusslich zu brennen begannen und ihn die Tätigkeit einstellen liessen. Dann rief er panikartig nach Angus. Benommen versuchte O'Malley sich aufzurichten, drehte sich dabei auf den Rücken und stierte mit verdrehten Augen an die Decke. Elliot hatte inzwischen den Knoten so weit gelöst, dass er die eine Hand ohne Mühe aus der Schlinge ziehen konnte. Hastig befreite er sich von den Fesseln und lief zu ihm. Ein Rinnsal von Blut suchte sich den Weg über die Wange, als Elliot den Kopf von Angus anhob, um die Wunde zu untersuchen. O'Malley machte, von Schmerzen gepeinigt, eine abwehrende Bewegung mit der Hand. Elliot fiel das weisse Kästchen ein mit dem von ihm aufgemalten roten Kreuz, das sein Vater damals mit seiner Hilfe in der Toilette aufgehängt hatte. Er öffnete die kleine Tür und war über den Inhalt erfreut und zugleich erstaunt. Das, was sich ihm darbot, ging über den Inhalt eines normalen Medizinschrankes hinaus. Die verschiedenen Artikel erinnerten Elliot an die Praxis von Doktor Rutless. Wahllos fischte er Mullbinden, Heftpflaster und Klemmen aus dem Überangebot und hetzte zurück zu O'Malley, der, aufrecht sitzend, mit vornüber gebeugtem Haupt leise stöhnte. Elliot reinigte die Wunde und stellte dabei fest, dass es sich um eine harmlose Platzwunde handelte. Dann legte er ein Stück Gaze-streifen auf die Austrittsöffnung und verband das Haupt mit Mullbinden.

„Was ist passiert, wo bin ich…?“

„Du hast eins auf die Rübe gekriegt.“ Elliot setzte die letzte Klammer und begutachtete sein Werk.

„Von dir?“

„Lieber Angus, was für 'ne Frage. Ich hatte unangenehmen Besuch und du bist zu früh dazugekommen.“

„Soll das heissen, wer die Besuchszeit nicht einhält, kriegt einen Schlag auf den Hinterkopf? Sozusagen als Erinnerung an die Verfehlung?“

„Kannst du dich erheben? Warte, ich helfe dir dabei.“ Elliot fasste Angus unter dem Arm und setzte ihn auf einen Stuhl an den Tisch.

„Mein Gott, ist mir schwindlig. Was war denn los? Ich kann mich nur noch an den Teil erinnern, als ich durch die Tür trat, anschliessend wurde es dunkel um mich. Welches Schwein schlägt mich mitten am Nachmittag?“ Er befingerte seinen ver-wundeten Schädel.

„Ein Kumpane meines Vaters. Er versuchte, alte Schulden einzutreiben…“

„Indem er mir auf den Kopf schlägt?“

„Was weisst du über einen spektakulären Bankraub in den Jahren nach dem Krieg? Anfang der Fünfziger?“

„Wenn ich den zu fassen kriege, auf diesen Tag freue ich mich heute schon. Ich nehme an, er hat sich nicht vorgestellt.“

„Nicht mit Namen, wenn du das meinst.“

„Wie war das mit dem Bankraub? Anfang der fünfziger Jahre, sagtest du? Frag mich Morgen danach, ich suche im Ar-chiv nach Details.“

„Morgen ist Sonntag. Ich besuche dich nach der Messe auf dem Revier.“

Angus stand auf und wollte gehen. Leicht schwankend stand er beim Ausgang, hielt kurz inne, so als würde er fest an etwas denken und meldete sich nach einer Denkpause zurück.

„Moment, weswegen sollte ich dich besuchen? Einmal abgesehen von der Funktion als Prügelknabe. Sagtest du nicht, dass du mir etwas zeigen wolltest?" O'Malley trat in den Raum zurück und beobachtete die Reaktion von Elliot auf seine Frage.

„Nun, fällt dir nichts auf? Hast du bemerkt, dass es hier ungewöhnlich sauber und aufgeräumt ist? Dass die Sachen akkurat an ihrem Platz stehen, ohne Staubränder um die Objekte. Einmal abgesehen vom Fussboden, der ist, so nehme ich an, der Eile zum Opfer gefallen. Kein Geschirr, das auf den Abwasch wartet, keine Anzeichen, die auf einen, oder mehrere Bewohner hindeuten und das im ganzen Haus. Findest du es nicht auch eigenartig?"

„Jetzt, wo du's sagst. Was aber zwangsläufig nichts zu bedeuten hat. Dein Vater wollte vielleicht für einige Zeit irgendwohin gehen, oder er war ein penibler Mensch und hat sein Haus in Ordnung gehalten."

„Hilfst du deiner Frau manchmal beim Hausputz?"

„Nein, aber was hat das damit zu tun?"

„Ja nun, dann würdest du wissen, dass hier kein Mann, sondern eine Frau aufgeräumt hat und zwar erst vor kurzer Zeit." Angus schaute verständnislos auf Elliot. „Kein Mann kann Haushaltsarbeiten so ausführen, wie eine Frau das macht, leider, dazu fehlt ihm das Feeling."

„Und, was schliesst du daraus?"

„Dass mein Vater nicht dort ermordet worden ist, wo er gefunden wurde, sondern..."

„Sondern...?"

„Hier! Mit dem Saubermachen wurden Spuren verwischt, die zur Aufklärung beigetragen hätten. Schade nur, dass du keine Aufnahmen vom Fundort der Leiche besitzt. Anhand dieser

Aufnahmen könnte ich meine These stützen."

„Eine kühne Behauptung, ich muss schon sagen. Trotzdem, wenn ich's mir recht überlege, es hat was. Gibt es sonst noch irgendwelche Beweise, die deine Theorie untermauern würden?"

„Unter und auf dem Tisch habe ich Blutspuren entdeckt, die ich zur Abklärung nach Tralee geschickt habe. Das Ergebnis wird ein wenig Klarheit in die Angelegenheit bringen."

„Wie ich bemerke, habe ich einen neuen Kollegen, du bist schon sehr viel weiter in der Sache, als ich dachte. Ich wünschte mir, mein Deputy wäre so aufmerksam bei der Arbeit."

Von seinem Fund unter dem Küchenboden verriet Elliot noch nichts, vielleicht später, wenn ihm mehr über O'Malleys Gesinnung klar wurde. Sie einigten sich auf morgen Mittag, bevor O'Malley sein Fahrrad bestieg und mit dem Turban ähnlichen Gebilde auf dem Kopf den Weg nach Hause unter die Räder nahm.

Elliot wollte, nachdem ihn Angus O'Malley verlassen hatte, im Hause noch etwas aufräumen und den Medizinschrank auf dessen Medikamente, die er flüchtig wahrgenommen hatte, untersuchen. Das Kästchen erforderte seine ganze Aufmerksamkeit, denn der Inhalt entsprach nicht dem einer normalen Hausapotheke. Der Umstand der gefundenen Medikamente traf Elliot empfindlich in seinem Glauben an das Gute im Menschen. Sein Vater gab ihm immer mehr Rätsel auf, irgendwie schien ihm das Ganze zu entgleisen, auf eine andere Schiene abzugleiten, in deren Bereich Elliot sich in seinen kühnsten Träumen niemals vorgewagt hätte. Traurig mitanzusehen, wie seine Ideale Stück für Stück demontiert, im Innersten Teile von Wertschätzung abbröckelten, die mit Inbrunst der Verehrung willen gepflegt und hochgehalten wurden. Seine Knie wurden

weich, er setzte sich auf den Klodeckel und strich mit den Händen durch das Haar. Aber auch das schien irgendjemanden zu
stören, jedenfalls wurde er durch das Rufen seines Namens in
seiner Tätigkeit unterbrochen und ein unangenehmes Gefühl
der Ohnmacht machte sich in seinem Magen breit.

Paddy O'Connor

Die Zeit der Akklimatisation war vorbei. Paddy wurde in einem Hinterzimmer dem Funktionär vorgestellt. Der lasche Händedruck des alten Mannes hinterliess auf Paddys Hand den Eindruck eines schleimigen Pilzes. Die mit Altersflecken übersäte welke Hand spannte über dünnem Knochenbau und hinterliess in der Empfindung die Imagination des nahen Todes. Leicht gebeugt umrundete der alte Herr den Tisch, der thronend in der Mitte des Raumes stand und setzte sich auf den Stuhl, den Liam für ihn bereithielt. Augen, die flink der Figur von Paddy entlangtasteten, jede Bewegung seines Gegenübers anhand der Körpersprache analysiert und das Resümee fertiggestellt hatten, bevor er mit seiner Betrachtung an den Schuhen angekommen war.

„Wollen Sie sich nicht setzen. *Duine* O'Connor?" Liam gab Paddy ein Zeichen, auf welchen Stuhl er sich setzen solle, bevor er an der Seite des Patriarchen Platz nahm.

„Sie kommen aus dem freien Irland in ein Stück Land, das von Engländern und deren anglikanischer Kirche terrorisiert wird. Warum?" Die Stimme passte irgendwie nicht zu seinem Wesen. Sie war forschend, eisig und verbittert und traf Paddy tief im Innern. Dieser Mann inszenierte mit seiner Frage keine leichte Konversation, dieser Mann bestand auf kompetente Antworten.

„Nun, ich las von ihrer Parteigründung in der Zeitung, hörte verschiedene Meinungen über das Programm und wollte mir ein Bild über deren Umsetzung in die Praxis machen." Paddy rutschte auf der Sitzfläche, durch die Anspannung im Umfeld nervös gemacht, unruhig hin und her.

„Sie sind aber nicht bei einer Zeitung unter Vertrag, was ist ihr Tätigkeitsbereich, in welcher Sparte sind sie zu Hause?"

„Im Abbau von Bodenschätzen. Ich war in einer Zinnmine beschäftigt bis zu ihrem wirtschaftlichen Zusammenbruch."

„Eine schreckliche Tätigkeit. Immer im Dunkeln, eingemauert von tonnenweise Gestein, klaustrophobische Zustände. Können Sie mit Sprengstoff umgehen?"

„Sicher…, im anderen Fall würde ich kaum mehr hier sitzen!"

„Was ist mit Ihrer Familie, duldet sie die Abwesenheit Ihrer Person?" Wieder dieses Eindringen in seinen persönlichen Lebensbereich. Wo lag das Kalkül dieser Fragestunde? „Na, was ist?"

„Ich habe keine Familie mehr. Sie wurde mir genommen, teils durch Willkür, teils durch den Tod meiner Frau. Ich bin also unabhängig von irgendwelchem Ballast, der mich in der Bewegung hemmen würde."

„Sie empfanden Ihre Familie als Ballast? Als Bürde und Joch? Du meine Güte, Liam, was hast du mir hier wieder angeschleppt?"

„Er kommt auf Empfehlung von Landlord Hendry!"

„Ach? Interessant!"

Für Paddy wurde die Unterhaltung zwischen den beiden zur Farce. Er fühlte sich veralbert und wollte die Komödie so schnell als möglich beenden. Dazu war ihm jedes Mittel recht und die Überraschung wurde perfekt, als er aus den Manteltaschen seine Goldbarren hervorkramte, sie vor die völlig perplexen Betrachter knallte und dabei die Rolle des stillen Beobachters einnahm.

„Was ist damit?" Die aus lauter Verlegenheit gestellte Anfrage von Liam bedurfte einer Antwort, die Paddy dem alten Zausel überliess.

„Lieber Liam, diese Frage erübrigte sich in dem Moment, als *Duine* O'Connor den Schatz auf den Tisch legte. Ich nehme an, er will sich damit bei uns einkaufen. Um die Herkunft des Goldes will ich Sie gar nicht befragen, nur so viel, müssen wir uns

Sorgen machen?" Die alten, tief in ihren Höhlen liegenden Augen blitzten für einen Moment wie der Strahl der Sonne und hinterliessen bei Paddy das Gefühl von Autorität.

„Sorgen muss man sich über die kleinen Dinge des Lebens machen, ansonsten ist die Sorge ein Gefühl wie jedes andere. Im Übrigen ist davon noch mehr vorhanden", er deutete mit dem Finger auf die Barren.

„Schön, das zu wissen, *Duine* O'Connor, aber können wir Ihnen auch trauen? Sind Sie ausser Gefahr?"

„Gefahr ist ein Zustand, in den man sich nur mit der nötigen Rückendeckung begeben sollte. Ich glaube nicht, dass diese Barren für irgendjemanden zur Gefahr werden, höchstens mit dem, was wir daraus machen." Einen Herzschlag lang war es still im Raum, dann fing der Alte zu grinsen an, Paddy und Liam antworteten mit schallendem Gelächter.

„Genug der Geschichten und Geschehnisse. Liam wird Sie mit allem vertraut machen, er ist ihr Vorgesetzter. Seinen Anweisungen ist unbedingt Folge zu leisten. Betrachten Sie seine Worte als Befehl. Noch Fragen?"

„Ja, eine. Mit wem hatte ich das Vergnügen…?" Paddy wartete gespannt auf die Antwort. Liam und der alte Mann warfen sich vielsagende Blicke zu, bevor sich Liam dazu bequemte, zu antworten:

„Paddy, darf ich dir Landlord Hendry vorstellen?"

Elliot O'Connor

Der Anblick von Moureen, wie sie mit der untergehenden Sonne im Rücken unter dem Türbogen stand, versöhnte seine Gedärme auf ein erträgliches Mass an Verstimmung. Irgendwie fand er durch das Auftauchen des weiblichen Wesens in seine abstruse Gedankenwelt den Konsens zu seiner Umgebung wieder. Er versuchte die Gefühle zurückzuhalten, wurde aber vom Augenblick übermannt und befand sich wenig später in einer innigen Umarmung mit Moureen.

„Aber, aber, Mister O'Connor, hatten wir letzte Nacht erotische Träume? Oder kommen hier versteckte Talente zum Vorschein?"

„Verzeihung, die Freude, dich zu sehen, hat mich zu sehr stimuliert."

„Was du auch immer aus Liebe für einen anderen machst, entschuldige dich niemals dafür. Deine Ehrlichkeit steht auf dem Spiel, lieber Elliot. Keine noch so grosse Liebe hat ohne Ehrlichkeit Bestand."

Elliot fühlte sich unbehaglich in der Rolle des Getadelten, seine männlichen Empfindungen rebellierten gegen den vermeintlichen Tadel. Die Unruhe in seiner Magengegend nahm wieder zu, eine Reaktion auf verletzten Stolz.

„Warum bist du hergekommen? Wenn nicht, um mich zu lieben, warum dann? Hast du etwa auch Besitzansprüche an das Erbe meines Vaters, wie dieser Schurke, der mir andauernd mit dem Tode droht? Oder suchst du Befriedigung an anderer Leute Leid?"

„Du meine Güte, ich hab' wohl den falschen Augenblick erwischt. Willst du mir dein Herz ausschütten?" Sie schloss die Haustüre hinter sich zu und setzte sich an den Tisch. „Komm her, mein Lieber, mach aus deinem Herzen keine Mödergrube, erzähl einem netten Menschen deine Sorgen."

Zögernd nahm Elliot ebenfalls am Tisch Platz und erzählte Moureen die Geschichten seit seiner Ankunft in Irland, verschwieg ihr nicht das kleinste Detail und endete seine Schilderung mit dem Erwähnen seiner Fundsachen. Moureen schob ihren Stuhl reflexartig zurück und schaute auf den Fleck am Fussboden, hinter dem sie die Sachen vermutete.

„Was willst du mit dem Schatz machen?"

„Zurückgeben, was denn sonst. Ich warte nur auf O'Malleys Bescheid."

„Schade, was könnte man mit dem Geld nicht alles anfangen. Sich neue und alte Träume erfüllen, anderen Gutes angedeihen lassen ohne Ende. Tausend Dinge tun und weitere tausend vorbereiten."

„Ist das wirklich deine Meinung?"

„Nein... aber ein bisschen Träumen wird doch wohl noch erlaubt sein. Natürlich musst du es zurückgeben, keine Frage. Aber auch das wird dich, ohne Zweifel, zu einem reichen Mann machen."

„Ich will nichts von alledem, nichts, hörst du! Ich will mich nicht an irgendetwas bereichern, an dem womöglich Blut klebt, auch dann nicht, wenn ich damit deine sogenannten Träume erfüllen könnte."

„Ist ja schon gut. Beruhige dich." Sie strich zärtlich über seine Hand. „Ich will es ja auch nicht."

Elliot wurde von Moureen in seinen Befürchtungen bestärkt, die er seit dem Auffinden des Verstecks hegte. Aber in seinem Vater das Teuflische zu suchen, dagegen wehrten sich seine Gefühle, die Gedanken sträubten sich, solche Ungeheuerlichkeiten als gegeben zu akzeptieren, was wohl eine menschliche Schwäche war, aber als Mittel zum Selbstschutz absolut tauglich. Er überlegte sich zum ersten Male ernstlich, die Koffer zu packen und abzureisen. Eine Flucht vor Gefühlen und Gedanken, die ihn spätestens im Flugzeug einholen und die nächsten Jahre in den Träumen apokalyptisch verfolgen würden, dessen war er sich bewusst, in dem Moment, als er daran dachte.

Stillschweigend ging Elliot mit Moureen an der Hand über die Klippen, auf denen sich die Winde um die Richtung stritten, einen Umweg ins Dorf. Nachdem sie das Cottage wieder und noch einmal nach weiterem Beweismaterial seiner These untersucht hatten, Hunger in den Gedärmen sich breitmachte, entschlossen sie sich, den Eingang zu verschliessen und nach Hause zu gehen. Der Schweigemarsch wurde nur durch kleine Wellen, die an das Ufer schlugen, geräuschmässig untermalt. Am Himmel zogen farbene Schleierwolken gegen die allmählich ansteigende Finsternis an. Bei der Ankunft am Strand ging der Tanz am Firmament erst richtig los. Mit dem Ausdruck des Erstaunens im Gesicht legte Elliot den Kopf in den Nacken und stierte mit offenem Mund auf das Naturschauspiel. Vielfarbige Feuerkugeln schossen über den Planeten, Schleierfahnen, fächerartig ausgebreitet mit den Farben des Regenbogens, geheimnisvolle, im kalten Blau gehaltene Lichter, verwobene Zusammenkünfte der Sterne, der Vergleich lag nahe, so dass sich Elliot gezwungen sah, das Schweigen zu lösen.

„Ist dies, was sich da oben abspielt, ein Zeichen für kommendes Schlechtwetter?"

„Du enttäuscht mich, Elliot O'Connor. Hast du wirklich die wunderschön anzusehenden Nordlichter aus deinem Gedächtnis gelöscht? Die gab es damals schon, als du noch auf der Insel gelebt hast."

„Mit mir ist heute nicht mehr viel los. Der Tag brachte zu viele negative Eindrücke, die ich erst verarbeiten muss. Ich brauche jemanden, der mich in die Arme nimmt, mir das Gefühl von Geborgenheit gibt und wartet, bis ich schlafen kann."

„Bei guter Verpflegung und noch besserer Behandlung würde ich den Job gerne übernehmen." Moureen lachte verschmitzt. Elliot nahm sie in den Arm. Von weitem hörte er das Geräusch eines sich nahenden Motorrades. Das Licht des Scheinwerfers tanzte über den Schlaglöchern der Strasse, die zum Strand führte.

„Komm, verstecken wir uns..., hinter den Felsen, schnell!" Er zog heftig an Moureens Hand.

„Warum sollten wir das tun? Vor was müssen wir uns verstecken?" Sie stolperte hinter ihm her.

„Shaughnessy..., der da kommt auf der Maschine."

„Na und, warum müssen wir uns vor dem verbergen?"

„Er spioniert hinter mir her. Er verfolgt mich schon seit meiner Ankunft hier im Dorf."

Oben auf der Strasse brauste das schwere Motorrad vorbei und verschwand in der Dunkelheit, nur das kleine, rote Rücklicht war eine Zeitlang noch zu sehen.

„Der ist nicht hinter dir her. Er macht schon eher Jagd auf mich. Shaughnessy, wie du ihn nennst, ist mein Bruder Devlin."

„Was, der Verr... ist dein Bruder?"

„Ja. Im Übrigen ist er nicht verrückt, auch wenn ihn das ganze Dorf dafür hält. Er hatte als Kind einen Unfall, er stürzte beim Spielen von der Heubühne, seither benimmt er sich in den Augen der Dorfbewohner, und nur da, nicht..., wie sagt man, regelkonform?"

„Das wusste ich nicht, tut mir leid. Ich bin auch nicht regelkonform, ich habe dich nicht einmal nach deinem Nachnamen gefragt."

„Brauchst du ja nicht, oder willst du mich heiraten?"

„Was...?"

„Hab' ich dich mit meiner Frage erschreckt? Du bist um die Nase so blass geworden."

„Das ist das Mondlicht, komm, lass uns gehen, ich habe

Hunger." Elliot stampfte auf dem losen Untergrund davon, in der Haltung eines leicht Gekränkten.

„Das Mondlicht, so, so. Na warte, Mister O'Connor, ich werde dir schon ein Licht aufstecken." Moureen lachte still in sich hinein und versuchte Elliot zu erreichen, der mit grossen Schritten den Weg zum Dorf unter seine Füsse genommen hatte.

Nach dem Abendessen im Pub, zu dem er Moureen eingeladen hatte, befasste er sich intensiv mit dem Gedanken, ihr einen Heiratsantrag zu machen. Auf dem Rückweg vom Strand verschwand sie plötzlich in einem Bauernhaus und tauchte neu eingekleidet wieder daraus hervor. Elliot staunte nicht schlecht, als er die Garderobe unter einer Strassenlaterne begutachtete. Er pfiff anzüglich durch die Zähne und war mit Komplimenten überaus spendabel. Moureen genoss ihren Auftritt, gab es doch sehr wenig Möglichkeiten in diesem Dorf, sich einzukleiden. Im Pub angekommen, wurde es, nachdem sie den Schankraum betreten hatten, unangenehm still und nur vereinzelt drang versöhnliches Gemurmel an das Ohr des Paares.

„Um nochmals deine Frage vom Strand aufzugreifen, wäre der Gedanke, meine Frau zu werden, dir so unangenehm?" Elliot wusste beim Aussprechen der Frage, dass er einen Fehler begangen hatte. Moureen verschluckte sich am Gebäck, das sie zum Kaffee gereicht bekommen hatten und hustete die Krümel in die vorgehaltene Serviette.

„Meine Güte, Elliot, du weisst wirklich die Akzente zu setzen. War das jetzt ein Antrag? Wie kommst du bloss auf solche Ideen?" Sie trocknete die Träne an ihrem linken Auge, die mehrfarbig, angestrahlt durch das Kneipenlicht, schillerte.

„Du hast meine Frage noch nicht beantwortet."

„Erwartest du wirklich eine Antwort, hier in diesem Raum? Mit all den Menschen, dem Trubel…, dem genossenen Alkohol?

Morgen würdest du es wieder bereuen, selbst dann, wenn ich Zustimmung suggerieren würde."

„Ich habe dich etwas gefragt."

„Elliot, können wir das Antwortgeben vertagen? Du kennst mich noch zu wenig..., wir kennen uns noch zu wenig. Wer sagt uns, nach so kurzer Zeit des Kennenlernens, dass wir zueinander passen?" Sie kam näher, ganz nahe an sein Ohr. „Wir haben noch nicht einmal miteinander geschlafen...", und wieder auf Distanz, „...und du sprichst von Heirat." Moureen lächelte vielsagend.

„Um deine Fragen der Reihe nach zu beantworten. Dazu fehlt mir die Zeit. Unsere Herzen, und können wir jederzeit nachholen. Wenn du willst, jetzt gleich."

„Du bist mir ja ein Schwerenöter. Aber der Gedanke fasziniert mich. Sind die Betten gut in diesem Etablissement?"

Unbemerkt war ein junger Mann an ihren Tisch getreten, schaute nervös zuerst auf Elliot und dann auf Moureen.

„Vater lässt dich bitten, nach Hause zu kommen."

„Warum, Devlin, ist etwas passiert?"

„So kann man es auch sagen, kommst du?" Er stand einen Meter vom Tisch weg und hielt die Hände verlegen ineinander verdreht.

„Tut mir leid, Elliot. Ich schau mal nach, was da los ist, bis später!" Sie stand auf und verliess mit ihrem Bruder den Pub. Elliot schaute verdutzt hinterher, blieb wie in Trance noch eine Zeitlang auf seinem Platz sitzen und machte sich massive Vorwürfe über seine Passivität am Abend.

Paddy O'Connor

Drei Jahre waren seit seiner Ankunft in Nordirland vergangen. Paddy war in der Hierarchie die Treppe hinaufgestiegen, er befehligte. Es war die Zeit, als sich die blutigen Wochentage in Ulster häuften. Seine Republikanische Partei war der politische Flügel der IRA, einer paramilitärischen Gruppe, deren Ziel darin bestand, das nationalistische Gedankengut konsequent umzusetzen. Die Abspaltung vom übrigen Irland war vollbracht, was Paddy nur recht sein konnte, hatte er doch noch eine alte Rechnung mit der Republik Irland offen.

Etwa zur gleichen Zeit begann ein neuer Inspektor bei der Kriminalpolizei von Tralee in alten Akten zu wühlen. Er suchte nach ungeklärten Fällen, stiess wie zufällig auf die Akte vom Bankraub in Cork und befasste sich intensiv mit den Aussagen der Beteiligten. Nach unzähligen Befragungen tauchte der Name Paddy O'Connor das erste Mal in seinen Ermittlungen auf. Der Spürhund hatte Lunte gerochen. Tag und Nacht spukte derselbe Name durch seine Gehirngänge, begann ihn zu faszinieren, hielt ihn gefangen. Zielstrebig nahm er die Spur auf, suchte den Rest der Bande in den Gefängnissen auf, nahm Zeit und Ungemach auf sich, nur um sich den einzigen Traum, den er hegte, sich ein Denkmal zu setzen, zu erfüllen. Der Bluthund hatte die erkaltete Fährte gerochen, Charles King war blindwütig und besessen auf sein Memorial.

Paddy O'Connor wusste von all dem nichts. Er hatte sich eine neue, eigene Welt zusammengebaut, wobei von der alten nur noch der schale Geschmack nach Melancholie übrigblieb. Manchmal, in stillen Stunden, träumte er von seinen Kindern

Elliot und Sarah, wo sie wohl waren, wie sie ausschauten. Dabei zog sich seine Bauchdecke schmerzhaft zusammen und Stiche in der Herzgegend liessen ihn die Gedanken sofort abbrechen. Dann überrannten ihn die Gefühle wieder, er fasste den Entschluss, nach den Kindern zu sehen, sie zu besuchen, dann fielen ihm die Unterschrift auf dem Dokument und die Verzichtserklärung, die er anlässlich der Adoption geleistet hatte, wieder ein und der geträumte Traum platze wie eine Seifenblase im Wind. Er tröstete sich mit dem Gedanken, dass es Dinge gab, die man sich erträumte, die so waren, wie sie niemals sind. An Hazel dachte er nie wieder.

Stilvoll gekleidet läutete er an der Haustürglocke von Juliet Walsh, einer Engländerin, mit der Paddy eine Beziehung unterhielt. Die Tür schwang auf und gab den Blick in die grosse Wohnung frei. Unter dem Türbogen stand eine Frau im schwarzen Abendkleid. Sie war eine Lady und Paddy stand der Mund offen, als er diese Offenbarung vor ihm stehen sah.
„Sind wir soweit?", hauchte sie und Paddy hielt ihr galant den Arm hin. Ihn leicht berührend, tänzelte sie an seinem Arm zum bereitstehenden Wagen, an dem der Fahrer die Tür aufhielt. Ein Hauch des Parfums raubte Paddy die Sinne, als er sich neben sie setzte und dem Fahrer das Zeichen zur Abfahrt gab. Der Besuch der Wagner-Oper *Tristan und Isolde* stand auf dem Programm und bedeutete für Paddy ein Abend voller Genüsse. Vor dem Eingang zum Opernhaus in Belfast standen Menschen und langweilten sich in Konversation, als Juliet Walsh am Arm von Paddy auftauchte. Köpfe wendeten sich, Hälse wurden verdreht, eine Gasse bildete sich, in der Lady Walsh mit Begleitung die Linie abschritt.

Damals, als sie Paddy bei einer Party vorgestellt wurde, sah er die Chance, den Zutritt in die obere Gesellschaft zu erhalten.

Er benutzte sie, wie er alle für seine Interessen benutzt hatte und der glückliche Umstand, dass sie eine Schönheit war, beflügelte ihn umso mehr.

Er überhäufte Lady Walsh mit Geschenken, sie liess ihn dafür an ihrem Leben teilhaben. Eine Zeitlang hatte er keine Probleme und sein Leben bewegte sich in geordneten Bahnen. Dann machte ihn seine Partei darauf aufmerksam, dass diese Konstellation nicht im Interesse der Partei und ihrer Ideologie wäre und er sich doch lieber nach etwas Seriöserem umsehen sollte. Allein der Gedanke war für Paddy etwas Abscheuliches und er drohte mit dem Ausstieg aus der Partei. Die Drohung funktionierte nicht wie erhofft, so dass sich Paddy plötzlich in der ausweglosen Situation befand, indem er ein Dilemma zu lösen hatte, das für ihn nicht bestand. Er musste sich entscheiden.

Der heutige Abend war als Entscheidung gedacht und als der letzte Akkord verklungen war und die Leuchter im Saal angingen, stand sein Verdikt fest. Niemals würde er sich für die Partei von dieser Frau trennen.

Der Vorschlag, im nahe liegenden Restaurant noch etwas zu trinken, fand bei Paddy offene Ohren, quälte ihn doch seit der letzten Stunde ein unsagbares Durstgefühl. Auch hier wieder dieselbe Zeremonie. Lady Walsh betrat kein Gebäude, sie erschien. Paddy genoss diese Auftritte, wurde er doch als Begleiter akzeptiert und konnte sich in ihrem Nimbus sonnen. Nachdem sich die Aufregung im Lokal gelegt, sie am Champagner genippt und Paddy seine Komplimente durch hatte, suchte er den richtigen Zeitpunkt, um ihr die Information über seine Entscheidung mitzuteilen. Aber irgendetwas hielt ihn zurück, liess ihn zaudern. Er entschuldigte sich bei Juliet Walsh und ging auf die Toilette.

Beim Hochziehen der Hose drückte ihn eine unsichtbare

Faust zurück auf den Schüsselrand, das Krachen einer Detonation zerriss die Stille. Paddy sass benommen auf der Kante des Klosetts und versuchte sich zu orientieren. Ein grausamer Gedanke liess ihn hochschrecken und in das Lokal stürmen, um nach Lady Walsh zu sehen. Es gab kein Lokal und keine Lady Walsh mehr. Paddy stand im Freien.

Einen alten Mann, der auf der Strasse in seinem Blut lag, der seinen, zur Hälfte abgetrennten Arm, gegen ihn ausstreckte, dessen zitternde Lippen die Worte: *„Helfen Sie mir, bitte!"* formten, liess Paddy kaltblütig liegen. Seit dieser Stunde schlug in Paddy ein gefrorenes Herz.

Elliot O'Connor

Trotz zu wenig Schlaf erwachte Elliot am Sonntagmorgen in aller Frühe und zog sich für den Kirchgang an. Das Frühstück wollte ihm nicht schmecken, er hatte keinen Appetit auf die Sachen, die vor ihm auf dem Tisch standen. Was konnte passiert sein, warum war Moureen gestern Abend nicht mehr zurückgekommen? Die Zweifel, die Elliot derzeit noch plagten, würden wohl nach der Messe ausgeräumt werden, dessen war er sich sicher, aber was bis dahin? Der Wirt versuchte ihn mit einem Witz aufzuheitern, doch mehr als ein müdes Lächeln lag für ihn nicht drin.

Elliot entschloss sich, zu Fuss auf den Hügel zu gehen. Der Spaziergang würde ihm guttun und vielleicht bestand ja noch die Chance, Moureen vor der Kirche zu überraschen. Beim Anstieg durchflutete ihn wohlige Wärme, so dass er sich das Jackett auszog und über den Arm legte, den Krawattenknopf löste und ein paar Mal tief durchatmete. Auf halbem Weg wunderte er sich darüber, die Strasse menschenleer vorzufinden und beruhigte sich gleich wieder mit dem Gedanken, dass er wohl zu früh aufgebrochen war.

Vaters Grabstätte war inzwischen von den Totengräbern hergerichtet worden und der Kranz von seiner Schwester und ihm lag in der Mitte des Erdhügels zentriert, während das hölzerne Kreuz schief nach hinten hing. Elliot richtete es gerade, trat die lose Erde mit den Schuhen fest, warf zwischendurch einen Blick auf das Meer und erschrak über die Nähe der Glocken, die zum Gebet riefen. Er setzte sich in der ersten Reihe auf die leere Bank. Langsam füllte sich das Gotteshaus mit Menschen, aber keiner setzte sich neben ihn. Am Anfang war ja noch Hoffnung, jetzt, wo das Kirchenschiff gefüllt war, war es Gewissheit. Niemand setzte sich zu ihm, er sass wie ein Aussätziger alleine auf der grossen Bank. Das Bewusstsein, dass sämtliche Augen auf seinen Rücken fixiert waren, liess ihm die Schamröte ins Gesicht steigen. Schweiss trat aus jeder Pore und der Umstand, sich nicht dagegen wehren zu können, brachte ihn der Verzweiflung nahe. Elliot suchte im Gebetbuch die klerikale Harmonie zwischen sich und der Mitwelt.

Pater O'Brian bestieg die Kanzel zu seiner sonntäglichen Predigt. Ein Blick in die Runde seiner Glaubensgemeinschaft und er wusste die Botschaft zu deuten. Hier wurde an dem *Ausländer* ein Exempel statuiert. Aber was gab den Anstoss, auf welche Legitimation hin wurde Elliot zum Schuldtragenden? Er wollte es herausfinden und änderte seine Predigt auf eine hypothetische Fragestunde. Am Ende war er so schlau wie vorher. Kopfschüttelnd stieg er von der Kanzel herunter und setzte die Messe fort.

Beim letzten Geläut der Glocke des Messdieners, nach dem Segen von Pater O'Brian, schnellte Elliot aus seinem Sitzplatz hoch, getraute sich endlich, in die Gesichter der Dorfbewohner zu schauen und wurde von deren Distanz entmutigt. Eine Mauer der Diskrepanz war entstanden und Elliot fühlte sich beschädigt, in seiner inneren Struktur aufs empfindlichste verletzt, es war wieder einmal Zeit, um davonzulaufen, eine desolate Gewohnheit aus der Jugendzeit.

Dann sah er Moureen, über viele Häupter hinweg, am Arm einer älteren Frau, wie sie im Begriff waren, die Kirche zu verlassen. Natürlich wollte er sich zu ihr vorkämpfen, nachfragen, sich nach dem Stand ihrer Empfindungen vergewissern, wollte sie einfach sehen, berühren, halten und fast wäre es ihm auch gelungen. Elliot hing gerade in einer Menschentraube fest, als sich Moureen umdrehte, er wurde ihrer Augen gewahr und sah fassungslos ein Meer von Traurigkeit, Bestürzung und verletzter Psyche. Er stand für Minuten stocksteif im Mittelgang, während die Prozession der Überholenden an ihm vorbeizog.

Pater O'Brian kam aus der Sakristei, sah Elliot verloren in seinem Gotteshaus stehen und trat mit einer Frage an ihn heran.

„Würdest du mir die Ehre geben und an meinem Tisch zu Mittag speisen? Ich habe eine hervorragende Köchin, du wirst begeistert sein." Und als er seine ablehnende Haltung sah: „Sie wäre bestimmt froh darüber, ihre Kochkünste mal bei jemand anderem unter Beweis stellen zu dürfen. Also, machen wir ihr die Freude."

„Warum machen sie das?" Er starrte immer noch auf den gleichen Fleck, an dem vorher Moureen gestanden hatte. „Ich habe ihnen doch nichts getan."

„Ich glaube nicht, dass deine Person der ausschlaggebende Grund für diese Provokation ist."

„Sondern?"

„Wollen wir beim Essen darüber reden?"

Die Freude der Wirtschafterin hielt sich in Grenzen, als Pater O'Brian Elliot zum Mittagessen anschleppte, bedeutete es doch für sie unverhoffte Mehrarbeit und das an einem Sonntag. An der Mimik, die aus einem eingefrorenen Lächeln bestand, erkannte der Betrachter nichts, doch an der Art, wie sie den Tisch deckte, konnte jeder ihren Gemützustand leicht beurteilen. Der Gottesmann liess sich durch die Marotten seines Faktotums nicht in seinen Handlungen irritieren und nötigte Elliot, ihm gegenüber Platz zu nehmen. Aus der gefüllten Terrine, die zwischen ihnen auf dem Tisch stand, roch es verräterisch nach Irish Stew, einem Gericht, dem Elliot seit den Jahren nach der Emigration Renitenz entgegengebracht hatte.

„Lass uns den Tag des Herrn loben." Pater O'Brian hob das Weinglas und prostete Elliot zu. Dann nahm er die Schöpfkelle und klatschte seinem Gast den Teller grosszügig mit dem Eintopfgericht voll. Nachdem beide Teller übervoll und dampfend vor ihnen standen, sprach er ein kurzes Tischgebet und stürzte sich auf die Mahlzeit. Elliot griff zögernd zum Besteck und schob sich den ersten Bissen langsam in den Mund. Leicht aufkeimende Übelkeit bekämpfte er mit einem Schluck Wein. Sein Tischnachbar wunderte sich insgeheim über den Durst, den Elliot an den Tag legte und sah sich gezwungen, die Beurteilung der Mahlzeit zu hinterfragen.

„Darf ich dir noch etwas nachschenken... und eine Kelle voll dazulegen?"

„Nein! Ich denke nicht, dass es sinnvoll wäre, mich am Mittag mit Wein und schwerem Essen zu belasten, wenn ich bedenke, was mir noch alles bevorsteht. Vielen Dank für Ihre Einladung."

„Ich verstehe, deine moralischen Bedenken." Er tupfte sich mit der Serviette die Mundwinkel trocken. „Trotzdem möchte ich dich davor warnen, jetzt deinen Gefühlen freien Lauf zu lassen und dich in schlechten Gedanken zu verlieren. Die Zeit wird dir helfen, über deine momentanen Empfindungen hinwegzukommen. Lass deine Emotionen nicht von dunklen Mächten ausnützen und versuche dich an deinen Zielen zu orientieren. Das, was heute mit dir passiert ist, ist eine lächerliche Überreaktion von ein paar Dogmatikern im Dorf, die dadurch ein Paradebeispiel für ihre Insuffizienz darlegten. Leider haben sie damit immer noch den gewünschten Erfolg."

„Wie soll ich mich jetzt verhalten?"

„Indem du es nicht zulässt, dass deine Seele Schaden nimmt. Behandle sie wie vorher. Keine Konfrontation, gebe dich so, wie du bist und ein paar Freunde bleiben dir im Dorf erhalten. Trachte nicht danach, sie zu verstehen, sie in ihrem Tun zu begreifen, das wird dir nicht gelingen. Suche nach Kompromissen, um die Tage deiner Anwesenheit zu überstehen."

Elliot begann zu begreifen, dass nicht seine Person der Anlass für die besonderen Umstände war, sondern nur ein Teil von ihm die Aufregung verursachte. Die Tatsache, dass er der Sohn vom Zinnmann war, wurde bei den Bewohnern mit Abscheu, Unmensch und Barbar assoziiert und auf das Erbe übertragen. An einem Tag wie diesem, an dem sich für Elliot die Welt veränderte und doch die gleiche blieb.

Den Rest vom Sonntag verbrachte Elliot damit, sich wie eine Schnecke im Haus zu verkriechen. Er sass auf dem Bett in seinem Zimmer und horchte in sich hinein. Das Quecksilber war gefallen, dunkle Wolken zogen über Lahinch und verteilten die Wassermassen über den Dächern. Das Leinen vor dem geöffneten Fenster bauschte sich mächtig auf, so dass sich Elliot gezwungen sah, sich aus dem Bett zu erheben und die Öffnung zu schliessen. Ein Blick auf die Main Street erregte schlagartig seine Aufmerksamkeit. Auf der Strassenseite gegenüber, am Eingang der Bäckerei, stand Devlin Shaughnessy und beobachtete den Pub. Sein Motorrad lag achtlos daneben auf dem Gehsteig. Elliots Neugier war geweckt. Er suchte hinter dem Vorhang Deckung, riskierte vorsichtig um die Nahtstelle herum einen Blick und traf mitten in die Augen seines Beobachters. Die Schrecksekunde stand beiden ins Gesicht geschrieben, gross und deutlich. Dem fieberhaften Verstecken vor dem Blick des anderen folgte weiteres kindliches Verhalten. Durch sein brüskes Zurücktreten rempelte Elliot an die Kommode, stiess dabei die Waschschüssel vom Bord und beim lächerlichen Versuch, sie im Fallen noch zu halten, bekam der grosse Zeh Kontakt mit der Bettlade. Ein schmerzvoller Aufschrei begleitete das Krachen der Schüssel auf dem Boden. Es wurde an die Türe geklopft und beim Hinsehen stand der Wirt unter dem Rahmen.

„Würdest du mir verraten, was du hier treibst?" Sein Gesicht hatte eine rötliche Färbung und Elliot hoffte, es sei nur wegen des Treppensteigens.

„An was denkst du…?" Er massierte sein verletztes Körperteil.

„Lassen wir das. Ein Bote war hier und hat etwas für dich dagelassen. Interessiert?" Er holte einen Umschlag aus der Hosentasche, hielt ihn unter seine Nase und roch intensiv daran. „Von wem der wohl ist?"

„Nun gib schon her, oder willst du dich am Postgeheimnis schuldig machen?"

„Der kam nicht mit der Post. Der verrückte Shaughnessy hat ihn gebracht. Er wartet unten auf Antwort." Mit einer schwungvollen Handbewegung warf er den Umschlag aufs Bett.

„Was! Und das sagst du mir erst jetzt?"

Auf einem kleinen Zettel hastig hingekritzelte Buchstaben, die aneinandergereiht eine Anfrage von Moureen ergaben. Elliot schrieb eilfertig eine Zustimmung darauf und übergab den zusammengefalteten Umschlag dem Wirt mit der Bitte, ihn dem Boten zu übergeben.

„Was denn, bin ich dein Büttel?"

„Nun mach schon, Shaughnessy wartet!"

Elliot hörte, wie er die Treppe hinunterpolterte und dabei lauthals schimpfte. Er blieb auf dem Bett sitzen und lauschte durch das geöffnete Fenster den Übergabemodalitäten auf der anderen Strassenseite zu. Nach etlichen Zurechtweisungen seitens des Wirtes bestieg Shaughnessy das Motorrad und lärmte davon.

Diese Nacht verbrachte Elliot im Glauben, dass seine Ängste wohl unbegründet waren und sich im Handumdrehen verflüchtigen werden, wenn er sich erst einmal an die Zusammenhänge gewöhnt hatte. Der kleine Wink, den ihm Moureen hatte zu-

kommen lassen, versöhnte Elliot mit vielem. Sie wollte ihn sehen, am Haus bei den Klippen. Morgen nach dem Mittagessen.

Paddy O'Connor

In Lethargie versunken seit dem absurden Tod von Lady Walsh, befand sich Paddy in Endzeitstimmung. Es war so, als hätten alle ihre Einsicht verloren. Der sinnlose Glaubenskrieg kostete nun auch unschuldige Opfer, grobschlächtiges Vorgehen von tölpelhaften Ideologen und er war mittendrin. Paddy suchte seine Feinde in der weiteren Umgebung, derweil standen sie hinter ihm und hatten Spass an seiner Unwissenheit.

Ein anderer hatte weniger Freude mit Paddy. Er suchte ihn wie eine Stecknadel im Heuhaufen, befand sich auf seiner Jagd aber immer wieder in einer Sackgasse. Keiner schien zu wissen, wo sich Paddy O'Connor aufhielt, wo er wohnte, nur eine vage Beschreibung seines Aussehens war vorhanden, kein Foto, nichts. Es war zum Verzweifeln, Inspektor King dachte an ein Phantom. Der Versuch, einer verheissungsvollen Spur nachzugehen, endete kläglich an der Widerborstigkeit der verschiedenen Informanten. Doch dann schien es, als würde das Schicksal doch noch gnädig mit King umgehen. Die Adresse, die er diesmal in der Hand hielt, versprach den endgültigen Durchbruch. Er hob den Telefonhörer ab und wählte die Nummer einer Polizeistation in Nordirland.

Die Bitterkeit war umfassend, sie nahm Besitz vom Menschen Paddy. Keine Worte, die ihm bei der Bewältigung seiner Gefühle geholfen hätten, verliessen den Mund. Keine Gestik, die auf den verkümmerten Zustand seiner Seele hinwies. Zwei Menschen in einem Körper, verriegelt und eingeschlossen in der Hülle. Der Umgang mit ihm wurde zur Mutprobe. Er sass auf einem Hügel in der Nähe von Omagh, in einer satten grünen Wiese. Neben ihm ein junger Kerl, der Elliot sein könnte und stierte auf eine Strasse, die dreihundert Meter unter ihnen lag. Mac Dermot, der junge Schotte, holte aus dem Köcher ein Fernglas und beobachtete die Kurve, die vor einer Senke lag, in der die Autos für einen kurzen Moment verschwanden, um dann auf der Kuppe wieder aufzutauchen. Die Sonne brannte unbarmherzig auf ihre Häupter, tauchte die Umgebung in friedvolles Licht. Schmetterlinge tanzten, Insekten summten um Obstbäume, die verlockend ihre Blütenpracht zeigten.

„Darf ich dich was fragen?", sagte er, ohne sich an ihn zu wenden, das Fernglas weiter auf die Kurve gerichtet.

„Nur zu, frag mich, tu dir keinen Zwang an." Abgestützt auf die Ellbogen, in der Wiese liegend, kaute Paddy auf einem Grashalm und liess die Gegend an seinen Augen vorüberziehen.

„Du darfst mir aber nicht böse sein, nein?", mit einem kurzen Blick auf Paddy. „Bist du nicht zu alt für einen, wie nennen sie uns…, einen Terroristen?" Stille, nur das Gezirpe der Grillen war überlaut zu hören. Paddy spukte den Grashalm aus und setzte sich gerade hin.

„Was glaubst du, haben deine Ideale etwas mit deinem Alter zu tun? Oder glaubst du, die Opfer fragen sich hinterher: >*Wie alt war das Arschloch, das mich eben umgelegt hat?*< Ich bin nur Mittel zum Zweck, der verlängerte Arm einer Institution, die sich das Ziel gesetzt hat, die Engländer aus dem Land zu vertreiben, wie auch immer. Dass es dazu ein bestimmtes Alter braucht, ist mir neu. Zu deiner Beruhigung, das ist ein Auftrag, den ich mir selbst gestellt habe, sozusagen als Wiedergutmachung."

„Das war nicht meine Frage…"

„So, was denn dann?"

„Ich meine, ob du dich nicht zu alt für diese Sachen betrachtest. Dass dein Körper noch mit deinen Gedanken mithalten kann und...?"

„Na hör mal, ich bin noch kein Greis. Und mit jungen Schnöseln wie dir kann ich immer noch mithalten, in jeder Beziehung. Oder bist du da anderer Meinung?"

„Schon richtig, aber..., ich möchte trotzdem nicht, dass mein Vater deine Arbeit verrichten würde. Ich würde mich für ihn schämen, es nicht gutheissen, ich würde sogar einen anderen Namen annehmen. Ja..., das würde ich wohl tun."

„Du würdest deinen leiblichen Vater verleugnen? Ihn ohne Rücksprache verurteilen, keine Verteidigung akzeptieren. Warum?" Paddy war aufgesprungen, stand jetzt vor ihm und deckte das Sonnenlicht mit seinem Rücken ab. Der Junge nahm den Feldstecher von seinen Augen und sah zu Paddy hoch.

„Ich hätte die Wertschätzung, die Hochachtung gegenüber meinem Vater verloren. Meine Ideale wären mit einem Schlag zerstört. Du kannst das nicht verstehen, du hast keinen Sohn, der in seinem Vater ein Leitbild sieht."

„Wer sagt dir, dass ich keinen Sohn habe?"

„Du! Dein ganzes Benehmen, deine Selbstherrlichkeit in Person. Oder willst du etwa behaupten, du hättest Kinder, welche im Moment nur gerade nicht greifbar sind?"

„Nein..."

„Na also, wusste ich's doch."

Die Worte dieses jungen Mannes schmerzten Paddy tief im Innersten, er hatte soeben seine Kinder bei einem Menschen verleugnet, der sein Sohn sein könnte.

„Du Klugscheisser, eines würde mich dann doch interessieren! Warum treibst du dich hier herum? Solltest du nicht zu Hause auf Papas Schoss sitzen statt dummdreiste Fragen an mich zu stellen?"

„Mich zu beleidigen, die Mühe kannst du dir sparen. Das ist eine andere Geschichte und wer weiss, vielleicht erzähle ich sie dir einmal. Irgendwann… sie kommen!"

„Wo? Gib mir das Glas!"

„Dahinten auf der Kuppe, ein Laster und ein Jeep."

„Verdammt, so viele. Los, verstecken wir uns!"

Ein schwerer, khakifarbener Transporter, gefolgt von einem geländegängigen Fahrzeug, bewegte sich in langsamer Fahrt auf die Senke zu und verschwand darin. Dahinter tauchte aus der Kurve die Silhouette eines Omnibusses auf, der mit dröhnendem Motor gegen die Steigung der Kuppe anstampfte.

„Was ist das? Was will der denn hier?" Paddy lief der Schweiss über den Kragen seines Hemdes. Sie hatten sich hinter einem Buschwerk getarnt und verfolgten mit Argwohn das Auftauchen dieses Fremdkörpers in der Landschaft.

„Keine Ahnung. Das ist niemals eine Strecke für 'nen Schulbus. Jedenfalls nicht nach meinen Informationen."

„Ach ja und nach was sieht das deiner Meinung nach aus?" Paddy war wütend. Durch solche Schlampereien wurden aussichtsreiche Aktionen zunichte gemacht. Inzwischen kam der Konvoi aus der Senke hoch und stoppte am Strassenrand.

„Ich werd' verrückt, was ist denn jetzt schon wieder?" Er hob das Glas an seine Augen und wurde blass. Der Militärkonvoi hatte angehalten, um den Bus passieren zu lassen. Paddy schaute auf seinen Mitstreiter, er war genauso befremdet wie er.

„Was jetzt?" Blankes Entsetzen stand in den Augen von Mac Dermot. Durch die geöffneten Fenster im Bus hörten sie Kinderlachen, fröhlich und unbeschwert.

Die Detonation der Mine war monumental. Sie hob das Fahrzeug an und zerriss es in zwei Teile, verbog Metall, zertrümmerte die Scheiben und hinterliess einen Abdruck des Grauens.

Gespenstische Stille, selbst die Laute des Flügelspiels der Grillen verstummten für einen Augenblick. In das anschliessende Chaos schrie Paddy mit unnatürlicher Stimme: „Weg hier! Los verschwinden wir!"

Zerfetzte Körper von Kindern, mit erzwungenen Deformationen an den Gliedmassen, lagen verstreut in den umliegenden Wiesen und Äckern. Farbige Schulranzen, wie gewollt drapiert, hingen Weihnachtsglocken, gleich, an Obstbäumen. Blut rann aus unzähligen Kinderleichen den abschüssigen Weg entlang und formierte sich an einer Krümmung zum See. Spritzer des kindlichen Lebenssaftes verbrämten die Blumen am Strassenrand und gaben ihnen ein anderes Erscheinungsbild.

Starr in ihren Bewegungen, sprangen Soldaten aus dem Laster und folgten mechanisch dem Kommando. Das Geräusch der Verschlussbügel an den Gewehren verhallte wie Peitschenknall an den umliegenden Hügeln. Von Schmerzen gepeinigt, hauchten die unschuldigen Opfer mit einem unerträglichen Laut ihr kurzes Leben aus.

Paddy rannte um sein Leben. Die von den Soldaten abgefeuerten Gewehrkugeln liessen kleine Dreckfontänen neben seinen Füssen aufspritzen. Hinter ihm schnaufte Mac Dermot den Hügel hoch und feuerte Paddy zusätzlich an. Plötzlich ein Schrei, der dumpfe Fall eines menschlichen Körpers. Paddy schaute sich um und sah den Schotten auf dem Rücken liegend, die eine Hand an den Oberschenkel gepresst, die andere hilfesuchend entgegengestreckt.

„Hilf mir, Paddy! Lass mich nicht alleine!" Mörderische Angst sprach aus seinen Augen.

Paddy sah, wie sich die Soldaten anschickten, den Hügel zu besteigen, sah das Gesicht von Elliot wie in einer Spiegelung für einen Moment auf dem Körper von Mac Dermot und befahl sich selbst, den Rückzug anzutreten. Er stürmte den Abhang hinauf, rettete sich hinter der Anhöhe auf einen Feldweg und erreichte das Fluchtauto zum selben Zeitpunkt, als die Soldaten bei seinem Gefolgsmann angelangt waren.

Elliot O'Connor

ut, dass du kommst. Es wartet eine Menge Arbeit auf uns!" O'Malleys geschäftiges Treiben erweckte in Elliot wirklich den Gedanken an eminent Wichtiges, als er die Polizeistation betrat. Die Nacht hatte er damit zugebracht, die richtigen Worte für Moureen, bei ihrem Zusammentreffen heute Nachmittag, zu finden. Er wollte ihr seine Liebe gestehen, sie in die Arme nehmen und damit die schreckliche Geschichte von gestern vergessen machen. Im *Kapitän Drake's Cove* ging es gestern Abend hoch her und an Schlaf war sowieso nicht zu denken, somit hatte er genügend Zeit, sich seine Gedanken an eine feste Bindung zu machen.

„Woran liegt es, dass du am Montagmorgen schon so engagiert wirkst, ich hoffe doch nicht etwa meinetwegen?" Elliot schaute auf O'Malley, dann auf den Deputy, der blöd grinsend an seinem Schreibtisch klebte.

„Bingo! Kennst du einen gewissen Sean Kennan aus Tralee? Er hat bei uns angerufen und eine Mitteilung für dich hinterlassen. Wir sind aber nicht schlau geworden aus dem Text, aber vielleicht kannst du uns da weiterhelfen?" Er las aus einem Zettel vor, der vor ihm auf dem Pult lag. „Die überbrachten Proben enthielten Menschenblut und ergaben den Befund von mindestens zwei verschiedenen Blutfaktoren. Wovon eine einer weiteren Probe bedarf. Er meint, es wäre Schnaps oder eine andere Art von Alkohol... Na, bist du nun schlauer als wir?"

„Sehr viel schlauer."

„Und, willst du uns nicht in deine Geheimnisse einweihen?"

„Später. Was war das zweite Anliegen?"

„Woher weisst du?"

„Nun, du wirst doch diesen Aufstand nicht wegen dieser einen Antwort aus Tralee gemacht haben. Ich denke mir, dass du noch etwas anderes in petto hast."

„Klug gedacht. Also, ich habe die alte Akte von meinem Vorgänger aus dem Archiv gegraben, mir den Sonntagnachmittag mit dem Leben deines Vaters, unter massivem Protest meiner Frau, versaut. Hast du gewusst, dass er bei der IRA mitgemischt hat?"

„Nein, woher auch. Die Informationen über meinen Vater wurden geschickt an mir vorbeigeschleust. Sein Bruder war der Auffassung, dass jegliche negativen Aspekte von mir ferngehalten werden mussten. Solch zersetzende Einflüsse könnten in einem kindlichen Gemüt unwiederbringlichen Schaden anrichten." O'Malley und sein Untergebener schauten sich vielsagend an. Dachten an ihre eigene Kindheit und wie wenig zimperlich mit ihren Gemütern umgegangen worden war. „Was hatte er denn da gemacht? Ich kann mir meinen Vater in einer militant geführten Organisation nicht vorstellen."

„Keine Ahnung, die Aufzeichnungen geben darüber keine Auskunft. Genaugenommen ist es der letzte Eintrag. Damit hörte er nach dem Gesetz auf, zu existieren. Sonderbar."

„Was ist denn daran sonderbar?" O'Keefe liess aus dem Hintergrund seine Stimme ertönen. „Schau einmal auf das Datum. Kurz danach ist doch der alte Constabler gestorben."

„Stimmt. Aber woher weisst du das?" O'Malley schaute ungläubig auf den Deputy.

„Tja, Intuition." Endlich einmal ein Trumpf in der Hand des vermeintlichen Verlierers. O'Keefe lehnte sich in seinem Stuhl siegessicher zurück.

„Darüber sprechen wir noch." O'Malley zeigte sich verärgert.

„Und Weiteres steht da wirklich nicht mehr drin?"

„Die Zeit von früher. Kleinere Anzeigen wegen Ruhestörung, Trunkenheit und dergleichen. Ah, hier steht noch eine Anfrage aus Tralee, von unserem gemeinsamen Freund King. Er erkundigte sich nach dem Aufenthaltsort deines Vaters. Die Antwort war abschlägig. Mein Kollege wusste nicht, wo er sich zu jener Zeit aufhielt. Wahrscheinlich, wie wir jetzt wissen, in Nordirland."

„Welches Interesse hatte King an meinem Vater? Wozu wollte er Verbindung mit ihm aufnehmen? Hast du etwas in Erfahrung bringen können über einen Bankraub?"

„Welchen Bankraub? Was meint er damit, Angus?" O'Keefe wurde hellhörig. Schaute angespannt auf die beiden und wartete auf Antwort.

„Nichts. Ist schon Jahre her. Paddy O'Connor konnte man keine Verbindung mit einem Vorfall in Cork nachweisen. Waren alles nur Vermutungen. Ich habe mich mit dem zuständigen Beamten, der jetzt in Pension lebt, unterhalten und der hat mir erzählt, dass es keine schlüssigen Beweise für eine Festnahme gegeben hatte und darum nicht weiter verfolgt wurde. Ausser einem gewissen Charles King, damals frisch bei der Kriminalpolizei, er konnte sich partout nicht mit dem Gedanken abfinden, den Fall ad acta zu legen..."

„Aber der ist doch bei der Mordkommission. Warum befasst er sich mit Bankraub?" Der Deputy konnte die Sachlage nicht nachvollziehen.

„Es gab da noch 'ne Leiche, von der man nicht wusste, ob es sich um einen Unfall oder um Mord handelte. King ging die Arbeit mit viel Akribie an, der Beamte meinte, dass er sich wohl ein Denkmal setzen wollte, verlor aber in der Euphorie sein Ziel aus den Augen und verrannte sich in unmögliche Gruppierungen."

Nur Elliot wusste, dass an der Sache sehr wohl etwas dran war und bedauerte King fast ein wenig wegen seiner Glücklosigkeit.

„Habt ihr eine Ahnung, ob meine Grosseltern, die Familie Kavanagh, noch existieren?" Elliot schaute in die Runde.

„Moment, das haben wir gleich." O'Malley griff sich den Telefonhörer und begann eine Nummer zu wählen. Er sprach mit dem Rücken zu Elliot stehend, in die Muschel. Nur wenige Worte später hatte er die Auskunft parat. „Also, die Grossmutter lebt zusammen mit einem Sohn auf dem Hof, während der Grossvater vor Jahren gestorben ist. Willst du sie besuchen?"

„Ja, warum nicht. Vielleicht heute Nachmittag!"

„Dann wünsch' ich dir viel Glück, dass du mit deiner Verwandtschaft klarkommst."

Während des Mittagessens im Pub studierte Elliot die Strassenkarte, suchte sich einen komfortablen Weg nach New Millton heraus. Sein Auto stand verlassen hinter dem Lokal. Im Innern roch es muffig nach abgestandener Luft, als er auf dem Sitz Platz nahm und den Ausflug schon im Ansatz bereute. Nun begann das Prozedere auf neue. Es war die ewige, pathetische Frage nach dem Umgang mit der Materie. Die Freude nach dem Starten, die ersten bockigen Umdrehungen des Motors, das seidenweiche Einkuppeln, die Wegfahrt, ohne zu rucken. Elliot befand sich in einem Rausch der Glücksgefühle, dass er dabei auf der falschen Strassenseite fuhr, war nur ein unbedeutendes Detail. Seine Augen saugten die Umgebung wie in Trance ein. Von einer Flut verschiedenartiger Eindrücke erfasst, geradeso, als würde er Gemälde betrachten in einer Galerie.

Als alles überragender Grundton herrschte das Grün vor, Farbklecke von Ginstergelb huschten an seinem Fenster vorbei, wurden von einer Farbpalette an verschiedenem Heidekrautrot überholt und gingen über in ein sattes Blauweiss am Horizont. Balsam für die Seele.

Fast hätte er in seinem Schwelgen über die Variationsbreite der Natur die Abfahrt in den Hohlweg verpasst. Elliot hielt unter einem Kastanienbaum bei der Kirche von New Millton sein Vehikel an und versuchte sich zu orientieren. Vereinzelt befanden sich die Menschen auf der Strasse, die aber eine andere Richtung einschlugen, so dass er sie nicht nach dem Weg fragen konnte. Es blieb ihm nichts anderes übrig, als auszusteigen, die Strasse zu überqueren und in einem der Geschäfte nach der Lage des Anwesens zu fragen.

„Zu den Kavanaghs wollen Sie?", war dann auch die erste Antwort auf seine Frage eines älteren Mannes, der hinter der Ladentheke stand und Kartoffeln in einen Sack abfüllte.

„Ist es noch sehr weit von hier entfernt?"

„Nein weit…, weit ist es eigentlich nicht."

„Gut! Und wie komm' ich jetzt dahin?"

„Zu den Kavanaghs? Am besten mit dem Wagen." Er füllte weiter Kartoffel um Kartoffel in den Sack.

„Ja. In welche Richtung muss ich fahren?"

„Was wollen Sie denn bei den Kavanaghs? Wissen sie, dass Sie kommen?"

„Nein, ich denke nicht." Jetzt müsste der Leinensack doch irgendwann voll sein, dachte Elliot. Die Tätigkeit des Alten machte ihn nervös.

„Möchten Sie, dass ich sie vorher anrufe?"

„Ich glaube nicht, dass ich das möchte, nein. Ich wollte bloss eine Auskunft darüber, wo sie wohnen." Langsam riss ihm der Geduldsfaden.

„Kommen Sie aus England? Sie sind nicht von hier, stimmt's?"

„Nein, ich komme aus Amerika und…"

„Aus Amerika! So einen weiten Weg, nur um die Kavanaghs zu besuchen?"

„Könnten Sie mir jetzt bitte erklären, wie ich dahinkomme!" Elliots Stimme klang schroff.

„Das muss ich unbedingt meiner Frau erzählen. Aus Amerika..., ts, ts?" Er liess den Sack aus den Händen auf den Boden plumpsen und schrie einen Frauennamen in das Hinterzimmer. Für Elliot war dies der Zeitpunkt, um zu gehen. Noch eine Unterhaltung unter diesen Voraussetzungen und er würde durchdrehen. Auf der Strasse fragte er einen auf ihn zukommenden Mann nach der Adresse.

„Zu den Kavanaghs. Nach dem Dorfausgang, zweite rechts!" Eine Auskunft, mit der Elliot endlich etwas anfangen konnte. Nachdem er den Wagen gewendet hatte, an dem Geschäft vorbeifuhr, stand das Ehepaar unter der Türe und winkte Elliot zu.

Ein alter, verfallener Wegweiser deutete hinter dem Dorf New Millton auf die Kavanagh Ranch hin. Auf einem ausgewaschenen Feldweg bewegte Elliot den Morris vorsichtig an beidseitig aufrecht stehenden, rotfarbenen Hecken vorbei, die durch ihren Wuchs zeitweise den Himmel verdunkelten. Irgendwann kam ihm der Gedanke, den falschen Weg eingeschlagen zu haben und er suchte nach einer Möglichkeit, das Auto zu wenden. Dann, als es soweit war, Aussicht bestand zum Umdrehen, sah er den Hof in einer Biegung stehen. Eine majestätisch anzusehende Veranda beherrschte die Frontansicht des Gutshofs. Der erste Augenschein täuschte allerdings über Unzulänglichkeiten rund um das Anwesen hinweg. Irgendeinmal hatte es wohl bessere Zeiten gesehen.

Elliot parkte den Wagen, stieg aus und wurde von der Veranda her mit ekelerregenden Worten begrüsst.

„Verschwinden Sie! Sie haben hier nichts zu suchen!", keifte ihm eine alte Frau entgegen. „Betteln und hausieren verboten!"

„Grossmutter?"

„Frech werden auch noch. Los, verschwinden Sie, oder ich rufe meinen Sohn Rupert. Ruuuupeeeert...!"

„Erkennst du mich nicht, Grossmutter? Ich bin es, Elliot!"

„Ich kenne keinen Elliot. Rupert, zum Teufel, wo bleibst du denn?" Die Alte hatte sich aus dem Stuhl erhoben und starrte ihn über die Brüstung feindselig an. Durch die Verandatüre stürzte ein bulliger Kerl und machte Anstalten, auf Elliot loszugehen.

„Elliot O'Connor, der Sohn von Paddy und Hazel O'Connor!", rief er dem Mann entgegen.

„Hazel...", die Frau dachte nach.

„Mama, soll ich ihn verprügeln und dann vom Hof jagen?"

„Sie Lügner, der ist in Amerika." Aggressive Worte einer alten Frau, gegen Elliot geschleudert.

„Jetzt nicht, jetzt bin ich hier!" Ihm schien es, als wären hier alle verrückt. Er drehte sich ab und wollte gehen.

„Rupert, das ist er. Der Sohn deiner Schwester Hazel..., komm zurück, Elliot!" Letzter Versuch, dachte Elliot und bewegte sich auf die Veranda zu. „Lass dich von deiner Grossmutter umarmen." Mit weit ausgestreckten Armen erwartete sie ihn auf dem Treppenabsatz. „Ach, dass es mir auf meine alten Tage noch einmal vergönnt ist, dich zu sehen." Bei ihrer Umarmung wurde Elliot stocksteif und es ekelte ihn vor den Küssen der alten Frau. „Rupert, mach uns Tee und du Elliot..., komm, setz dich zu mir und erzähle, wie es dir in der Fremde ergangen ist. Bleibst du jetzt hier?" Äusserlich hatte sie sich nicht gross verändert, ausser dem Älterwerden. Immer noch die wachen Knopfaugen, die ihre Umgebung nicht aus dem Blickfeld liessen. Die schneidende Stimme, deren Timbre jenem der heulenden Wölfe glich.

„Nein. Ich bin nur zum Begräbnis meines Vaters gekommen..."

„Ach ja, die Beerdigung, sprich nur weiter."

„... anschliessend fahre ich wieder zurück."

„Schön, dass du an deine Grossmutter gedacht hast, um sie

zu besuchen."

„Um ehrlich zu sein, hatte ich dabei einen Hintergedanken."

„Vergiss es. Wie du leicht selber feststellen kannst, gibt es bei uns nichts zu holen."

„Nein, Grossmutter, du verstehst mich falsch. Ich habe lediglich eine Frage an dich."

„Und, die wäre?"

Rupert kam mit dem Tee, fixierte Elliot abschätzend und stellte Tassen, Milch und Zucker auf den Tisch. Abwartend blieb er stehen.

„Danke Rupert", meinte seine Mutter und als er sich immer noch nicht bewegte: „Hast du keine Arbeit?" Leicht enttäuscht zog er sich ins Haus zurück.

„Also, wie war doch gleich deine Frage?" Wieder dieser destruktive Ton in ihrer Stimme.

„Ich möchte von dir wissen, was du damals meiner Mutter, als sie krank war, für ein Mittel gegeben hast. Du kannst dich doch noch daran erinnern, Grossmutter?"

„Ich frage mich ehrlich, was diese Frage zu diesem Zeitpunkt soll. So eine lange Reise, nur um deine Grossmutter zu demütigen? Hat man dir in Amerika keine Manieren beigebracht, oder glaubst du wirklich, ich hätte meiner Tochter Schaden zugefügt?"

„Nein, Grossmutter, nein. Du verstehst mich schon wieder nicht richtig. Ich wollte mich lediglich danach erkundigen, wie die Zusammensetzung der verschiedenen Heilkräuter war."

„Erwartest du wirklich, dass ich dir meine Geheimnisse verrate? Nur so viel, die Mixtur der Kräutertees beinhaltet nur heilende Stoffe, keine, die krank machen oder gar zum Tode führen könnten. Dahin zielen doch deine haltlosen Verdächtigungen." Die Situation entwickelte sich zu einem Albtraum für Elliot.

„Es liegt mir fern, irgendjemanden zu verdächtigen, solange

ich keine Beweise für sein Tun habe. Mir geht es lediglich darum, die Inhaltsstoffe deiner homöopathischen Mittel zu erkunden."

„Homö…, was? Wenn das wieder so eine Gemeinheit von dir ist, dann wünsche ich mir, dass du gehst und nicht wiederkommst, Rupert!"

„Aber Grossmutter…?"

„Und nenne mich nicht Grossmutter…, jetzt nicht mehr! Unser Verhältnis entspricht nicht dem zwischen einer Grossmutter und ihrem Enkel." Rupert stand unter der Türe und beobachtete jede Bewegung von Elliot.

„Rupert, Elliot möchte sich verabschieden. Begleite ihn doch bitte zu seinem Wagen." Als er sich erhob und ihr die Hand zum Abschied hinhielt, schaute sie demonstrativ auf die Seite und gab Elliot damit zu verstehen, dass die Audienz beendet sei.

Auf halbem Weg zu seinem Auto rief sie ihm, geduckt auf der Rückseite der Brüstung kauernd hinterher: „Ich habe dich noch gar nicht nach deinem Beruf gefragt."

„Ich bin Pathologe und arbeite am Gerichtsmedizinischen Institut von Boston." Elliot drehte sich dafür nicht einmal um.

„Was…?"

„Er schneidet Verstorbene auf, Mutter! Und wühlt in sterblichen Überresten, um herauszufinden, an was sie gestorben sind." Rupert grinste bei dem Gedanken, was wohl in seiner Mutter vorging.

„Ach…, was für eine Schande. Ein Leichenfledderer in unserer Familie. Scher dich von meinem Hof, Elliot O'Connor!" Er sass schon im Auto und warf einen letzten Blick auf die irische Pandora, die so viel Unheil in sein Leben brachte.

„Ja", setzte Rupert noch eins drauf, „… und lass dich hier nie wieder sehen!"

Auf dem Weg zurück, den er gekommen war, fasste er den Entschluss, sich nie wieder von jemandem so demütigen zu lassen. Mit einer Wut im Bauch steuerte Elliot den Wagen nach Lahinch, übersah diesmal die Schönheiten der Natur, konzentrierte sich nur auf das vorangegangene Gespräch mit seiner Grossmutter und kam immer mehr zu der Überzeugung, dass sie doch etwas mit dem Tode seiner Mutter zu tun hatte. Er überlegte hin und her und irgendeinmal kam ihm der Gedanke an Moureen. Elliot hatte die Verabredung mit Moureen im Haus auf der Klippe durch diesen Besuch total vergessen. Er schaute auf die Uhr und seine Wut im Bauch wurde noch grösser.

Schmale Strassen wurden im Renntempo durchflogen. Katzen, Hunde und Hühner von dem Fahrweg gescheucht. In Lahinch angekommen, suchte er die Einfahrt für den Weg zu seinem Haus. Elliot konnte sich noch gut an die wilde Fahrt mit Doktor Rutless erinnern, trotzdem fand er den Eingang zu dieser Buckelpiste nicht. Ohne lange zu überlegen, preschte Elliot mit dem Kleinwagen über die Wiesen und trennte Lämmer von Schafsherden, legte Zäune nieder und stand plötzlich vor einer Abgrenzungsmauer. Er stieg aus und rannte, wie in seinen Erinnerungen, vielleicht etwas langsamer und kurzatmiger als damals, über die Weiden zu seinem Haus. Völlig ausser Atem näherte sich Elliot dem Standort, dem Cottage, der Haustüre und erkannte von weitem, dass sie aus der Angel war und schief im Türstock hing. Der Geist der Pandora schien auch hier zu sein.

Paddy O'Connor

Die Medien waren voll davon. In allen politischen Lagern herrschte die gleiche Meinung vor: Der hinterhältige Anschlag auf den Schulbus war abscheulich und verdammenswert. Kein Argument, und war es noch so prägnant, wurde als Entschuldigung zugelassen. Die Eltern der Kinder forderten Satisfaktion, die Politiker versprachen es, änderten aber nichts am Zustand des mittlerweile Jahre andauernden Glaubenskrieges. Paddy, der sich inzwischen in der Wohnung von Lady Walsh häuslich niedergelassen hatte, liess sich seine innere Zerrissenheit nach aussen nicht anmerken. Er versuchte die Empfindungen vor dem aufsteigenden Kulminationspunkt zu erdrücken, indem er die Schnapsflasche einfach nicht mehr losliess und die nachfolgenden Tage im Bett, mit Erinnerungen an Lady Walsh, verbrachte.

An der Wohnungstüre wurde geklingelt und gegen das Holz gehämmert. Paddy, der gerade einen tiefen Zug an seiner Flasche machte, hielt inne, orientierte sich an den Geräuschen vor der Tür und liess denjenigen erst einmal gewähren. Erst als sein Name gerufen wurde, bequemte er sich, aus dem Bett zu steigen, um den Störenfried durch den Türspion zu betrachten.

„Liam, komm doch herein. Was stehst du denn im Hausflur herum? Willst du etwas trinken? Bediene dich!"

„Nein, danke! Wie ich sehe, hängst du dafür ganz schön an der Flasche. Gewissen ersäufen, was?" Er betrachtete Paddy argwöhnisch.

„Du kannst nicht etwas ersäufen, das nicht vorhanden ist. Setz dich! Sprich mit mir über die alten Zeiten, als uns solche Lappalien die Stimmung noch nicht vermiesen konnten." Seine rot unterlaufenen Augen fixierten Liam.

„Lappalien nennst du das? Sämtliche Zeitungen sind voll von

deiner Gräueltat und du willst es als eine Nebensächlichkeit abtun? Die Strafe für dieses Nichts ist der Strang. Hast du darüber auch schon einen Gedanken verloren?" Liam kannte das Klischee der heldenhaften Männer, wusste aber auch über das von ihnen praktizierte Niederhalten der Gefühle Bescheid.

„Muss ich das? Glaubst du, der kleine Scheisser wird mich hochgehen lassen?"

„Wenn er es nicht tut, ist er deswegen noch lange kein Held. Macht er es doch, dann brauchst du dir für deine weitere Zukunft keine Gedanken mehr zu machen. Die Beweislast ist zu erdrückend."

Paddy verstand die versteckte Drohung, las im Gesicht des anderen die unverhohlene Botschaft der Anklage.

„Was glaubst du, werden sie mit ihm tun?" Paddy sah ihn flehend an. So, als würde Liam den Vorsitz bei Gericht führen.

„Bist du wirklich so naiv? Zuerst flicken sie ihn zusammen, warten die Heilung seines Oberschenkels ab, vollziehen einen kurzen Prozess, dann ist das Begehren an ihm gestillt. Anschliessend ab an den Galgen mit ihm, damit sind die Bedürfnisse des Pöbels erfüllt. Willst du dabei sein? Hautnah sozusagen, du brauchst dich bloss zu melden, du kriegst den besten Platz."

„Hör auf damit, Liam. Du weisst genau, dass ich solche Geschichten nicht mag!"

„Ach, der Herr zeigt plötzlich Skrupel? Wo waren die, als du zwanzig Kinder in die Luft gesprengt hast, nur um deine Rachegelüste wegen des Todes der englischen Schlampe zu stillen?"

„Sag nicht sowas..., sie war eine Lady."

„Die Sache hatte nichts mit Ideologie zu tun, sondern war reiner Egoismus. Du hast unseren Idealen und der Partei grossen Schaden zugefügt. Wir wünschen, dass du aus unserer Organisation demissionierst, dich in den nächsten achtundvierzig

Stunden aus dem Land entfernst, aus naheliegenden Gründen, zu deinem und unserem Schutz. Ach ja und noch etwas: dich in Nordirland nie mehr sehen lässt!"

„Und, wo soll ich deiner Meinung nach hin?" Paddy sah ihn entgeistert an.

„Wie wäre es mit deinen Freunden in England?"

„Niemals, hörst du! Niemals werde ich Irland verlassen! Auch nicht, wenn es auf dem Wunsch der Partei beruht. Sag dem alten Mann, dass er mich kreuzweise kann, und jetzt, verschwinde aus meiner Wohnung."

„Übrigens, solltest du unsere Warnung in den Wind schlagen, wirst du noch vor Mac Dermot den himmlischen Frieden erhalten."

Liam schlug die Türe ins Schloss, während Paddy die geballte Faust nach der Zimmerdecke streckte und dem ehemaligen Parteigenossen wilde Flüche und Verwünschungen hinterherschickte. Die Sache entwickelte eine Eigendynamik. Paddy wurde von der gesäten Gewalt nicht nur eingeholt, sondern überrollt. Achtundvierzig Stunden war eine kurze Zeitlimite für jemanden, der zeitlos lebte.

Die Zeit, der Ablauf allen Geschehens, war auch für Inspektor King zu einem grenzenlosen Faktor geworden, versuchte er doch zwanghaft, Paddy habhaft zu werden. Aber, wo er auch ansetzte, was er auch unternahm, immer war Paddy der Zeit voraus. Der Anruf aus Nordirland endete für den Inspektor in einem persönlichen Eklat, wurde doch seine Identität als Engländer anhand des Dialektes aufgedeckt. Schnell wurde ihm klargemacht, dass an Ausländer keine Auskünfte am Telefon erteilt würden und er sich doch bemühen möge, eine schriftliche Anfrage, in dreifacher Ausfertigung, an das hiesige Kriminalamt zu stellen. Inspektor King versuchte es mit ausgewählter Höflichkeit, bat um einen kleinen Fingerzeig, ein simples Ja oder Nein auf seine Fragen und wurde, nachdem keine seiner Methoden funktionierte, am Schluss richtig ausfällig zu dem jungen Mann am Telefon. Beim darauffolgenden Anruf in Lahinch bekam Charles King die ersten Anzeichen eines kurz bevorstehenden Herzinfarkts. In diesem Polizeirevier nahm das Pendant zu seinem vorherigen Anruf den Hörer ab, meldete sich umständlich und liess ihn wegen einer Unpässlichkeit längere Zeit am Telefon warten. Als er sich dann doch noch meldete und minutenlang in den Hörer hustete, kam für King der Augenblick, in dem er sich zum ersten Male Gedanken über Sinn und Unsinn seines Tuns machte. Nachdem er jede Frage zweimal wiederholt hatte, mit langatmigen, unbefriedigten Antworten überhäuft wurde, senkte King den Telefonhörer langsam auf die Gabel zurück und war sich über seine weitere Vorgangsweise völlig im Unklaren.

Zu seinem Ultimatum fehlten Paddy noch zwei Stunden. Stunden, die er für den Abschied von der liebgewordenen Umgebung brauchte. Den Transport seiner Habe, die aus demselben Koffer bestand, den er vor Jahren mitgebracht hatte, übergab er einem Jungen, der ihn für ein paar Münzen zum Busbahnhof schleppte. Sein Pferd war schon längst beim Schlachter gelandet, so dass er sich eine Alternative für die Reise auswählen musste. Er selber wollte aufrecht, ohne Schuldgefühle zum Einsteigeort gehen, es sollte nicht als Vertreibung oder Flucht gewertet werden.

Die lange Fahrt durch die wildromantische Gegend des Nordens verbrachte Paddy damit, seine missliche Lage zu analysieren. Keine polemischen Gedanken über seine Ideologien, das war jetzt nicht wichtig, keine sentimentale Reue über abgelaufene Ereignisse, die im Nachhinein sowieso unabdingbar gelaufen waren. Er hatte seinen Weg verloren, schon lange Jahre zuvor. Vergebung war keine in Sicht, kein Trick mehr anwendbar, das Unentschuldbare war geschehen, einfach mit ihm passiert. Paddy reduzierte sich auf sich selbst.

Elliot O'Connor

Revoltierende Gedanken wirbelten durch sein Gehirn, machten sich in seinem Körper breit und hemmten seine Bewegungen. Elliot stolperte über die Türschwelle, wusste den Ablauf des Tathergangs, noch ehe er den Tatbestand wahrnahm. Seine Sinne spielten ihm einen Streich nach dem anderen, gaben Elliot die Empfindung, sich im falschen Haus, im falschen Raum zu befinden. Das Zimmer war leer. Elliot hörte sich Worte rufen, sah sich wie ein Danebenstehender von der Seite, wie er die Räume nacheinander absuchte. Der Küchentisch stand nicht an seinem Platz, die Bodenluke war geöffnet, das Versteck geplündert.

Aus dem darüber liegenden Zimmer hörte er leises Scharren, dann den Krach eines umgestossenen Möbelstückes. Elliot suchte fiebernd nach einer Waffe, mit der er sich verteidigen konnte und fand sie in einem alten Reisigbesen, der unter der Stiege lag. Langsam tastete er sich die Treppe hoch, immer mit einem Anschlag aus dem Hinterhalt rechnend, eroberte Meter um Meter und befand sich wenig später vor der Schlafzimmertüre seiner Eltern. Leises Wimmern drang an sein Ohr, er schielte um den Türstock und sah, wie sich Moureen, auf dem Bett liegend, wand. Gefesselt und geknebelt, versuchte sie Elliot mit wild rollenden Augen, der einzigen Geste, die ihr noch blieb, davon zu überzeugen, sie doch endlich loszubinden.

„Elliot…, wo warst du bloss?", stöhnte sie, als er den Knebel aus ihrem Munde entfernt hatte.

Moureen schlich in einem unbewachten Moment aus dem Elternhaus und begab sich zu dem Haus nah den Klippen. Seit dem Nachhausekommen an jenem Samstagabend war zu

Hause die Hölle los. Vater tobte, Mutter beruhigte, jedenfalls versuchte sie den Wutausbrüchen ihres Mannes einen Sinn zu geben. Die Situation hatte sich an den Aussagen des Nachbars Sam Reily entzündet, der mit seinen Äusserungen über Paddy O'Connor die Glut in Vater Shaughnessys Gemüt entfachte. Das Feuer brannte dann lichterloh und nicht nur im Kamin, als Moureen ihrem Vater gegenübertrat. Haltlose Vorwürfe, die keiner näheren Betrachtung standhielten, wurden an die Adresse von Moureen versandt, kleine Gemeinheiten zwischen Vater und Tochter ausgetauscht, die dann in dem immer währenden Spruch vom Hausarrest endeten. Anderntags, in der Kirche, sah sie den verzweifelten Versuch von Elliot, mit ihr ins Gespräch zu kommen. Daraufhin bearbeitete sie ihren Bruder Devlin mit Schmeicheleien, bis er gewillt war, Elliot die Nachricht vom Zusammentreffen in seinem Haus zu überbringen.

Nun stand sie vor diesem Haus und von Elliot weit und breit keine Spur. Moureen drückte die Türklinke in der Hoffnung, Elliot im Hause vorzufinden, musste aber zu ihrem Bedauern feststellen, dass die Türe verschlossen war. So blieb ihr nichts anderes übrig, als sich in den Schatten der grossen Mimose zu setzen, um auf Elliot zu warten. Ihr Kopf war angefüllt mit Fragen und das Herz quoll über an Empfindungen. Der Angriff kam völlig unerwartet, feige von hinten und in seiner Ausführung niederträchtig und gemein. Plötzlich wurde es dunkel vor ihren Augen, irgendetwas raubte ihr die Sinne und für einen kurzen Moment dachte sie an ein dummes Spiel von Elliot. Die brachiale Gewalt, die Moureen zum Aufstehen und Mitkommen zwang, belehrte sie eines anderen. Dies war kein Jux, sondern bitterböse Wirklichkeit. Unter dem schweren Tuch konnte Moureen nichts sehen und stolperte der Hand, die sie in eine Richtung zog, hinterher. Dann hörte sie ein Krachen und Splittern von Holz. Eine gewaltige Kraft hob ihren Körper vom Boden ab, liess ihn kurze Zeit in der Höhe schweben, um ihn unsanft auf eine Unterlage abstürzen zu lassen. Moureen hielt den Atem an, bebte am ganzen Körper und dachte in der Todesangst an banale Dinge, die vor dem Überfall im Gedächtnis haften geblieben waren. Jemand machte sich an ihr zu schaffen. Sie fühlte, wie Hände und Füsse mit einem Seil zusammengeschnürt wurden, sie auf den Bauch zu liegen kam und sich etwas Schweres auf ihren Rücken setzte, das Seil verknotete, um damit jede grössere Bewegung zu verunmöglichen. Moureen verharrte stillschweigend in der misslichen Lage und hoffte, dass irgendjemand den übelriechenden Fetzen von ihrem Haupt nehmen würde. Als es dann wirklich passierte, wünschte sie sich die Dunkelheit wieder zurück.

„Elliot, ich hatte solche Angst. Du hättest den Kerl sehen sollen! Unheimlich, glaub mir. Und was der alles von mir wollte, ich kann dir sagen, verrückt. Woher kennst du bloss solche Ungeheuer…?" Moureen erzählte wirres Zeug, ununterbrochen. Elliot hatte Mühe, ihren Schilderungen mental nachzukommen. Er tat das einzig Richtige, er nahm sie in die Arme und unterbrach durch das Streicheln des Rückens ihren immensen Redeschwall. Langsam beruhigte sich Moureen und er konnte gezielte Fragen an seine Freundin richten.

„Was ist ausser den Ungeheuerlichkeiten, wie auf ein Bett gefesselt und nach Dingen ausgefragt zu werden, von denen du keine Ahnung hattest, noch passiert?"

„Reicht dir das noch nicht? Für mich war es jedenfalls der perfekte Albtraum. Wenn ich allein an seine Fratze denke, wird mir schummrig und du fragst mich nach Einzelheiten? Elliot, wo bleibt dein Mitgefühl?"

„Nun sag schon, hast du ihm das Versteck verraten?"

„Was sollte ich deiner Meinung nach denn anderes tun, um meine Haut zu retten? Bist du mir nun böse?"

„Feigling! Du hättest ihn auch mit den Waffen einer Frau

schlagen können. Hat er dir denn seinen Namen genannt?"

„Glaubst du wirklich, er habe sich erst vorgestellt? Der einzige Name, den er nannte, war der deines Vaters und den hatte er mit Verachtung ausgespien."

„Etwas würde mich brennend interessieren, was ihn so hasserfüllt von meinem Vater sprechen lässt."

„Er sprach andauernd von einer Beute, einem Anteil, der ihm zustehen würde und von Betrug, Verrat und dererlei Dingen. Ich wusste nicht, wie ich mich verhalten sollte, ich hatte unsägliche Angst und dann habe ich ihm halt das Versteck verraten. Ich weiss nicht, wie du darüber denkst, aber ich konnte nicht anders, ich glaube, ich hätte in diesem Moment alles und jeden verraten. Sei mir bitte nicht böse. O'Malley wird den Kerl für dich finden und dann hast du dein Geld wieder."

„Nein, nein, du hast dich schon richtig verhalten, nur ich habe ihn unterschätzt. Ich dachte nicht im Traum daran, dass er so weit gehen würde. Dass er es nun doch getan hat, beängstigt mich mehr, als ich es mir jemals vorstellen konnte. Dich trifft keine Schuld."

Elliot wunderte sich über seine Grosszügigkeit. Über Fehler anderer konnte er sich sonst kaum kritiklos hinwegsetzen und im Nachhinein noch lange Debatten über deren Auswirkungen führen. Dieses eine Mal fiel es ihm leicht, glaubte er doch Moureen mit all ihren Fehlern zu lieben.

Die Umarmung war innig und langanhaltend. Langsam bog Moureen ihren Körper zurück, während Elliot sich gegen die Schräglage am Anfang noch wehrte, sich dann aber, durch den Kontakt mit den weiblichen Attributen, dem Zauber der Verführung willenlos ergab. Er staunte über Moureen und ihre Technik. Sämtliche Griffe wurden absolut professionell angewandt und Elliot befand sich in einem Sinnestaumel, den er bis anhin nur vom Hörensagen kannte. Die Initiative, die von Moureen ausging, liess Elliot nicht die geringste Chance. Flugs wurde sein Hemd aufgeknöpft, die Hose lag alsbald zu einem Kringel zusammengeschrumpft auf dem Boden und nicht einmal die Nacktheit ihrer Körper störte seine amerikanische Prüderie. Er streichelte sanft ihre Brüste, küsste die Halsgrube, fuhr mit den Lippen dem Körper entlang, saugte sich an einer Brustwarze fest und stöhnte wohlig auf, als Moureens Hand zwischen seine Beine fuhr.

Elliot hatte in seinem Leben schon viele nackte menschliche Körper gesehen, sich dabei nicht viel gedacht und einfach sein Skalpell angesetzt. Nun, als er Moureens Körper betrachtete, sich kurz an seine Arbeit erinnerte, dachte er in einem Anfall von Schizophrenie an den Frevel, den er begehen würde, ihn aufzuschneiden. Moureen liess ihm keine Zeit, sich weiter in diese Gedanken zu vertiefen. Sie schob ihren Körper einfach kurzerhand unter ihn und zeigte Elliot, wie schön die Liebe sein konnte.

Die verschiedenen Affären, die er mit amerikanischen Mädchen hatte, waren kein Vergleich, zu den wollüstigen Gefühlen, die diese irische Bauerntochter in ihm hervorrief. Früher war es Befriedigung seiner sexuellen Instinkte, das hier spielte sich in einer höheren Sphäre ab.

Moureens Becken vibrierte unter seinen rhythmischen Bewegungen, der Atem der beiden ging in ein gutturales Röcheln über und wurde nur von Moureens zwischendurch ausgestossenen spitzen Schreien übertroffen. Die Vereinigung glich einem Exzess und die animalischen Triebe fanden den gleichzeitigen Höhepunkt. Abgekämpft fanden sie sich in den Kissen wieder und Elliot dachte daran, dass seine Eltern vor Jahrzehnten in denselben Betten, wahrscheinlich mit derselben Lust, dieselben Spiele getrieben hatten. Es hört nie auf, die ewige Wiederkehr.

Nachdem sie den Höhepunkt noch einmal gesucht hatten

und Elliot Anstalten machte, sich ein drittes Mal über Moureen herzumachen, stiess sie ihn zärtlich, aber bestimmt zurück. Ihr fiel brennend heiss die Situation ein, in der sie sich befand. Sie war von zu Hause ausgerissen, seit Stunden unauffindbar und ihr Vater würde bestimmt Himmel und Hölle in Bewegung gesetzt haben, sie zu finden. Der Ärger war vorprogrammiert!

„Elliot, ich muss sofort nach Hause! Mein Vater bringt mich um, wenn er mich hier bei dir findet. Los, zieh dich an. Ich habe kein gutes Gefühl..., ich denk', er ist schon hinter mir her."

Elliot fiel aus einem Traum durch den Umstand, dass er sich noch vor Minuten mit Moureen vergnügt hatte und jetzt durch einen bedrohlichen Ausruf seiner Geliebten in den Zustand eines Geächteten versetzt wurde.

„Mach dich nicht verrückt. Sie haben dich bestimmt noch nicht vermisst. Im Übrigen werde ich bei deinem Vater um deine Hand anhalten."

„Das wirst du hübsch bleibenlassen! In deiner Situation kannst du im Dorf nicht einmal ein Stück Brot kaufen, geschweige denn bei irgendwem um eine Hand anhalten. Vergiss es, Elliot O'Connor!"

„Ist das deine Vorstellung von einer gemeinsamen Zukunft?" Elliot steckte zur Hälfte in seiner Hose und betrachtete Moureen fragend.

„Es wird die Zeit kommen, wo wir niemandem mehr Rechenschaft über unser Leben abgeben müssen. Irgendwann sind die Tränen Triumphen gleich, dann, mein Lieber, suchen wir unsere gemeinsame Zukunft." Er konnte mit Moureens Antwort nichts anfangen und schrieb es den partikularen Umständen zu.

Nachdem Elliot die Haustüre wieder in ihre Angeln zurückgehängt und sich von Moureen unter nochmaliger Bezeugung seiner Liebe verabschiedet hatte, nahm jeder der beiden einen anderen Weg zum Dorf. Moureen hastete über die Klippen, während Elliot gedankenverloren zu seinem Wagen ging, der, umringt von einer Schafherde, völlig deplatziert auf der Weide stand.

Nach der Einfahrt zum Dorf lenkte er den Wagen am Polizeirevier vorbei und gewahrte aus den Augenwinkeln, wie O'Malley die Türe von aussen abschloss. Elliot trat auf die Bremse und kurbelte das Seitenfenster herunter und lud O'Malley auf ein Bier in den Pub ein.

„Wir treffen uns im Lokal!", schrie O'Malley über die Strassenseite gegen den Krach einer vorbeifahrenden Landmaschine an.

Elliot parkte seinen Wagen hinter dem Pub, trat in den Schankraum und ertappte den Beamten dabei, wie er sich bereits den ersten Schluck Gerstensaft in die Kehle goss.

„Kennst du einen Bauern mit dem Namen Reily...?" Angus O'Malley wischte sich mit der flachen Hand den Schaum von den Lippen. „Sam Reily?"

„Müsste ich ihn kennen?" Elliot setzte sich zu ihm an den Tisch.

„Hattest du Ärger mit dem Besuch bei deiner Verwandtschaft?"

„Nein... ja, was soll das, ist das ein Verhör?"

„Ja. Ich suche einen plausiblen Grund für dein rowdyhaftes Benehmen. Gegen dich liegt eine Anzeige vor von diesem Bauern, wegen Landfriedensbruchs, mutwilliger Beschädigung fremden Eigentums und Tierquälerei. Darüber hinaus interessiert sich die Staatsanwaltschaft von Tralee für dich. Sie lässt anfragen, ob es dem Herrn genehm wäre, demnächst bei ihnen vorbeizuschauen." Elliot sah ungläubig auf O'Malley.

„Hast du noch mehr von diesen entzückenden Botschaften für mich? Nein? Ansonsten darfst du dein Bier selbst bezahlen.

Im Übrigen solltest du dich um den schwarzen Kerl kümmern, der Moureen gekidnappt und dir eine Beule am Hinterkopf angebracht hat." Jetzt war es an O'Malley, erstaunt zu sein.

„Was erzählst du da? Moureen wurde gekidnappt? Von dem weiss ich nichts. Wann soll das gewesen sein?"

„Heute, im Haus an den Klippen." Elliot erzählte ihm die Ereignisse, die sich am Nachmittag zugetragen hatten und informierte O'Malley zum ersten Mal über das Auffinden der Behälter unter dem Küchenboden.

„Dann hatte Chefinspektor King doch recht mit seinen Vermutungen, dein Vater war am Goldraub in Cork beteiligt." Betroffen über diesen Umstand schwieg O'Malley eine Zeitlang, bevor er sich wieder Elliot zuwandte. „Was, sagtest du, befand sich in der hölzernen Schatulle?"

„Ein Arztbesteck...", sagte Elliot zögerlich.

„Und, was macht man damit? Ich meine, für welchen Zweck wird es benutzt?" O'Malleys Mimik erübrigte eine Antwort, Elliot gab sie ihm trotzdem.

„Sagen wir mal so. Du kannst etwas, das du nicht haben willst. Mit diesem Besteck kannst du es entfernen."

„Du willst mir doch nicht erzählen, dein Vater hätte..., nein, Elliot, das nehme ich dir nicht ab. Selbst wenn, woher hätte er das Wissen gehabt? Obwohl..."

„Was?"

„Gewisse Dinge erscheinen nun in einem anderen Licht. Ich will damit nicht sagen, dein Vater hätte damit etwas zu tun, aber..."

„Aber was? Nun mach's nicht so spannend, Angus. Sag mir, was in deinem Hirn vor sich geht."

„Ach nichts. Es war bloss so ein Gedanke. Ich werde ihn überprüfen lassen." O'Malley hob sein Bierglas.

„Wenn du schon beim Prüfen bist, frag doch mal in Tralee nach, wie es mit einer Exhumierung steht."

„Elliot bist du nun ganz verrückt geworden? Warum willst du deinen Alten ausbuddeln? Verzeihung, aber was glaubst du, noch zu finden? Du hast ihn ja schon zu Genüge untersucht."

„Nicht meinen Vater... meine Mutter möchte ich untersuchen. Ich denke, sie wurde ebenfalls ermordet, wie mein Vater." O'Malley sah ihn fassungslos an.

„Das vergiss mal schnell wieder. Selbst wenn die Staatsanwaltschaft die Genehmigung dazu erteilen würde, wird Pater O'Brian sich dagegen wehren. Die Ruhe auf dem Gottesacker ist ihm heilig und nun lass uns gehen."

„Wohin?"

„Es wartet viel Arbeit auf uns. Nun komm schon, beweg dich!"

Vor der Türe empfing sie ein Nieseln aus dicken, grauen Wolken, die über Lahinch hingen. O'Malley stampfte mit hochgezogenen Schultern in Richtung Polizeirevier davon, von hinten machte es den Anschein, als hätte er keinen Hals, Elliot versuchte Schritt zu halten und fand sich erst im Revier ein, als O'Malley längst in den Telefonhörer sprach. Er deutete ihm, sich zu setzen und sich ruhig zu verhalten. Elliot unternahm nicht einmal den Versuch mitzuhören, er verstand sowieso nur Wortfetzen, die, aus dem Zusammenhang gerissen, keinen Anhaltspunkt auf das Gespräch ergaben. Als Angus O'Malley nach einer halben Stunde den Hörer auf die Gabel zurücklegte, standen auf der Stirn kleine, aneinandergereihte Schweissperlen. Er wischte sie mit dem Ärmel seiner Uniformjacke aus dem Gesicht und starrte auf einen Punkt an der gegenüberliegenden Wand. Elliot liess ihm Zeit, seine Gedanken in Worte zu fassen und betrachtete in dieser Warteposition sein Schuhe.

„So was hätte ich nie von ihm gedacht!", brach O'Malley nach längerer Zeit sein Schweigen, so dass Elliot, hellhörig geworden, sich auf seinem Stuhl aufrichtete und auf die Lippen des Polizisten stierte, in der Hoffnung auf mehr Information. „Nie gedacht...", wiederholte er sich, „...wirklich ein feiner Mensch!"

„Von wem sprichst du?"

„Was..., ach so. Von Chefinspektor King, mit dem ich eben telefoniert habe."

„Nanu, woher auf einmal dieser Sinneswandel? Ich dachte, du könntest diesen Kerl nicht ausstehen?"

„Das dachte ich früher auch, aber schliesslich darf man sich ja auch einmal irren, oder? Also, hör zu. Elliot O'Connor, ich habe viele Informationen für dich. Dieser schwarze Kerl, der uns das Leben so erschwert, heisst Potter Jonathan Underwood. Alias Doktor Pju."

„Dies erklärt die Initialen auf dem Deckel der Kassette."

„Der Mann war eine Koryphäe in Dublin, nun rate mal, auf welchem Gebiet?"

„Als Dr. Jekill und Mr. Hyde?"

„Falsch geraten!" O'Malley freute sich triumphierend über den Nichtwissenden und rieb sich die Hände. „Er war ein Phänomen auf dem Gebiet der Alchemie, er erfand ein Lebenselixier..."

„Ach, du Schreck, ein Zauberlehrling!"

„... wurde dann aber durch dubiose Vorkommnisse in seinem Vorwärtsdrang gestoppt. Die Diffamie um seine Person nahm gewaltige Formen an und als dann auch noch ein Todesfall hinzukam, war's um Pjus Legende geschehen. Seine Titel wurden ihm aberkannt und Pseudodoktor Pju verschwand im Untergrund. Lange Zeit blieb er wie vom Erdboden verschwunden. Nun taucht sein Name im Zusammenhang mit deinem Vater wieder auf, was auch King sehr bedenklich stimmt, hatten diese beiden Männer an ihrer Ausbildung gemessen doch keinerlei gemeinsame Bezugspunkte."

„Wer sagt das, King?"

„Ja…"

„Das stimmt so nicht. Die zwei hatten sehr wohl Gemeinsamkeiten, denk bloss an die sozialen Umstände, in denen sie sich befanden, das verbindet. Im Übrigen war mein Vater in seinen Handlungen sehr überzeugend und ein Überredungskünstler par excellence. Er liess sich vom Instinkt leiten, was keine besonderen Studien voraussetzt und ich kann mir gut vorstellen, dass gerade ein Mann wie dieser Doktor Pju auf einen Typen, wie mein Vater es war, hereinfällt. Reine Überzeugungsarbeit."

„Das mag schon stimmen, aber ich befürchte, dass die beiden eine kriminelle Vereinigung bildeten und ihre Machenschaften erst jetzt zur Aufklärung gelangen können. Ich glaube, sie werden uns noch eine Zeitlang beschäftigen. Jedenfalls ist dieser Pju zur Fahndung ausgeschrieben und sollten wir seiner habhaft werden, kann er uns vielleicht über diese strittigen Punkte weiterhelfen." O'Malley schrieb einen Vermerk über das Telefonat mit Chefinspektor King.

„Lass uns jetzt nach Hause gehen…", und mit dem Blick auf die Uhr, „…es ist schon spät." Er zog sich seinen alten Trenchcoat über, schloss die Schublade am Schreibtisch ab und begab sich zur Türe.

O'Malley wusste später nicht mehr, als er das Protokoll aufsetzte, ob ihn der Rahmen der Türe am Kopf getroffen hatte oder nicht. Jedenfalls wurde er mit Wucht an die Wand gestossen, als die Türe aufflog und Michael O'Keefe blutüberströmt in die Revierstube taumelte.

Paddy O'Connor

Bei der intensiven Suche nach einer neuen Beschäftigung, trat ein Mann in Paddys Leben, der nachhaltige Eindrücke auf seine Person hinterliess. Dieser Mensch machte aus Paddy ein Monster, das alle von ihm begangenen Straftaten in den Stand der Trivialität zurückversetzte. Die Absurdität dieser Begegnung stand im krassen Gegensatz zu seiner Tätigkeit.

Früheren Aussagen zum Trotz setzte Paddy sich mit einem Frachtschiff nach England ab. Mit zwiespältigen Gefühlen betrat er den Boden eines in seinem Befinden *niedrigstehenden* Landes. Paddy drückte einem lustlos herumstehenden Kutscher ein paar Pfund in die Hand und überliess ihm die Wahl der Herberge für die Nacht. Das Ziel der Fahrt wurde kurze Zeit später erreicht und als Paddy den Kopf unter dem Kutscherdach hervorstreckte, glaubte er an einen üblen Scherz, den der Fuhrmann mit ihm vorhatte. Die Spelunke im Hafenviertel von Liverpool strahlte etwa so viel Vertrauen aus wie die englische Armee in Belfast.

„Was soll das?", rief er dem Mann auf dem Kutschbock zu.

„Ich bin nicht hierhergekommen, um mich die erste Nacht von Meuchelmördern umzingelt zu sehen. Beweg deinen Gaul und such mir eine andere Bleibe!"

„Der Herr irrt sich...", nuschelte der alte Mann von seinem Hochsitz. „Diese Lokalität hat schon Grafen und Herzöge beherbergt."

„Aber nicht Paddy O'Connor. Na los, mach schon!"

„Will es der Herr nicht doch versuchen? Hier verkehrt halb England, wenn Sie etwas zu verkaufen oder etwas Bestimmtes kaufen wollen, sind Sie hier an der besten Adresse." Paddy überlegte.

„Also gut, hilf mir beim Koffertragen!" Stöhnend erhob sich Paddy aus seiner Sitzgelegenheit, drückte die kleine Tür auf und trat auf die Strasse. „Na, was ist, wo bleibt mein Gepäck?"

„Wenn sich der Herr selbst bemühen möchte, es steht auf dem seitlichen Trittbrett. Der Doktor meint, es wäre eine Arthrose im Knie und die macht mir heute viel zu schaffen, Sie verstehen?"

„Ich würde den Quacksalber für dein Knie einwechseln, dann vergehen dir die Schmerzen!" Paddy liess einen verdutzten Fuhrhalter hinter sich und stiess die Türe zur Kaschemme auf.

Draussen war es neblig und trübe, innen laut, stickig und voller Rauch. Er kämpfte sich zum Tresen vor. Ein dickleibiger Mann, dessen Schnurrbartspitzen fast seine Ohren berührten, fragte ihn nach seinen Wünschen.

„Eine Liegestatt für die Nacht sucht der Herr?", beantwortete er damit Paddys Frage nach einem Zimmer. Kurze, dicke Finger zwirbelten dabei den Oberlippenbart geschickt im Uhrzeigersinn. „Können Sie haben. Zwei Pfund im Voraus. Mahlzeiten gehen extra." Er streckte Paddy seine offene Hand entgegen und liess sie kurz darauf mit zwei Scheinen in der Hosentasche verschwinden.

Paddy schaute sich, nachdem er sich ein Bier bestellt hatte, im Lokal nach einem Sitzplatz um. Alle Tische waren mit laut diskutierenden Männern besetzt, die Salven von Rauchwolken zur braun gefärbten Decke stiessen. Mit dem Gang eines Matrosen, seine Füsse versuchten immer noch gegen den Wellengang, der den Schiffsrumpf bei der Überfahrt peinigte, anzukommen, ging er durch die Tischreihen zu einem erspähten Platz.

Der Kutscher hatte recht mit seiner Aussage. Die Menschen,

die sich im Lokal befanden, verteilten sich über die ganze Palette aller sozialen Schichten. An einem Tisch, an dem einer der zwei Männer heftig diskutierend, mit ausschweifenden Gesten das Gesagte unterstrich, liess sich Paddy nieder. Kaum jemand in dem Lokal nahm Notiz von einer Person, die mit einem Koffer in der einen Hand und dem Bierglas in der anderen sich zu Fremden an den Tisch setzte. Rundherum wurde geschwatzt, gelacht und getrunken, so dass sich Paddy wie zu Hause in Irland vorkam.

Kleine, durch die Lippen gepresste Wortfetzen seines Tischnachbars, der sich mit einem einsilbigen und wortkargen Mann unterhielt, drangen an das Ohr von Paddy. Er versuchte, die aufgefangenen Signale in die richtige Reihenfolge zu bringen und staunte über deren Inhalt: komplex anmutende Verhandlung über eine Gebrauchsanweisung zur Herstellung von Gold aus unedlen Metallen. Paddy begann, sich dafür zu interessieren und spitzte seine Ohren, um möglichst viel von dem Gespräch zu erhaschen. Sein Gegenüber war so sehr in die Materie vertieft, sprach mit Überzeugung von einem Hirngespinst, dass er Paddys Lauschangriff gar nicht wahrnahm. Paddy übersah dabei den Einsilbigen, der sich nach geraumer Zeit an ihn wandte.

„Ist der Herr an den Ausführungen des Doktors interessiert, so kann er sich dem Gespräch anschliessen. Oder horcht er nur der Neugierde wegen?" Paddy war sich der peinlichen Lage eines Ertappten bewusst. Er suchte nach einer schönfärbenden Antwort, um sich aus dieser Situation zu retten.

„Verzeihung, ich wollte nicht zuhören, aber das Wort Gold hatte schon immer eine anziehende Wirkung auf mich."

„Dem Dialekt nach zu urteilen, kommen Sie aus Irland, wie unser verehrter Herr Doktor. Würde es Ihnen etwas ausmachen, sich vorzustellen? Mein Name ist Spencer Davies, Earl of Monks und mein Tischnachbar ist Doktor Potter J. Underwood."

Paddy beeilte sich, sich vorzustellen und bedankte sich bei den Herrschaften für die Einladung, an ihrer Gesprächsrunde teilnehmen zu dürfen, damit, indem er dem Wirt die Anweisung gab, die Gläser neu zu füllen.

Doktor Underwood beeinflusste nun auch Paddy mit seinen Gedanken. Er liess ihn an seinen Fantasien teilhaben. Die Art seiner Körperhaltung beim Sprechen wirkte hektisch und nervös, so dass Paddy seine Nerven mit viel Guinness beruhigen musste, um die Nähe dieser Person ertragen zu können.

Spät in der Nacht suchte Paddy mit schweren Gliedern sein ihm zugewiesenes Zimmer auf und befand sich in einem Schlafraum, den er mit vier weiteren Männern teilen musste. Er zog sich aus, legte sich auf den mit Stroh gefüllten Leinensack und schlief augenblicklich ein.

Nachdem er sich am frühen Morgen von seiner Schlafstatt erhoben hatte, erkannte Paddy, im diffusen Licht der Morgendämmerung, den Doktor als seinen Schlafkameraden wieder. „Leise die Kleider überstreifen und mit möglichst wenig Lärm aus dem Zimmer verschwinden", dachte sich Paddy, wurde aber durch eine ungeschickte Bewegung daran gehindert.

„Du willst uns doch nicht etwa verlassen, ohne dich zu verabschieden?" Doktor Underwood schaute mit fragender Mimik auf Paddy.

„Jetzt nicht mehr, nachdem alle wach sind."

„Hast du dir unsere Sache überlegt?"

„Worüber soll ich mir was überlegt haben?" Paddy starrte irritiert über ihn hinweg.

„Sag jetzt bloss nicht, du hast keinen Gedanken daran verloren, an einer finanziellen Beteiligung meiner Arbeit. Du hast es mir fest zugesagt!"

„Was ist mit dem Earl, hat er Ihnen eine Zusicherung gemacht?"

„So gut als wie. Na ja, ein paar Kleinigkeiten fehlen noch. Modalitäten, du verstehst?" Underwoods Wimpern flatterten.

„Na gut. Sollte seine Lordschaft sich daran beteiligen, werde ich mit derselben Summe die Sache unterstützen." Lügengeschichten, dachte Paddy, alles Lügengeschichten, wie am Abend zuvor, als er sich stundenlang an Details der Goldgewinnung erbauen konnte. „Wie auch immer, ich suche mir jetzt einen andere Bleibe. In diesem Haus verbringe ich jedenfalls keine Nacht mehr." Sprach's und fasste den Koffer unter, begab sich zur Türe und wurde von den Zimmergenossen am Weitergehen gehindert. „Was soll das? Machen Sie den Weg frei!" Potter J. Underwood trat auf ihn zu.

„Wenn der Herr sich noch eine Minute gedulden würde, ich bin gleich soweit. Du glaubst doch nicht wirklich, dass ich dich von nun an noch eine Sekunde aus den Augen verlieren werde." Er raffte seine Habseligkeiten zusammen, klemmte sie unter den Arm und stellte sich startbereit vor Paddy hin.

„Wir sind jetzt Partner und die gehören nun mal zusammen. Also los, gehen wir."

Angus O'Malley

„Seit du in unserem Dorf aufgetaucht bist, gibt es nur Ärger. Früher hatten wir die Qual der Entscheidung, ob wir nun dies oder das tun sollen. Durch deine Anwesenheit wird uns ein Tagesrhythmus aufgezwängt, weitab von unseren Idealen. Elliot, ich bitte dich, fahre möglichst schnell wieder nach Hause!" Michael O'Keefe stand vor dem Klospiegel am Ende des Flurs und tupfte seine Wunden mit einem jodhaltigen Mittel ab.

„Nimm ihn nicht ernst, sein jugendlicher Stolz ist verletzt. Er ist nur gekränkt über seine Tracht Prügel, die er im Pub eingefangen hat." O'Malley zwinkerte Elliot zu. Vom Ende des Ganges hörten sie ein Fluchen, unterbrochen von Jammern über die Ungerechtigkeit in dieser Welt.

„Ich galt einmal als beliebtester Junggeselle in Lahinch. Und jetzt, schau mich an. Ich sehe aus wie ein Monster." Michael kam den Gang herunter und sah wirklich verheerend aus. Sein Kopf war mit Beulen übersät, der Kiefer schief in seinen Angeln und das linke Auge halb geschlossen. „Und das alles nur, weil ich ihn...", er deutete auf Elliot, „...gegen die Anschuldigungen der anderen verteidigt habe."

„Nur deswegen?" O'Malley musste ein Lächeln unterdrücken.

„Was glaubst du denn...?" O'Keefe schaute angriffslustig auf den Vorgesetzten.

„Ich glaube, du und die anderen wart wie üblich wieder einmal besoffen. Und dann gab ein Wort das andere und ihr Hitzköpfe seid aufeinander losgegangen. Was Elliot mit der Geschichte zu tun hat? Ich denke mir, du nimmst ihn als Ausrede für deine Schwächen."

„Also hör mal. Nicht nur, dass ich mich seinetwegen verprügeln lasse, jetzt muss ich mir von dir auch noch einen psychedelischen Vortrag über meine Unzulänglichkeiten anhören. Wisst ihr was... ihr beide könnt mich mal!" Er schnappte sich seine Uniformmütze vom Haken und rannte zur Türe. Mitten unter der Türeinfassung blieb er abrupt stehen. „Noch eines, wenn ich du wäre, mein lieber Elliot, würde ich mich auf dem Nachhauseweg von Angus begleiten lassen. Ich mache mir um dein Wohlbefinden echte Sorgen." Die Türe fiel hinter ihm ins Schloss.

„Was meint er damit?" Elliot schaute O'Malley fragend an.

„Vergiss es. Blöde Prahlerei, um seine Dünkel zu überdecken. Komm, ich bringe dich nach Hause."

Durch die Main Street blies ein kalter Wind, als sie aus dem Revier traten. O'Malley knöpfte seinen Trenchcoat bis oben hin zu, während Elliot mit der Hand die Spitzen an seinem Jackett Kragen festhielt.

„Komm doch noch auf einen Sprung zu mir nach Hause. Du hast doch auch noch nichts im Magen", meinte O'Malley an Elliot gewandt, als er diesen fröstelnd neben sich gewahrte.

„Glaubst du, dass dies klug wäre in meine Situation?"

„Ach was. Lass dich bloss nicht verrückt machen von den Brüdern hier im Dorf. Es ist gleich am Dorfausgang und ich bringe dich anschliessend zurück. Grosses Ehrenwort." Elliot musste grinsen über so viel Fürsorglichkeit seitens des Polizisten. Elliot war erleichtert darüber, als sie endlich vor einem Haus standen, an dem der Schlüssel in das Türschloss passte, den Angus die ganze Zeit während des Gehens um seinen Finger kreisen liess.

Eine Frau, die in jungen Jahren einmal eine Schönheit gewesen sein musste, empfing O'Malley mit einer warmen Geste der Zutraulichkeit.

„Elliot, das ist meine Frau Imelda", wurde der Kontakt von Angus zwischen seiner Frau und Elliot hergestellt.

„Mein Mann hat mir schon viel von Ihnen erzählt. Es ist mir eine Freude, Sie nun endlich einmal kennenzulernen." Das angenehme Wesen drückte ihm die Hand und strahlte durch ihr Lächeln so viel Wärme aus, dass Elliot sein Zittern wegen der vorangegangenen Kälte augenblicklich vergass.

„Ich hoffe, nur Gutes! Es wäre mir ansonsten sehr unangenehm, Ihnen unter die Augen treten zu müssen." Er meinte wirklich, was er sagte. Das Haus, die Einrichtung, alles hatte die Note einer Frau abbekommen, die der Versuchung nach Angeberei widerstehen konnte. Alles war mit viel Liebe zum Detail eingerichtet und strahlte auf den ersten Blick den Eindruck von Geborgenheit aus.

„Sie kommen aus Amerika, wie Angus mir berichtete und versuchen den Tod Ihres Vaters aufzuklären?" Inzwischen hatten sie an einem runden Tisch Platz genommen, auf dem bei Elliots Ankunft zwei Gedecke lagen und ein drittes durch Angus hinzugefügt wurde. Die Mahlzeit bestand aus Sandwiches mit unterschiedlichem Inhalt.

„Mit der Hilfe Ihres Mannes, vielleicht", er nippte an dem Tee, der zum Essen gereicht wurde. „Und so, wie sich die Sachlage jetzt verändert hat, komme ich immer mehr zu der Überzeugung, dass dieses Unterfangen weder mir noch Angus gelingen wird."

„Wie meinen Sie das...? Was meint er damit, Angus?" Um ihre Nasenspitze machte sich leichte Blässe bemerkbar.

„Beruhige dich. Nichts von Bedeutung. Ein paar Spinner im Dorf haben das Gefühl, sie müssten sich an Elliot rächen für Schandtaten, die seinem Vater angelastet werden. Also nichts, was uns beunruhigen müsste." Angus kaute seelenruhig auf seinem Sandwich herum und gab damit seiner Frau den Eindruck von Gelassenheit – obwohl er, seit dem Auftritt von O'Keefe in der Revierstube, mit gemischten Gefühlen an das Thema dachte.

„So? Nun denn, wenden wir uns einer schöneren Unterhaltung zu und sprechen über Amerika. Stimmt es, Mister O'Connor, dass es in Amerika mehr schlanke Frauen gibt als auf dem Kontinent?"

„Komm schon, Imelda, belästige unseren Gast nicht mit solchen Lappalien. Von wegen schlank und so. Wie kommst du überhaupt auf solche Ideen?" Angus schaute seine Frau betroffen an.

„Lass mich doch. Es interessiert mich einfach nur so."

„Nun, in Amerika ist vieles anders. Das Leben ist irgendwie leichter, unbeschwerter. Die Moral auf einen bedeutungslosen Standpunkt abgesunken, gegenüber Irland. Um auf die Frage zurückzukommen, ich habe keine Ahnung über die proportionalen Verhältnisse. Bei uns werden die Menschen mehr über ihren Intellekt taxiert, als denn über Äusserlichkeiten."

„Ach ja? Das ist mir neu. Wie kommt es denn, dass in gewissen Bundesstaaten Menschen allein wegen ihrer Hautfarbe verfolgt und geächtet werden?"

„Ausnahmen bestätigen die Regeln, und…"

Ein Fensterglas ging klirrend zu Bruch. Der Pflasterstein landete polternd am Boden und liess das Besteck in den leeren Tellern vibrieren. Sprechchöre riefen den Namen von Elliot.

Starr vor Schreck schauten die drei in die Runde. Niemand konnte das Geschehen in Bewegung umsetzen. O'Malley war der erste, der sich ans Fenster wagte und durch die zerborstene Scheibe einen Blick auf den Vorhof riskierte. Männer, mit Fackeln und Knüppeln bewaffnet, standen vor dem Haus und schrien ununterbrochen: „Elliot komm raus! Elliot komm raus!"

„Ihr zwei bleibt hier und rührt euch nicht vom Fleck. Will nur kurz mal nachschauen, was diese Chaoten von uns wollen." Angus stürmte aus dem Zimmer und liess betroffene Gesichter zurück. Unten vor der Haustüre angekommen, atmete O'Malley zuerst tief durch, bevor er die Türe mit einem Ruck aufstiess. Was er dann zu sehen bekam, beängstigte ihn auf eine besondere Art. Nie im Leben hätte er davon geträumt, dass kurz vor Mitternacht zwanzig Männer und eine Handvoll Frauen vor seinem Haus auftauchen und mit brennenden Fackeln nach einem seiner Gäste fragen würden. Seine Gedanken rotierten.

„Was wird hier gespielt? Seid ihr verrückt geworden oder einfach nur besoffen? Los, verschwindet! Macht, dass ihr nach Hause kommt!"

„Gib uns Elliot O'Connor raus und wir sind schon weg." Angus erkannte die Stimme aus dem Dunkeln. Kate O'Ryan, die Frau des Bäckers.

„Und, was macht ihr denn dann mit ihm? Wollt ihr ihn erschlagen, wie ihr es mit seinem Vater getan habt?" O'Malley stellte diese Frage im Bewusstsein einer Provokation.

„Wir wollen ihm nur ein bisschen... ups..., he... he..., heimleuchten." Ein Besoffener streckte seine Fackel wie als Fingerzeig gegen den Himmel.

„Ich werde dir gleich ein Licht aufsetzen, Eddie Fowlei!" Angus machte Anstalten, auf den Betrunkenen loszugehen.

„Wir haben Paddy O'Connor gehasst, aber nicht getötet. Elliot begleiten wir lediglich zu seinem Auto und verjagen ihn aus dem Dorf." Sam Reily betätigte sich als Wortführer.

„Sam, ich habe dich noch nie für besonders klug angesehen, aber ab jetzt bist du der dämlichste Kerl in diesem Dorf. Wollt ihr wirklich den Sohn für die Fehler seines Vaters büssen lassen?"

„Es ist nicht nur das, er bringt Unruhe in das Dorf. Er stört unsere Dorfgemeinschaft", meldete sich die Frau des Schuhmachers aus dem Dunkeln. Angus erkannte sie an ihrer Fistelstimme.

„Gemeinschaft? Ich kann dieses Wort aus eurem Munde nicht mehr hören. Verlogen gebt ihr euch einer Dorfgemeinschaft hin, die aus dem einzigen Grunde eines gemeinschaftlichen Besäufnisses im Pub besteht. Schert euch jetzt nach Hause und schlaft den Rausch aus, sonst werde ich euch alle verhaften und einsperren lassen." Allgemeines Gelächter begleitete seinen Ausspruch.

„Wo willst du uns denn einsperren? Vielleicht im Spritzenhaus wie das Schwein O'Connor?"

Das rot gelbe Licht der Fackeln zauberte eine Riesengestalt in den Konturen von O'Malley flackernd an die Hauswand. Die Sprechchöre fingen von neuem an und leierten ihren Spruch in monotonen Rhythmen herunter. Angus machte einen weiteren Versuch, die Meute zu beruhigen und den Sprechgesang zu unterbinden.

„Was seid ihr? Eine irische Delegation des Ku-Klux-Klans? Was wollt ihr damit beweisen, eure Unfähigkeit zu kommunizieren? Oder gebt ihr nur ein besonders lächerliches Beispiel von Unvernunft und Intoleranz ab? Sagt mir eure Beweggründe, damit ich das beschämende Verhalten von euch irgendwie verstehen kann."

Von der Ferne war, zuerst leise, dann immer lauter, das Geräusch eines herannahenden Motors zu vernehmen. Die Köpfe der Menge drehten sich in die Richtung, in der ein Scheinwerfer die Dunkelheit zerriss, um dann als ganzes Motorrad hinter ihnen zum Stehen zu kommen. Das Motorengeräusch wurde unterbrochen, aus der Dunkelheit schälte sich eine Person und trat auf die Menge zu.

„Geht nach Hause, Leute, die Party ist vorbei!" Breitbeinig stellte sich ein Mann vor die Menschen hin und es schien so, als würde er jedem einzelnen von ihnen in die Augen sehen. Sam gab einen erstaunten Ausruf von sich: „Shaughnessy, du?" Paul Shaughnessy trat nach vorne und stellte sich neben O'Malley auf den Treppenabsatz.

„Ich finde, ihr habt für heute genug Schaden angerichtet. Lasst uns jetzt nach Hause gehen. Morgen liegt ein schwerer Tag vor uns, dann wird jeder von uns froh sein, wenn er noch ein paar Stunden Schlaf gekriegt hat."

„Shaughnessy..., du verteidigst diesen Hurensohn auch noch, obwohl er deine Tochter entehrt hat? Ist das nicht ein bisschen viel Nächstenliebe?"

„Kate O'Ryan, halt dein Schandmaul, oder ich werde es zu stopfen wissen." Bäcker O'Ryan packte seine Frau bei den Schultern und zog sie fort.

„Ich finde, Kate hat recht. Warum beziehst du Stellung für einen Kerl, der demnächst dieses Dorf wieder verlässt, du aber hierbleiben musst?"

„Gib's ihm, Sam Reily!", brüllte Eddies männliche, betrunkene Stimme aus der Dunkelheit. Die Fackeln begannen nach und nach zu erlöschen, nur die Eingangsbeleuchtung an O'Malleys Haus spendete noch Licht in die erste Reihe.

„Darf ich das so verstehen, dass ihr mich aus der Gemeinschaft verstossen wollt? Willst du mir etwa damit drohen, Sam? Ich schäme mich für euch."

„Nein..., aber..."

„Was aber, Sam, was? Verlässt dich jetzt dein Mut, nachdem der Alkoholpegel gesunken ist und du wieder klar denken kannst?" Shaughnessy fixierte Reily wie die Schlange eine Maus.

„Los, Leute, Abmarsch! In ein paar Minuten will ich keinen von euch mehr vor meinem Haus herumlungern sehen. Sonst werde ich dienstlich!" Die Stimme von O'Malley hallte über den Platz und die Gruppe setzte sich träge in Bewegung.

„Scheiss dir in die Hose, O'Malley!" Der Besitzer der betrunkenen Stimme hatte vom Aufbruch der Menge noch nichts bemerkt und lallte weiter gegen die Finsternis an.

Mitternacht war längst vorbei. Der alte Shaughnessy drückt O'Malley stillschweigend die Hand, bevor er den schweren Mantel um seinen Körper festzurrte und sich zu seinem Sohn auf das Motorrad setzte.

„Heute ist Dienstag. Ich werde morgen meine Koffer packen und zu meiner Schwester nach Dublin fahren. Vielleicht kriege ich einen Flug am Wochenende nach Boston." Elliot sass deprimiert am selben Platz, als Angus zurück ins Wohnzimmer trat.

„Den Triumph willst du ihnen wirklich gönnen? Ich habe dich unterschätzt, Elliot O'Connor. Ich hielt dich für widerstandsfähiger, kämpferischer, als du in Wirklichkeit bist. Ich habe gehofft, in deinen Adern fliesse das Blut eines irischen Patrioten. Zu meinem Leidwesen muss ich feststellen, du bist veramerikanisiert worden." O'Malley öffnete eine Flasche Rotwein und füllte die Gläser randvoll. „Prost, du Memme. Erzähl deinen Freunden in Amerika, was für ein Held du gewesen bist und weine nachts heimlich in dein Kissen."

„Und, was soll ich deiner Meinung nach anderes tun als kapitulieren? Die Aggressionen gegen mich nehmen zu. Die Übermacht ist einfach zu gross."

„Kämpfe, Elliot, kämpfe! Für deine Ideale, von mir aus auch für deinen Seelenfrieden, aber kämpfe! Lass dich nicht von ein paar Idioten wie einen tollwütigen Hund aus dem Dorf jagen. Zeig ihnen Heldengeist, wie es unser irisches Vorbild in Amerika getan hat, das mit Zivilcourage eine Bresche in den Sozialismus geschlagen hat. Etwas in der Art wird von dir verlangt, nichts anderes."

„Angus, ich habe das Gästezimmer hergerichtet, Elliot kann hier schlafen." Imelda war leise in den Raum getreten und stand nun hinter O'Malley.

„Gute Idee. Du schläfst heute Nacht hier, unter meinem Dach. So habe ich die Sache unter Kontrolle."

„O'Malley, was ist los mit dir? Du hältst mir einen Vortrag über couragiertes Verhalten, andererseits willst du mich in ein Zimmer einsperren wie ein kleines Kind?"

„Nun ja. Über das, was wir besprochen hatten…, wir wollen jetzt nicht gleich übertreiben. Die Bande ist nicht zu unterschätzen. Morgen ist auch noch ein Tag. Es reicht, wenn du dann mit deiner Mutprobe beginnst."

„Morgen ist Feiertag, St Patrick's Day", bemerkte Imelda beiläufig.

„Richtig, hab' ich in der Aufregung total vergessen. Kannst du dich an das Zeremoniell an St Patrick noch erinnern? An die Torturen am Berg?"

„Vater hatte mich als kleinen Jungen einmal mitgenommen. Ich sah, wie sich Menschenkolonnen den Berg hinaufquälten. Auf dem Rücken meines Vaters, Huckepack getragen, konnte ich den Sinn ihres Tuns nicht erkennen. Für mich war es einfach ein Ausflug in die Berge zusammen mit vielen Menschen. Ist es heute immer noch so, dass sich die Christen diesem Ritual hingeben?"

„Ich würde sagen, noch schlimmer. Inzwischen wird der Berg des heiligen Patrick barfüssig oder auf Knien erklommen. Menschliche Schicksale spielen sich jedes Jahr auf dem Gestein ab. Die Sünden eines ganzen Jahres werden hier als Busse abgearbeitet."

„Angus, du übertreibst. In ein paar Stunden ist Morgengrauen. Wir wollen nun zu Bett gehen." Seine Frau gab ihm einen friedlichen Klaps auf den Hinterkopf, was Angus O'Malley aufforderte, ihrem Willen Folge zu leisten.

Paddy O'Connor

Doktor Underwood ging zwei Schritte hinter Paddy her, folgte ihm wie ein Hund seinem Herrn und liess ihn keine Sekunde aus den Augen. Paddy vorneweg dachte intensiv darüber nach, wie er den Schatten, der ihn auf Schritt und Tritt verfolgte, auf elegante Art loswerden könnte.

„Wohin gehen wir?", rief Paddy in seinen Rücken.

„Zwei Querstrassen weiter. Da befindet sich das Anwesen von den Spencers. Geh nur weiter, ich werde dich frühzeitig über einen Richtungswechsel informieren."

„Müssen Sie immer hinter mir hergehen? Kommen Sie auf meine Höhe, so können wir uns besser unterhalten."

„Lieber nicht, so habe ich dich besser unter Kontrolle und kann Fluchtversuche im Ansatz unterbinden."

„Das ist doch Blödsinn. Ich renne Ihnen schon nicht weg, keine Angst. Zumindest will ich die Reaktion vom Earl noch mitbekommen, wenn er den Aufmarsch seiner Saufkumpanen erspäht. Könnte heiter werden", sagte Paddy mehr zu sich selber.

Nach etlichem Hin und Her standen sie vor einem Anwesen, dessen Ausmasse einem Palast gleichkamen. Underwood dirigierte Paddy unter einem Torbogen hindurch und ging das erste Mal neben ihm, als sie die, mit feinem Kiesel belegte, Auffahrt zum Eingang durchschritten.

„Du hältst dich aus der Konversation raus, verstanden!", flüsterte Potter noch schnell in Paddys Richtung, im selben Moment, als sich die grosse Eingangstüre wie von Geisterhand öffnete. Ein livrierter Angestellter stand in der Öffnung und fragte blasiert nach dem Anliegen der Herren.

„Wen darf ich melden?"

„Doktor Underwood und Paddy... wie war doch gleich dein

Name?`` Der Doktor sah Paddy fragend an.

„O'Connor, Paddy O'Connor.``

„Bitte warten Sie. Ich werde nach dem Earl of Monks suchen.`` Die Türe schloss sich wieder lautlos.

„Wo wird er schon sein? Im Bett, wo denn sonst, du alter Kaffer!``, schrie Underwood dem Bediensteten hinterher. Jetzt, bei Tageslicht betrachtet, sah der Doktor noch schrecklicher aus. Dunkle Augen lagen in tiefen, schwarzen Höhlen, die Gesichtshaut war grau und ausgemergelt, ausgestattet mit einer entzündlich rot gefärbten Narbe. Ein Albtraum für jeden Betrachter. Schwarze Klamotten, von denen ein Gestank widerlichster Art ausging. Als Gepäck hielt er ein kleines, braun gefärbtes, halbrundes Lederköfferchen in seiner Hand. Paddy wollte gar nicht wissen, woraus dessen Inhalt bestand. Er wartete lediglich auf den Moment, wo er dieses Ungeheuer aus seinem Gesichtsfeld streichen konnte.

Die Türe öffnete sich erneut und gab den Blick auf Spencer Davies frei. Er bewegte sich etwas müde und instabil auf die beiden zu und hob die Hand zum Grusse.

„Aha``, sagte er noch einmal: „Aha.`` Es sah so aus, als würde er sie erst jetzt erkennen. „Doktor Pju und sein Freund O'Connor.`` Na, wenigstens hatte er seinen Namen behalten, dachte Paddy. „Was kann ich für euch tun?``

„Ich komme, wegen des Raumes, über den wir gestern gesprochen hatten...``

„Von welchem Raum sprechen Sie, mein Guter?``

„Nun, unsere wissenschaftlichen Experimente müssen in einem abschliessbaren Raum stattfinden, schon wegen der Geheimhaltung, Sie verstehen?``

„Nicht ganz, mein Freund, nicht ganz. Sie müssen sich mir erklären. Welches Experiment wollen Sie in welchem Raum starten?``

„Menschenskind! So besoffen können Sie doch letzte Nacht

gar nicht gewesen sein, dass Sie heute von nichts mehr wissen. Wir wollten doch zusammen synthetisches Gold herstellen. Und Sie und dieser Nichtswisser O'Connor teilen sich die Ausgaben. So war es abgemacht. Bindend, mit Handschlag. Na, wieder im Bilde?"

„Ja, natürlich. Wie konnte ich unsere zauberhafte Unterhaltung doch nur vergessen. Verzeihung, meine Freunde, es soll nicht wieder vorkommen. Also, begeben wir uns in den geheimen Raum und lassen unsere Experimente steigen. Folgen Sie mir!"

Sie trotteten dem Earl hinterher, der sie in eine alte Scheune hinter dem Hauptgebäude entführte. Der Raum entpuppte sich als ehemalige Sattelkammer, was dem Doktor die Stimmung endgültig versaute.

„Ich glaube, die Herrschaften nehmen meine Arbeit nicht ernst. Sie verkennen das Genie, das vor ihnen steht. Ich hätte euch beide zu extrem reichen Menschen gemacht. Es hat nicht sollen sein, manche Menschen kann man eben nicht zu ihrem Glück zwingen. Adieu und vergessen Sie die Angelegenheit." Paddy und der Earl schauten sich betroffen an. Doktor Underwood drückte sein Köfferchen fest an seinen Leib und wandte sich zum Gehen.

„Einen Moment, mein Lieber, wir haben auch eine Abmachung mit Ihnen. Wenn auch nur per Handschlag, trotzdem sollte es unter Gentlemen gelten. Sie können jetzt nicht einfach verschwinden und so tun, als wäre nichts gewesen." Underwood stockte und drehte sich zum Earl um.

„Unter diesen Umständen schon. Ich habe Ihnen detailliert meine Voraussetzungen geschildert, was ich an Materialien brauche und welche Räumlichkeiten ich dazu benötige. Und was machen Sie? Sie stellen mir grosszügig einen alten Stall zur Verfügung, weitab von jeglicher Bedingung. Hiermit fühle ich mich nicht mehr an unsere Abmachung gebunden."

„Vielleicht hat ja Eure Lordschaft noch andere, adäquate Räumlichkeiten, in denen sich Doktor Underwood ausleben kann?" Paddy machte den Versuch, um der Einigkeit willen, in der Hoffnung, dass sich das Ganze zerschlagen möge.

„Aber sicher werden wir für unseren Doktor eine Wirkungsstätte finden. An dem soll's nicht liegen. Schauen Sie sich um und sagen Sie uns, für welchen Raum Sie sich entschieden haben."

„So klingt es schon besser. Paddy, wir zwei fahren in die Stadt und kaufen ein paar Utensilien für meine Arbeit ein. Seine Lordschaft leiht uns sicher den Wagen?"

„Wie nennt Sie der Earl…, Pju?" Paddy hatte mit Underwood die halbe Stadt nach Gegenständen abgeklappert und befand sich nun auf dem Nachhauseweg.

„Das ist ein Kürzel aus den Anfangsbuchstaben meines Namens und es ist nur Freunden gestattet, mich so zu nennen." Sie sassen auf der Rückbank einer Limousine und wurden von einem Chauffeur zu den jeweiligen Orten transportiert.

„Da du jetzt zum Kompagnon aufgestiegen bist, darfst du dich als meinen Freund betrachten."

„Welche Ehre."

„Du kannst es aber auch lassen." Der Fahrer bog in das Anwesen der Spencers ein und hielt vor der Scheune an.

„Während ich die Sachen in mein noch einzurichtendes Labor bringe, kannst du dich mit dem Earl über die Kostenteilung unterhalten. Ich hoffe, deine Schatztruhe ist genauso voll wie dein Mundwerk."

„Mach dir darüber keine Sorgen, ich halte mein Versprechen." Paddy stieg aus, holte sein Gepäck aus dem Kofferraum und läutete an der Eingangstüre. Der Butler führte ihn in die Bibliothek, in der wenig später auch seine Lordschaft Platz nahm.

„Doktor Underwood hat mit unserem Geld die halbe Stadt aufgekauft", machte Paddy seinen Vorwurf geltend.

„Das sieht ihm ähnlich. Er ist von seiner Idee besessen." Spencer Davies schien es nicht gross zu beeindrucken.

„Kennen Sie Doktor Underwood schon länger?", wollte Paddy wissen.

„Oh ja. Er hat mir vor Jahren einen grossen Dienst erwiesen. Ich bin tief in seiner Schuld." Er schaute an die mit Ornamenten reich verzierte Decke. „Ohne ihn wäre ich nicht das, was ich jetzt verkörpere. Ohne Doktor Pju wäre ich ein Nichts, Sie verstehen?" Paddy nickte, hatte aber keine Ahnung, worum es in dieser Antwort ging. „Und, wie haben Sie sich die Finanzierung unseres Hobbys gedacht? Mit wieviel Geld wollen Sie sich beteiligen?"

„Reicht das... für den Anfang?" Paddy hatte den Koffer geöffnet, einen Goldbarren auf den Tisch gelegt und beobachtete das Verhalten seiner Lordschaft beim Betrachten des schimmernden Metalls.

„Ich glaube, ich habe Sie unterschätzt. Doktor Pju wird sich freuen über dieses Anschauungsobjekt."

Elliot O'Connor

Gott sei Dank hat dich der Pöbel letzte Nacht nicht erwischt." So wurde Elliot, der sich von den O'Malleys weggeschlichen hatte, vom Wirt am frühen Morgen empfangen. Er stand vor dem Pub und hielt sich am Reisigbesen fest. „So etwas habe ich noch nie erlebt. Die waren total aus dem Häuschen. Zuerst randalierten sie in meinem Lokal, schau dir bloss den Zustand meines Inventars an, um anschliessend auf die blöde Idee von deiner Vertreibung zu kommen. Es gibt jedes Jahr vor St Patrick's Day irgendwelche Ungereimtheiten, aber so, so habe ich die Bande noch nie erlebt!"

Elliot nickte Zustimmung, obwohl er wenig Lust hatte, sich über die Vorkommnisse der letzten Nach zu unterhalten.

„Vielleicht lag es am Vollmond? Hatten wir Vollmond?", hob der Wirt von neuem an.

„Nein."

„Dann muss etwas ganz Besonderes in der Luft gelegen haben, dass die Kerle so ausgerastet sind. Übrigens, auf deinem Zimmer liegt ein Brief. Shaughnessy, der Bote, war hier!" Elliot stürmte auf sein Zimmer und fasste nach dem Papier. Moureen erklärte ihr Unvermögen, ihm in der letzten Nacht helfend beigestanden zu haben. Er legte sich auf das ungebrauchte Laken in seinem Bett und versuchte die Worte, die er las, im Verständnis des Unabänderlichen zu verarbeiten. Keine in ihrer Aussage auch noch so bedrückende Zeile liess den Schluss zu, dass der Verfasser dieses Briefes Moureen gewesen wäre.

Elliot betrachtete die Decke, liess Begebenheiten mit Moureen wie im Kino an seinem geistigen Auge vorüberziehen, unterbrochen von Einstellungen, die surrealer nicht sein konnten. Lange Zeit lag er nur da und betrachtete den Plafond, bis er sich endlich dazu aufraffen konnte, die Kleidung aus dem

Schrank zu nehmen und in den Koffer zu packen. Elliot blickte sich noch einmal um, sah in den Raum zurück, dem er Nächte seines Lebens anvertraut hatte.

Der Wirt wollte seine Entscheidung, abzureisen nicht akzeptieren. Mit allen Mitteln versuchte er, Elliot davon zu überzeugen, dass seine Abreise im falschen Moment stattfinden würde.

„Ich verspreche dir, wenn du bleibst, setze ich mich jede Nacht vor deine Tür, bewaffnet mit einem Baseballschläger und dann soll mal einer versuchen, an mir vorbeizukommen. Ich lasse mir meine Gäste nicht durch solche Chaoten vertreiben!" Wild fuchtelte er mit einem Stück Holz vor Elliots Augen herum.

„Gib dir keine Mühe, mein Entschluss steht fest. Ich fahre nach Dublin zu meiner Schwester. Somit bin ich aus der Schusslinie und die Dorfgemeinschaft leidet nicht mehr unter mir. Nun werde ich mich von Pater O'Brian und O'Malley verabschieden und mich auf den Weg machen. Lass es dir gutgehen und mache Frieden mit deinen Freunden im Dorf."

Das problemlose Starten des Autos war nicht mehr wichtig, die Kupplung, das ruckfreie Anfahren – Schnee von gestern. Elliot hatte Heimweh, schon bevor er weggefahren war. Pater O'Brian wünschte ihm alles Gute, versprach, auf das Grab seiner Eltern aufzupassen und ab und zu mal eine Blume hinzustellen. Bei Angus O'Malley auf dem Revier verlief der Abschied nicht problemlos.

„Bist du noch zu retten?", fragte er und schaute Elliot zornig an. „Du kannst nicht mir nichts, dir nichts verschwinden nachdem du alle mit deinen Ideen verrückt gemacht hast. Nein, nein, so kommst du mir nicht weg!"

„Ich will keine Spiele mehr spielen, die ich nicht gewinnen kann!"

„Schon wieder diese amerikanische Doktrin. Für euch Amerikaner besteht die Welt nur aus Monopoly. Alles nur aus Spiel. Im Sport wie auch in der Politik. Aber was ist mit Vietnam? Hat man dem kleinen Jungen etwa das Spielzeug weggenommen? Fühlt er sich gekränkt und verletzt? Was bist du, ein Mann oder eine Memme? Ich habe dir gestern schon gesagt, was du unternehmen musst. Also, verhalte dich dementsprechend und höre auf, hier herumzujammern."

„Ich suche einen Käufer für das Haus, weisst du zufällig jemanden?"

„Elliot O'Connor, jetzt habe ich die Schnauze voll! Du willst doch nicht wirklich dein Elternhaus verkaufen. Du suchst nur einen Grund, um deine verletzte Eitelkeit zu erklären. Dieser verdammte Stolz, wann kommt endlich jemand und räumt dieses desavouierende Übel aus der Welt?" Elliot staunte über das Vokabular des Dorfpolizisten.

„Ich komme nie wieder nach Irland zurück. Also, was soll ich mit einem Haus?"

„Sag niemals nie, wenn du dir nicht ganz sicher bist."

„Ich bin mir sicher." Angus betrachtete Elliot intensiv und schüttelte sein Haupt über so viel Unvernunft.

„Die Bank hat sich gemeldet, sie will dir einen Finderlohn bezahlen."

„Interessiert mich nicht! Im Übrigen hat ja dieser ominöse Doktor Pju das Gold, vielleicht kassiert er inzwischen den Finderlohn."

„Der wird sich hüten, zumal auf der ganzen Insel nach ihm gefahndet wird. O'Keefe rennt schon die ganze Zeit hinter Meldungen her, in denen Pju irgendwo gesichtet worden sei. Ist also nur eine Frage der Zeit, bis er vor uns steht und dich interessiert das alles nicht mehr? Elliot, da ist doch noch etwas, mach mir nichts vor." Angus suchte eine Antwort in Elliots Augen. Wortlos gab Elliot ihm den Brief zu lesen.

„Dachte ich es mir. Diese Zeilen stammen nicht von Moureen..., schon eher von ihrer Mutter."

„Woher willst du das denn wissen, hast du Schriftproben von den beiden?"

„Dazu brauche ich kein Vergleichsmaterial, ich brauche bloss den Text zu lesen, schon weiss ich Bescheid."

„Ach, wie konnte ich vergessen, du bist ja einer von den Superschlauen, was, O'Malley?"

„Manchmal. Und in diesem Fall hundertprozentig!"

„Ich fahre jetzt zu dem Haus an den Klippen, schliesse es ab und bringe dir den Schlüssel vorbei. Nachher mach ich mich auf den Weg nach Dublin."

„Tu nur das, was dir Freude macht!" Elliot schaute irritiert auf Angus. „Altes irisches Sprichwort!" O'Malley zuckte mit der Schulter und sah ihn mitleiderregend an.

Elliot fand den Weg diesmal auf Anhieb. Er rumpelte über den Feldweg zu dem Haus, in dem er einstmals glücklich und zufrieden gewesen war. Wo war die Zeit geblieben, in der er unbeschwert sein Leben geniessen konnte? Die Genugtuung, einmal hier richtig gelebt zu haben, überkam ihn beim Betreten der Räume. Aus dem oberen Stockwerk betrachtete er den rosaroten Morris, wie er vor dem Haus parkte, dachte an die Abenteuer, die er mit ihm hatte. Lächelte innerlich über Fehlbehandlungen bei der Bedienung des Gefährts und lachte lauthals über sein Unvermögen, eine Maschine zu handhaben. Am Horizont bauschten sich Quellwolken wie Türme über dem Meer auf und zogen in Windeseile gegen das Land. In ein paar Stunden wird es regnen, dachte Elliot, was stimmungsmässig zu seinem Abschied aus Lahinch passen würde. Bedächtig wanderte er durch die Zimmer und suchte nach einem Andenken, das er mit nach Hause nehmen könnte. Kleine Gegenstände, an deren Betrachtung grosse Erinnerungen hingen.

Das Wechselspiel der Wolken nahm zu und in den Räumen war es zeitweise hell vom Sonnenlicht, dann wieder dunkel. So, als ob jemand mit dem Lichtschalter spielen würde. In der Küche angekommen, deckte Elliot den Fussboden unter dem Küchentisch wieder zu, rückte den Tisch an seine Stelle und breitete das Tischtuch darüber aus. Alles Arbeiten, die er bedächtig und langsam vollführte. Der Wind rüttelte an den Fensterläden, fernes Donnergrollen kündigte das Gewitter an. Zum Abschluss wollte er noch die Fussböden kehren, damit alles, wenn O'Malley mit einem eventuellen Käufer eine Hausbesichtigung machte, ordentlich aussah. Auch die hintersten Ecken wurden dabei nicht ausgelassen und so fand sich in der Schaufel eine Ansammlung von Dreck und verschiedensten Gegenständen, die den Weg zum Boden gefunden hatten. Eine Haarspange aus *Schildpatt* gefertigt, erregte seine Aufmerksamkeit. Die handwerkliche Arbeit faszinierte ihn und er betrachtete sie mit grosser Hochachtung gegenüber dem Künstler, der dieses einmalige Stück irgendwo angefertigt haben musste.

Welches Frauenhaar sie wohl zusammengehalten hatte? Seine Mutter hatte nie solche exklusiven Dinge besessen. Moureen trug keine Haarspange, welcher Frau also gehörte dieses Schmuckstück und warum vermisste sie es nicht? Grossmutter vielleicht? Aber nein, die legte keinen Wert auf so verschwenderische Dinge wie eine Haarspange. Draussen fielen die ersten Tropfen, Blitze zuckten und erhellten die Räume, schweres Donnern liess auf immense Naturgewalten schliessen. Elliot sass am Küchentisch und spielte verträumt mit der Haarspange, als sich im selben Moment ein Blitz entlud, die Haustüre aufgestossen wurde, unter der eine pitschnasse Moureen stand, die ihn mit den Worten: „Elliot, du hast vergessen, die Fenster an deinem Auto zu schliessen!", schockierte.

Paddy O'Connor

Drei Wochen arbeitete Doktor Pju intensiv an der Versuchsreihe, die ihm den Durchbruch in der Alchemie bringen sollte. Kleine Fehler, die sich einschlichen, verzögerten das Projekt und liessen Paddy und den Earl skeptisch auf die Resultate warten. Jegliches Nachfragen nach dem Fortschritt seiner Arbeit wurde von Doktor Pju konsequent abgelehnt. Er verglich sich mit einem Kunstschaffenden und verbot sich die Einmischung von Dilettanten, die durch ihre stupide Fragerei sein empfindliches Gemüt in Konfusion brachten.

Paddy suchte den Ausgleich zum strittigen Doktor in der Stadt. Er klapperte sämtliche Pubs in Liverpool nacheinander ab, versackte in eindeutigen Etablissements am Hafen, in denen er mit Huren schlief und kam regelmässig frühmorgens nach Hause. Der Ärger mit seinem Zimmergenossen war vorprogrammiert. Doktor Pju, an den er einen Teil des Zimmers abtreten musste, das sie sich in der hintersten Ecke des Gebäudes eingerichtet hatten, betrachtete ihn scheel und rümpfte dabei die Nase.

„Sag mal, versäufst du den Rest deiner Hirnmasse mit Absicht?"

„Nein..., mit Alkohol." Paddy liess sich auf das Bett plumpsen, zog an seinen Stiefeln und legte sich angezogen auf die Matratze. „Im Übrigen hat ein Scharlatan wie du, mir keine Vorschriften zu machen! Schau zu, dass du endlich deine Arbeit beendest, so brauche ich dich nicht mehr länger zu ertragen."

„Eine Zeitlang musst du mich schon noch erdulden, wenn du etwas von unserem Reichtum abbekommen..."

„Bla, bla, bla!"

„... und deinen Einsatz vervielfachen willst."

„Es muss reiflich überlegt werden, ob man dich noch so

lange aushalten kann. Verschwinde in dein Labor, der friedliche Nachbar will jetzt schlafen!"

Dem Earl und Paddy ging die Sache zu langsam voran. Sie dachten, Pju vertrödle nur Zeit, wenn er tagtäglich in seiner Bude hockte und am Abend keine brauchbaren Resultate liefern konnte. Spencer Davies hielt sich mit seiner Kritik noch in Grenzen, doch Paddy platze der Kragen immer öfters. Er wollte endlich den Gegenwert seiner Finanzierung in Händen halten.

„Sag mal, was macht dich so sicher, dass wir dir nicht den Auftrag entziehen?", stellte Paddy, nach einem unbefriedigten Verlauf des Tages, die Frage an Pju.

„Weil ihr dann ausser dem Kapitalverlust gar nichts in den Händen habt an Werten. Im Übrigen würde das der Earl nie tun."

„So, und warum nicht?"

„Er steht in meiner Schuld. Ich habe dafür gesorgt, dass er sein Erbe wesentlich früher antreten konnte, als allgemein geglaubt wurde."

„Willst du damit sagen, du hast ihm irgendetwas aus dem Weg geräumt?"

„Es ist eine etwas ungewöhnliche Bezeichnung dafür, trifft aber den Kern."

„Du Schwein. Hast du wirklich seine Eltern umgebracht?"

„Das habe ich nie gesagt. Dieser Gedanke ist in deinem wirren Kopf entstanden. Ich habe dem Earl bloss einen Gefallen getan. Nichts weiter. Für deine spekulativen Hirngespinste kannst du mich nicht verantwortlich machen."

„Indem du was getan hast?", hakte Paddy nach.

„Ich bin heute nicht in Stimmung, mit dir über geschichtsträchtige Dinge zu sprechen. Dein Fluidum stört meine Kreise."

„Du brauchst dich mit deiner Arbeit bloss zu beeilen und

schon stört dich mein Fluidum nicht mehr."

„Womit wir wieder beim Thema wären. Ich sage es dir jetzt zum letzten Mal, ich stehe kurz vor dem Abschluss und nun, Adieu." Doktor Pju klemmte sich ein Bündel Papier unter den Arm, in dem Aufzeichnungen seiner Arbeit fein säuberlich notiert waren.

„Wo willst du denn hin? Um diese Zeit?", rief Paddy hinterher, doch Pju konnte ihn nicht mehr hören. Er war längst in sein Labor verschwunden.

Elliot O'Connor

Ich habe das ganze Dorf nach dir abgesucht. Zuerst war ich auf deinem Zimmer, der Wirt sagte, du wärest abgereist, wolltest dich aber noch bei Pater O'Brian und dem Polizisten verabschieden. Dann rannte ich den Berg hoch und musste erfahren, dass du schon vor einer Ewigkeit weggegangen warst. Ich hatte nur noch eine Hoffnung, dass O'Malley wusste, wo du bist. Er erzählte mir von dem Haus. Dann bin ich losgerannt, die Abkürzung über die Wiesen, das blöde Gewitter kam hinzu, jetzt steh' ich triefend nass vor dir und erwarte, dass du mich in den Arm nimmst und nicht mehr loslässt." Die nassen Kleider klebten an dem Körper von Moureen. Um ihre Schuhe hatte sich eine kleine Pfütze gebildet, die Haare hingen als feuchte Strähnen im Gesicht.

„Ich mache ein Feuer. Du frierst bestimmt."

„Elliot...!"

„Und zieh deine nasse Kleidung aus, du wirst dich sonst erkälten."

„Elliot...!"

„Was?"

„Du sollst mich in den Arm nehmen, bitte...!" Elliot konnte einen gewissen Ekel, dieses nach Nässe riechende Geschöpf in seine Arme zu schliessen, nicht unterdrücken.

„Liebst du mich noch, Elliot? Dann zeig es mir." Gemächlich kam er auf sie zu, umfasste ihren Körper und schauderte ob diesem Gefühl.

„Ich hole dir trockene Kleidung..."

„Die suche ich mir selber aus. Zaubere in der Zwischenzeit ein schönes Feuer in den Kamin." Moureen verschwand in den oberen Stock, während Elliot Papier und Holz, das aufgeschichtet neben dem Kamin lag, in die Öffnung steckte. Dann legte er Torfziegel nach und wartete auf das Erscheinen von Moureen. Das Kleid stammte von seiner Mutter, er konnte sich noch gut an die grossen, gelben Blumen auf blauem Grund erinnern. Barfüssig stellte sie sich vor ihn hin und deutete auf den Rücken.

„Kannst du mir die Knöpfe schliessen?"

„Wie soll das gehen? Meine Mutter war ein paar Nummern kleiner als du."

„Dann lass es bleiben. Sag mal bist du böse auf mich, wegen gestern Abend?" Sie stellte sich vor den offenen Kamin, er konnte ihren nackten Rücken bis zu den Hüften bewundern.

„Nein."

„Ich konnte dir nicht helfen. Man hat mich zu Hause eingesperrt."

„Du hast es in deinem Brief erwähnt. Ich weiss..."

„In was für einem Brief, von was redest du?" Moureen drehte sich um und sah Elliot fragend an.

„Na, diesen hier." Er zog den Brief aus dem Jackett. Das Gewitter ebbte ab. Leichter Regen begleitet von fernem Donnern war das einzige, was davon noch übrigblieb.

„Ich habe keine Zeile..., Mutter? Na klar, wer denn sonst. Darf ich ihn lesen?"

„Sicher, es ist ja dein Brief." Sie überflog das Stück Papier.

„So eine Frechheit. Teilweise könnte er tatsächlich von mir sein, wenn diese Grammatikfehler nicht wären. Wem gehört diese Haarspange?"

„Was? Ach die, die habe ich beim Aufräumen auf dem Fussboden gefunden. Sie lag eingeklemmt in einem Mauervorsprung beim Kamin. Eine Ahnung, wem sie gehört?" Elliot hielt die Spange ins Licht.

„Natürlich. So etwas besitzt in unserem Dorf nur die Frau des Schuhmachers. Sie hat mehrere davon. Aber wie kommt so etwas auf deinen Küchenboden?" Moureen betrachtete ihn mit Argwohn.

„Kein Anhaltspunkt, ebenso wenig wie mit diesem Ding hier. Könnte von einer Bluse stammen", mutmasste Elliot und hielt eine Perle in die Höhe.

„Hast du noch mehr davon? Wie mir scheint, ist dein Fussboden eine wahre Fundgrube für Gebrauchsgegenstände aller Art?", meinte Moureen spöttisch.

„Nein, nur noch diesen Knopf, vermutlich von einem Jackett."

„Suche doch noch ein bisschen weiter, vielleicht hast du dann am Ende einen ganzen Kramladen beisammen."

„Überlege doch, alle diese Sachen gehören, gehen wir einmal davon aus, verschiedenen Menschen. Gehen wir weiter davon aus, dass diese Menschen einen Besuch bei meinem Vater gemacht haben. Ich will mich jetzt nicht weiter auf die Suche nach dem Grund des Besuches machen. Aber den Verlust müssten sie doch bemerkt haben, da es sich ja nicht um alltägliche Dinge handelt."

„Worauf willst du hinaus? Willst du mir vielleicht sagen, dieser Kleinkram dürfte eigentlich gar nicht hier sein?"

„Was für ein kluges Mädchen du bist. Deiner Meinung nach gehört die Haarspange also der Frau des Schusters..., wie war sein Name?"

„Eddie Fowlei, warum? Willst du seiner Frau das grässliche Ding etwa zurückbringen?"

„Genau das. Ich möchte ihr Gesicht sehen, wenn ich es ihr zurückgebe."

„Elliot O'Connor, ich werde aus dir nicht schlau. Vor einer Stunde wolltest du unbedingt das Dorf verlassen. Jetzt erzählst du mir wieder Detektivgeschichten." Moureen legte noch etwas von dem Torf nach. Draussen schien schon wieder die Sonne und ergab zusammen mit der elektrischen Beleuchtung ein skurriles Gegenlicht.

„Verschwinden kann ich immer noch. Aber vorher..., vorher mach' ich mich noch einmal über dich her." Elliot lachte und ging schrittweise auf Moureen zu.

„Und, wenn ich nicht will?" Sie stellte sich ihm trotzig entgegen.

„Du hast mich die ganze Zeit mit deinen Fragen nach meiner Liebe zu dir gelöchert. Jetzt, wo ich bei dir noch etwas gutzumachen habe, kneifst du! Das sind keine Vorwürfe und keine Entschuldigungen, diesmal mache ich es richtig. Lass uns die Gelegenheit nutzen, ich werde dir dabei meine Liebe beichten und dich von meiner Leidenschaft überzeugen."

„Elliot, du machst mir Angst!" Moureen spielte die Zaudernde.

„Ach was, zwei wie wir mussten einfach zueinander finden, Phrasen sind diesmal nicht so wichtig. Moureen, lass es uns tun!" Er war bei ihr angekommen, legte seine Arme um sie und küsste, ohne die Antwort abzuwarten, ihren Mund.

Ein Möwenpaar setzte sich auf das Hausdach und turtelte miteinander in seinem Balzritual. Im Innern des Hauses versuchten Moureen und Elliot es ihnen gleichzutun.

Sie lagen noch lange Zeit danach Seite an Seite im Bett. Keiner von beiden sprach ein Wort. Nur durch ihre Hände, die sich fest umklammerten, waren sie einer mit dem anderen verbunden. Elliot lag auf dem Rücken und hielt die Augen geschlossen, er wollte das unermessliche Gefühl in seinen Gedanken konservieren. Sie waren füreinander bestimmt, das war ihm definitiv und unumgänglich nach dieser erneuten Vereinigung klargeworden. Er überlegte schon, wie er seine Singlebude umkrempeln würde. Wie er Moureen den Kollegen und Freunden in Amerika als seine Frau präsentieren und was er sonst noch alles mit ihr anstellen könnte.

„Elliot, an was denkst du gerade eben?"

„An nichts Bestimmtes."

„Du bist ein Wiederholungstäter...", wurde er von Moureen getadelt.

„Warum das denn? Ich mache doch gar nichts?"

„Doch, du rufst dir die vergangene Stunde in allen Einzelheiten noch einmal in dein Gedächtnis zurück. Du wiederholst die Vergangenheit."

„Mache ich das, dann unbewusst oder aus Freude über das, was passiert ist." Elliot erhob sich aus dem Bett, raffte seine Kleidung zusammen und begann, sich anzuziehen.

„Wo willst du denn hin?" Moureen blickte in seine Richtung.

„Ins Dorf, mal sehen, wie sich die Frau darüber freut, wenn sie ihr verlorenes Prachtstück zurückerhält."

„Die sind alle nicht da. Heute ist doch St Patrick's Day."

„Wie konnte ich das vergessen. Die rennen ja den Berg hoch. Die Frau des Schuhmachers auch?"

„Allen voran, so wie ich sie kenne. Vor heute Abend wirst du niemanden antreffen."

„Was mache ich denn jetzt?"

„Ich hätte da eine Idee..." Sie klopfte mit der flachen Hand auf die Matratze.

„Moureen, die Unersättliche, wer hätte das gedacht." Elliot zog seine Kleider wieder aus und schlüpfte erneut unter die Decke. Das Glück hatte einen Namen. Die Welt stand still.

Hunger quälte Elliot. Da es inzwischen Nachmittag geworden war, rebellierte sein Magen, er wollte gefüttert werden. Sie zogen sich an, verschlossen das Haus und gingen zum Auto. Elliot riss die Türe auf, eine Wasserfontäne ergoss sich über seine Schuhe.

„Mister Glenn wird keine Freude mit mir haben. Ich habe sein Lieblingsauto versaut."

„Ich habe dich gewarnt. Aber der Herr wollte ja nicht hören."

Sieh dir diese Sauerei an, alles trieft vor Nässe."

„Hilft nichts. Lassen wir den Wagen stehen und gehen zu Fuss ins Dorf."

Hand in Hand, gegen den Wind, der schräg von vorne in ihre Gesichter blies, stapften Elliot und Moureen zum Dorfeingang von Lahinch. Dort angekommen, wurden sie von O'Malley in Empfang genommen, der soeben seinen alltäglichen Reviergang, einmal ums Dorf herum, beendete.

„Schöne Grüsse von Chefinspektor King, er hat sich für morgen angekündigt."

„Und, was will er von mir?" Elliot war nicht erbaut über diese Nachricht.

„Dir einige Fragen stellen. Ich glaube nicht, dass er über dein Befinden Nachforschungen anstellen will." O'Malley schien hocherfreut über seine Kunde.

„Ich wüsste nicht, über was wir uns zu unterhalten hätten. Seine Einstellung gegenüber mir kennst du ja. Vielleicht will er mir auch nur einen Verweis erteilen?"

„Nein, er will dich über deinen Fund befragen. Was dieser Pju mit sich gehen liess und so."

„Mein lieber Angus, du vergisst sehr schnell. Meine Abreise steht kurz bevor...!"

„Noch bist du ja hier. Wie ich sehe, verschiebt sich deine Abfahrt in die nächsten Stunden. Und wer weiss, was alles noch passieren kann."

„Was passiert, wenn ich demnächst keine Mahlzeit zu mir nehme, das kann ich dir gleich verraten. Wir sehen uns später." Elliot zog Moureen mit sich fort und liess O'Malley ratlos stehen.

Nachdem sie sich im Pub, unter den freudestrahlenden Blicken des Wirtes, den Hunger gestillt hatten, liess sich Elliot von Moureen das Haus des Schusters zeigen. Er pochte mit dem

Türklopfer, in Form eines Schuhs, an die Haustüre. Die Dämmerung hatte eingesetzt und Moureen blieb im Halbdunkeln stehen. Plötzlich flammte die Beleuchtung vor dem Eingang auf und Eddie Fowlei stand unversehens in der Türe. Er war angetrunken, jedenfalls roch er stark nach Alkohol.

„Dich kenne ich.... Irgendwoher...", blaffte er Elliot ins Gesicht.

„Ist Ihre Frau zu Hause?"

„Moira..., zeig dich. Ein Kerl will dich sehen!", brüllte Fowlei in das Hausinnere. Eine kleine, drahtige Frau erschien unter dem Lichtbogen der Eingangslampe. Mittels einer Haarspange trug sie die Frisur hochgesteckt.

„Ich nehme an, dieses schöne Stück gehört Ihnen?" Elliot hielt die Spange unters Licht.

„Woher haben Sie die, die vermisse ich schon länger." Sie griff danach. Elliot zog sie zurück. Mit Entsetzen starrte die Frau in sein Gesicht. Erst jetzt hatte sie den Besucher erkannt.

„Mein Gott, der Amerikaner!", stiess sie hervor. „Tu doch etwas. Siehst du denn nicht, es ist Elliot O'Connor!"

„Ich wusste doch, dass ich diesen Scheisskerl kenne. Und er ist immer noch nicht weg. Hau doch endlich ab. Niemand in Lahinch will dich noch sehen. Verschwinde, bevor dir etwas passiert!" Damit schlug er die Türe vehement in Schloss und löschte das Licht. Elliot blieb noch eine Zeitlang verständnislos im Dunkeln stehen, dann tapste er sich zu Moureen durch.

„Du hast alles mitgehört?"

„Laut genug war es ja. Warum hast du ihr dieses abscheuliche Ding nicht gegeben?"

„Haben die Fowleis Kinder?"

„Eine erwachsene Tochter. Aber...?"

„Aber was? Was ist mit ihr?" Elliot hakte sich bei Moureen unter, zog sie von der Schusterei weg und stellte sich mit ihr hinter einen Strauch, der dem Haus vorgelagert war.

„Elliot, was wird das?", fragte Moureen nach dem Sinn dieser Aktion.

„Braucht ja nicht jedermann unserem Tête-à-tête zuschauen. Nun, was ist mit der Tochter der Familie Fowlei?" Elliot küsste Moureen überfallartig und drückte sie in das Geäst der Pflanze. Langsam lösten sie sich wieder voneinander.

„Sollen wir wieder in dein Haus zurück? Ist es das, was du mir sagen willst?"

„Nachher, zuerst beantworte meine Frage."

„Wie denn? Du gibst mir dazu ja keine Gelegenheit." Sie glättete ihr Kleid. „Also, die Tochter ist seit einiger Zeit verschwunden. Es heisst, sie ist mit einem Mann aus dem Nachbarsdorf nach Dublin abgehauen, weil sie die Eltern nicht mehr ertragen konnte. Vielleicht sind die, die solche Gerüchte in die Welt setzen, bloss Schwätzer, die ohne Kenntnisse einen Beitrag zu Unterhaltung im Dorf beisteuern wollen." Moureen schüttelte das Haupt zum Zeichen ihres Unverständnisses gegenüber Halbwahrheiten. „Was überlegst du?"

„O'Malley hat mal so etwas erwähnt. Das war also die Tochter vom Schuhmacher..., äh, war das die einzige, ich meine, sind noch mehr schwer erziehbare Töchter fortgezogen?"

„Ja, sicherlich. Oder glaubst du, die Jugend bleibt in einem Dorf, wo es kaum Arbeit noch Unterhaltung gibt? So mancher ist weggezogen, darüber macht hier keiner ein Aufheben. Du bist übrigens auch nach Amerika ausgewandert."

„Stimmt. Unfreiwillig, wie du weisst. Nein, was ich meine, gibt es ähnlich gelagerte Fälle, in denen Töchter verschwanden, ohne sich zu verabschieden?"

„Vor einem halben Jahr etwa war eines Tages die Tochter von Sam Reily, dem Bauern, nicht mehr da. Jeder wunderte sich, aber keiner getraute sich, danach zu fragen. Dann vor etwa drei Monaten die Tochter, Eileen hiess sie, von den Baileys, ihr Vater ist Gemeindevorsteher hier in Lahinch und die

Schuhmacherstochter, die Julia, vor zwei Monaten. Die ältere Tochter des Bäckers O'Ryan ist mit ihrem Freund nach Dublin abgehauen, ansonsten kann ich mich an niemanden mehr erinnern. Aber woher kommt dein plötzliches Interesse an Frauen, die von hier verschwunden sind? Ich bin doch da, das müsste dir genügen." Sie stellte sich in Pose.

„Natürlich und du genügst mir allemal. Trotzdem, würdest du mir einen Gefallen tun und die Frau des Gemeindeoberhauptes besuchen…"

„Was soll ich denn bei dieser Schönheit? Die lässt mich nicht einmal in ihrer Wohnung, ich muss schon froh sein, wenn sie mit mir ein Wort spricht."

„Prüfe es nach, mir zuliebe. Versuche herauszufinden, ob ihr dieses Schmuckstück gehört." Elliot hielt die Perle in das Licht der Strassenlaterne.

„Wie soll ich das anstellen? Sie womöglich danach fragen? Warum und weshalb willst du das alles überhaupt wissen? Was hast du vor Elliot?"

„Tu es… für mich!", bettelte er.

„Na gut. Aber du musst mir auch etwas versprechen, dass du heute nicht wegfährst und bei mir bleibst!"

„Das ist Erpressung. Darauf steht eine hohe Gefängnisstrafe!" Elliot schmunzelte. „O.k., sagen wir achtundvierzig Stunden, als Limite."

„Du verlangst sehr viel für einen Liebesbeweis. Wann soll ich zu ihr?"

„Na, jetzt gleich. Ich brauche das Resultat möglichst schnell. Mein Gegner, die Zeit, arbeitet schon daran. Also, beweg dich!"

„Und, was machst du inzwischen?" Moureen beäugte Elliot skeptisch.

„Ich rufe inzwischen meine Schwester in Dublin an und warte bei der Telefonzelle auf dich. Nun, geh schon!"

Eine Stunde war vergangen. Elliot hatte mit seiner Schwester telefoniert und ihr erklärt, dass der Aufenthalt in Irland sich dem Ende nähere und er am Wochenende nach Hause fliegen werde. Dann rief er bei O'Malley in der Wohnung an und verabredete sich mit ihm in einer Stunde auf dem Revier. Jetzt stand er vor dem Telefonhäuschen, hatte unterdessen eine halbe Packung Zigaretten vernichtet und wartete auf das Erscheinen von Moureen. Wo konnte sie bloss abgeblieben sein? Der Auftrag lautete: so schnell wie möglich. Diese Weiber, kein Verlass, dachte er in dem Moment, als Moureen aus dem Dunkeln antanzte und ihn mit einem strahlenden Lächeln umarmte.

„Und, wie war's?"

„Erzähle ich dir morgen, ich muss jetzt nach Hause. Sonst bin ich die nächste Tochter, die als verschwunden gemeldet wird!" Moureen drückte ihm einen dicken Kuss auf die Lippen und tauchte in der Finsternis unter.

„Ist ja wieder einmal typisch Frau!", rief Elliot hinterher. Das Geräusch eines Motors drang aus der Ferne an seine Ohren. Shaughnessy suchte seine Schwester.

Elliot machte sich auf den Weg zu O'Malley.

„Wir haben ihn!", wurde er von Angus euphorisch empfangen.

„Wen?"

„Doktor Pju! Er wurde in den *Burren* gesichtet. O'Keefe ist unterwegs, um ihn abzuholen." O'Malley nestelte an seinem Schreibtisch herum.

„Suchst du etwas Bestimmtes?" Elliot machte die Geschäftigkeit des anderen nervös.

„Den Zellenschlüssel...", sprach er weiter in ein Fach des Schreibtisches, „...der muss doch hier irgendwo sein? Entschuldige, Elliot, ich suche den Schlüssel für das Gefängnis, ohne ihn können wir Pju nicht einsperren. Wir haben die Zelle schon ewig nicht mehr gebraucht und jetzt fehlt der Schlüssel. Wie steh' ich morgen da, wenn Inspektor King erscheint und der Häftling sitzt in einem unversperrten Käfig?"

„Blamabel."

„Du sagst es. Aber ich habe dich unterbrochen, was war dein Anliegen doch gleich?" O'Malley fegte Ordner von Michael O'Keefes Schreibpult, wühlte in den Schubladen und hinterliess ein Chaos am Arbeitsplatz seines Deputys.

„Ich hatte bis anhin keine Möglichkeit, dir etwas mitzuteilen. Du bist zu beschäftigt mit deiner Suche nach dem Schlüssel." Elliot sass auf der Besucherbank und schaute dem Treiben seines Freundes zu.

„Verzeihung. Sprich nur weiter, ich höre dir zu." Das Rollo eines alten Aktenschrankes schepperte zu Boden. Staubpartikel stoben in die Luft und hingen als Grauschleier um das elektrische Licht. O'Malley musste niesen. Elliot schüttelte den Kopf und sah hilfesuchend an die Decke.

„Habt ihr etwas unternommen in dem Fall der verschwundenen Frauen?"

„Elliot, was für Geschichten erzählst du mir schon wieder? Ich kenne keine Frauen, die verschwunden sind. Teufel und eins, wo ist bloss dieser blöde Schlüssel abgeblieben?" Er war kurzzeitig hinter dem Schrank für Elliot verdeckt und kam mit einer verstaubten Uniform wieder hervor. „Konkret, was willst du mir sagen?"

„Dass du mit der nervösen Sucherei aufhören sollst. Noch sind ja O'Keefe und sein Mitbringsel nicht hier. Also hör zu. Ich spreche von den jungen Frauen, die seit Monaten abgängig sind. Eileen, Julia und wie sie alle heissen."

„Ach, die meinst du? Ich sage dir im Vertrauen, die sind mit ihren Kerlen in die Grossstädte abgehauen, weil sie die dauernde Bevormundung ihrer Eltern einfach nicht mehr ertragen konnten. Wir haben pro forma ein klein bisschen recherchiert. Die Suche blieb ohne Ergebnis." O'Malley schielte durch den

Raum in der Hoffnung, irgendwo den Schlüssel zu entdecken.

„Kann ich mir gut vorstellen. Bei eurem Einsatz."

„Willst du irgendeine von deinen Gemeinheiten loswerden? Dann sprich dich ruhig aus. Wenn du aus Unkenntnis der Vorgänge in einem irischen Dorf sprichst, werde ich dir grosszügig verzeihen. Was ich dir nicht verzeihen werde, ist, wenn du unsere Arbeitsweise zu kritisieren beginnst!"

„Ich wollte dir keineswegs zu nahe treten mit meinen Äusserungen. Doch möchte ich eine kleine Anmerkung zum besseren Verständnis anfügen. Glaubst du wirklich, wenn ihr einhergeht und kleinlich recherchiert, dass dies genügt? Oder glaubst du daran, dass es irische Eltern kaltlässt, wenn ihre Töchter urplötzlich verschwinden und sie im festen Glauben an die Polizei darauf bauten, von ihr eine rechtsgültige Auskunft über den Verbleib der Kinder zu bekommen?"

„Du hast ja recht mit deiner Kritik. Aber ohne Vermisstmeldung fehlt uns der Handlungsbedarf. Das bisschen Recherchieren geschah aus unserer eigenen Veranlassung heraus. Es mag dich befremdend anmuten, oder du kannst es auch Neugierde nennen, jedenfalls interessiert uns der Verbleib eines Dorfbewohners sehr. Im Übrigen sind diese Töchter erwachsen, reissen aus dem einfachen Grund von zu Hause aus, weil die Eltern ihnen einen Bräutigam zugedacht haben, an dem sie nicht im Geringsten interessiert sind."

„Du sagtest, keines der vier Elternpaare hat eine Vermisstmeldung bei dir deponiert?"

„Wieso vier? Ich kenne, vom Hörensagen, nur deren drei?" Angus blickte unter den Schreibtisch, während Elliot zu zählen begann.

„Zähl mit. Als erste Eileen, die Tochter des Bürgermeisters. Als zweite Julia, Tochter vom Schuster, als dritte die Tochter vom Bäcker O'Ryan und als letzte die Tochter von Sam Reily, dem Bauern."

„Die auch! Von der wusste ich gar nichts. Die ist so pott-hässlich anzusehen, mit der kann keiner durchgebrannt sein, das nehme ich dir nicht ab."

„Die ist schon seit einem halben Jahr auf und davon. Vielleicht ziehst du Erkundigungen bei den Betroffenen ein, wäre mal etwas anderes, als einem dämlichen Schlüssel nachzujagen."

„O.k., o.k., du hast gewonnen. Ich werde bei Gelegenheit Sam danach fragen. Sonst noch irgendwelche Instruktionen?"

„Sei doch nicht immer gleich eingeschnappt, wenn ich dich um etwas bitte. Du kannst es am besten beurteilen, dass ich mir bei der Angelegenheit so meine Gedanken mache."

„Ich habe dich wohl gestern Abend ein wenig zu hart angefasst, meine Worte beginnen bereits Früchte zu tragen."

„Ach komm, lass doch. Ich bin müde und abgekämpft. Zu viele Emotionen investiert, zu wenig profitiert. Das Bett aufzusuchen ist klugerweise die beste Alternative, die mir jetzt noch bleibt."

„Ich habe doch irgendwo noch eine Flasche stehen?" Angus bewegte sich auf den Aktenschrank zu.

„Nein, jetzt beginnt das Theater aufs Neue."

„Hier, ich habe sie gefunden!" Triumphierend hielt er eine halbvolle Flasche Whiskey in die Höhe und stellte zwei Gläser aus dem Regal neben sich hin. O'Malley prostete ihm zu und leerte sein Glas. Nachdem Elliot den Alkohol ebenfalls genossen hatte, fragte Angus beiläufig: „Übernachtest du diese Nacht wieder bei uns?"

„Nein, in meinem Haus. Warum?"

„Ich dachte nur. Der Weg zu deinem Haus ist sich recht dunkel und so. Ich möchte nicht, dass dir etwas zustösst, worüber wir uns Sorgen machen müssten."

„Keine Angst. Du hast doch bestimmt eine Taschenlampe für mich?" O'Malley nickte. „Siehst du, dann sind wir schon zu zweit."

Die Reviertüre flog auf und Michael O'Keefe stand im Raum.
„Seht mal, was ich hier habe!"

Paddy O'Connor

Paddy lag auf dem Rücken und gab laute Schnarchgeräusche von sich. Ein Albtraum, wie in früheren Tagen, lastete schwer auf seinem Gehirn. Er wurde gejagt, in einen feuchten Bergwerkstollen getrieben, die Häscher, in Uniformen der englischen Armee, kamen immer näher, auch wenn er noch so viele Haken in die Seitengänge schlug. Paddy stand rücklings an einer Wand, der Soldat hielt das Gewehr im Anschlag, zielte und schoss. Eine Detonation zerplatze in seinem Gehirn.

Ruckartig setzte er sich auf, betrachtete mit toten Augen den Standort und war heilfroh, als sich der Schleier von den Pupillen löste. Seine Sinne erkannten die Umgebung wieder, der Umstand, dass er noch lebte, milderte den Schock, als er eine Gestalt vor sich stehen sah. Das ganze Zimmer war in ein rötliches Licht getaucht und es stank nach Schwefel. Paddy hatte eine Vision, der Beelzebub wollte ihn holen. Nun sprach er auch noch mit ihm. Paddy versuchte verzweifelt, die Worte zu verstehen, aber er verstand immer nur das eine: „Zieh dich an, wir müssen weg von hier!"

„Aber ich habe doch gar nichts getan!", bettelte er.

„Du Blödmann, willst du dir den Arsch verbrennen?", brüllte die Gestalt auf ihn ein.

„Was???"

„Nun komm schon. Schnapp dir endlich deine Klamotten, wir müssen schleunigst weg!" An der Stimme erkannte Paddy, dass es sich um Pju handeln musste.

„Pju, bist du das..., was hast du bloss wieder angestellt?"

„Es ist passiert. Ich kann nichts dafür. Plötzlich gab es einen fürchterlichen Knall und die Bude brannte. Alles steht in Flammen. Los, lass uns abhauen, bevor die Polizei erscheint!" Pju hielt eine Hand, die mit einem Tuch umwickelt war, mit der anderen fest.

Paddy raffte in aller Eile seine Kleidung zusammen und stürmte während des Anziehens aus dem Gebäude. Er musste heftig husten, der Qualm hatte inzwischen die ganze Umgebung eingehüllt. Lodernde Flammen züngelten höher und erfassten das Bauwerk bis unters Dach. Das Geheul einer Sirene drang an ihre Ohren. Pju rannte zum Ausgang des Anwesens und schrie Paddy Befehle zu, die dieser wegen des Lärms von einstürzendem Gebälk nicht verstehen konnte. Doch die Dramatik in den Bewegungen vom Doktor liess Paddy losstürmen und nicht mehr anhalten. Er hetzte wie in Trance hinter Pju her, nahm den Schmerz in seiner Lunge, der sich wie Stiche von Dutzenden kleinen Messerchen anfühlte, nicht zur Kenntnis und stoppte erst, als die Beine ihren Dienst versagten.

An einen Laternenpfahl gelehnt, tief die feuchte Luft einatmend, versuchte Paddy die Situation zu analysieren. Pju stand ein paar Schritte vor ihm, mit derselben Atemnot an eine Hausmauer gelehnt. Ein Feuerwehrauto preschte mit altmodischem Geklingel und überhöhter Geschwindigkeit an ihnen vorüber.

„Wohin geht unsere Flucht?", fragte Paddy seinen Pfadfinder, nachdem er wieder zu Atem gekommen war.

„Runter zum Hafen…, rauf aufs nächste Schiff…, rüber nach Irland!" Pju setzte sich schon wieder in Bewegung, während Paddy die Worte in sich aufnahm.

Bleiern hing der Nebel über der Mole. Um die Hafenleuchten bildeten sich Schleier aus Tausenden von Wassertropfen. Lastenkräne streckten ihre Ausleger wie stählerne Finger gegen den Himmel. Im Hafenbecken herrschte emsiges Treiben und Pju musterte die angedockten Schiffe, pickte sich nach einem bestimmten Wahlverfahren einen etwas heruntergekommenen Kahn aus der Flotte heraus und marschierte direkten Weges darauf zu. Paddy wartete auf ein Zeichen, bevor er ebenfalls die Planken bestieg. Sie hatten Glück. Das Schiff verliess den Hafen von Liverpool in den nächsten Minuten.

Paddy stand an der Reling und schaute über das Wasser in Richtung Norden, wo Irland lag. Die Morgendämmerung legte ihr fahles Licht in sein Antlitz, liess ihn alt und krank aussehen. Pju hockte derweil in einem zusammengerollten Tau und hielt die bandagierte Hand vor sein Gesicht.

„Eines würde mich dann doch noch interessieren, warum mussten wir Hals über Kopf verschwinden? Hatte das nicht Zeit bis zum Morgen?" Paddy drehte ihm den Rücken zu und beobachtete den sich vom Bug ausbreitenden Wellenverlauf. Pju räusperte sich.

„Mit dieser Frage beleidigst du meine Intelligenz. Was, glaubst du, passiert, wenn die Polizei deinen Goldklumpen findet? Wenn du dir die Mühe gemacht und dir den Barren genauer betrachtet hättest, dann würdest du das Signum am Boden bemerkt haben. Daraus lässt sich einwandfrei seine Herkunft bestimmen. Na, klingelt's? Des Weiteren sind die Zutaten zu meinem Experiment im Handel nicht frei erhältlich. Dazu braucht es eine Genehmigung. Hatten wir so eine? Kannst du mir noch folgen?"

„Ja doch, du hast wie immer recht. Trotzdem wird jetzt der Earl für unsere Schandtaten büssen und uns womöglich verpfeifen."

„Wird er nicht! Ich habe dir schon einmal erklärt, dass er in meiner Schuld steht."

„So gross kann seine Verpflichtung niemals sein, dass er für uns ins Gefängnis geht." Paddy drehte sich um und schaute Pju an.

„Muss wohl so sein. Sonst endet er am Galgen."

„Also doch! Du hast seine Eltern auf dem Gewissen." Paddy

trat einen Schritt auf ihn zu.

„Bleib, wo du bist!", fauchte Pju ihn an. „Für seine Verfehlungen kann ich nichts. Er hat sich nicht an die Regeln gehalten und die Dosierung des Lebenselixiers trotz Warnung eigenmächtig erhöht."

„Lebenselixier? Ist das ein Mix nach deiner Rezeptur?"

„Blöde Frage. Was denn sonst?"

„Hast du das Zeug auch verkauft?" Paddy war nun hellwach. Sein Körper bebte.

„Sicher. Von dem lebte ich, bis anhin."

„Auch an eine gewisse Kavanagh?"

„Kann schon sein. Was soll diese Fragerei?"

„Du Mörder, du hast meine Hazel umgebracht!" Paddy machte Anstalten, auf ihn loszugehen.

„Hazel? Wer ist Hazel, deine Frau? Spinnst du? Ich habe deine Frau im Leben nie gesehen. Im Übrigen wäre ich vorsichtig mit der Bezeichnung Mörder. Wie war das doch gleich in Nordirland mit den Schulkindern, hä?"

„Was soll das jetzt? Was meinst du damit?" Paddy stoppte seinen Angriff.

„Hältst du den Earl wirklich für so dumm, dass er keine Erkundungen einzieht, wenn ein Kerl wie du ihm einen Goldbarren auf den Tisch knallt? Seine Freunde haben ihm alles über dich haarklein berichtet und er mir. Wir sind also im Bilde. Spiele dich nie wieder so gegen mich auf, das würde dir nicht gut bekommen."

Das Schiff stampfte mächtig gegen die Flut an und die Gischt, die über die Bugspitze hochschoss, verteilte sich als feiner Sprühnebel auf ihren Gesichtern. Dumpf brütend, sass jeder der beiden in einer Ecke und warf dem anderen feindselige Blicke zu. Es klang wie ein Knurren, als sich Paddy an Pju wandte: „Was hast du dem Kapitän vorgelogen, damit er uns bei sich haben will?", bellte er über das Schiffsdeck.

„Fürstliche Bezahlung, was denn sonst?"

„Ach?", entfuhr es Paddy.

„Und das selbstverständlich von dir!" Pju konnte ein Grinsen über das dämliche Gesicht von Paddy kaum zurückhalten.

„Wenn das so ist, dann will ich dafür auch ein Essen bekommen." Paddy stand auf und bewegte sich schwankend in die Kombüse. Der Smutje reichte ihm, nach langem Disput, einen Teller Suppe. Pju hockte immer noch an derselben Stelle, als Paddy wenig später zurückkam.

„Wie geht's nun weiter? Hat sich der Herr Doktor darüber schon Gedanken gemacht, oder überlässt er das auch mir? Und nebenbei, was ist mit deiner Hand passiert?", frotzelte Paddy gegen seinen Kumpanen.

„Irgendetwas wird sich schon ergeben, wenn wir erst mal in Irland sind."

„Also nichts bedacht. Wie gedenkst du, mir mein Investitionskapital zurückzuzahlen?"

„Indem ich meine Klappe halte und dich nicht am nächsten Polizeirevier abliefere!"

„So hat sich der feine Herr das also gedacht. Kleine Erpressung, wie? Nicht mit mir! Du wirst es abarbeiten. Das steht nun mal fest."

„Bei dir piepst's wohl. Soll ich bei dir vielleicht das Holz hacken? Oder für dich den Butler spielen? Bist du krank?"

„Keine Angst, ich finde schon das Richtige für dich." Paddy tat so, als würde er angestrengt überlegen, in Wirklichkeit hatte er genaue Vorstellungen darüber, wie er an sein Geld kommen würde. „Nun, was ist mit deiner Hand?"

„Da fehlen seit heute ein paar Finger, nicht der Rede wert. Geopfert für den Geist der Wissenschaft."

Elliot O'Connor

lles voller Pilze!" O'Keefe strahle über beide Ohren und hielt zwei Stofftaschen in die Höhe, dann stockte er. „Sagt mal, ihr beide kommt mir vor wie ein Liebespaar. Sooft ich das Revier betrete, sitzt ihr zusammen."

„Wo ist dein Arrestant? Wo ist Pju?" O'Malley war von seinem Platz aufgesprungen und blickte nervös zur Türe.

„Kein Häftling. Kein Pju. War bloss 'ne Falschmeldung." O'Keefe entledigte sich seiner Taschen und gierte nach dem Whiskey. „Davon kriege ich auch etwas ab, oder?" Er schenkte sich das Glas randvoll ein.

„Was meinst du mit Falschmeldung…, soll das heissen, es war gar nicht Pju, dem du nachgejagt bist?"

„Genau das. Als ich in den *Burren* angekommen bin, habe ich einen Einsiedler beim Kräutersuchen angetroffen. Er hatte, genau wie in der Ausschreibung bezeichnet, einen schwarzen Mantel an und einen Koffer bei sich. Der ist wirklich gut, darf ich noch einen?" O'Keefe bediente sich, ohne das Einverständnis abzuwarten.

„Na und dann?" O'Malley wurde kribbelig.

„Ich habe ihn angehalten, nach den Papieren und nach seiner Tätigkeit befragt." Er nuckelte am Glas.

„Weiter!"

„Es hat sich herausgestellt, dass er beim Kräutersammeln ist…"

„In den *Burren*? Im Naturschutzgebiet?"

„Habe ich ihn auch gefragt. Weisst du, was er geantwortet hat?"

„Woher sollte ich!"

„Die gibt's nur hier", sagte er. „So eine Frechheit! Die musste bestraft werden. Ich habe alles, was er eingesammelt hat, konfisziert. So bin ich zu den Pilzen gekommen. Toll, nicht!"

„Was mach' ich bloss mit Chefinspektor King? Wenn der morgen hier erscheint, was soll ich ihm denn vorweisen?"

„Wie wäre es mit Pilzen?" Elliot deutete auf die Taschen.

„Mach dich nicht lustig über mich. Ich brauche etwas, womit ich dem Inspektor imponieren kann."

„Sag' ich doch, Pilze."

„Elliot, sei so gut. Schnapp dir jetzt die Taschenlampe, verschwinde in dein Heim und lass uns hier in Frieden arbeiten, o.k.?"

„Apropos arbeiten. Wer hat meinen Schreibtisch so zugerichtet? Warst du das?" O'Keefe fixierte Angus, der sich auf dem Absatz umdrehte und sich herzlich von Elliot verabschiedete. Draussen vor der Türe hörte Elliot, wie sich die beiden heftig zankten.

Zwischen den Wolken spiegelte sich die Mondsichel. Elliot hielt sich an die elektrische Fernleitung, die ihn aus dem Dorf führte und nach Hause begleiten sollte. Der Boden wurde weich, als er die Richtung änderte und die befestigte Strasse verliess. Es roch stark nach frisch bewässertem Moor und durch seine Schuhe drang die Feuchtigkeit an seine Füsse. Er knipste die Taschenlampe an und gleich wieder aus. Durch die plötzliche Helligkeit verlor die Wanderung ihren Reiz. Für einen Moment träumte er, die Uhr wäre um dreissig Jahre zurückgedreht.

Elliot war wie in Trance. Traumwandlerisch tappte er im Dunkeln über weichen Moosboden, liess sich durch die ungewohnte Umgebung seine Sinne berauschen. Die Ohren empfingen Signale, deren Gehalt er nicht deuten konnte. Seine Augen flunkerten ihm Tatsachen vor, die sich bei näherer Betrachtung als Spiegelung entpuppten. Allein die Nase empfing überdeutlich differierende Kontraste. Elliot steckte mit einem Schuh, nachdem er eine Mauer überwunden hatte, in der Hinterlassenschaft einer Kuh. Je näher er seinem Haus und dem grossen Wasser kam, umso mehr klarte es auf. Die Sterne hingen tannenzapfengleich am Firmament, bestrahlten mit milchfarbigem Licht seinen kleinen Morris, der wie ein übergrosser, rosafarbener Frosch auf dem Vorplatz kauerte. Elliot war zu Hause.

Betulich näherte er sich von hinten dem Fahrzeug, er wollte noch die Fenster schliessen, in der Hoffnung, die Sitze wären jetzt ausgetrocknet, als er im Wageninnern einen Schatten bemerkte. Mit bedächtigen Bewegungen schlich er sich neben das geöffnete Seitenfenster und knipste die Taschenlampe an. Vor lauter Schreck über das, was er sah, fiel sie ihm aus der Hand. Schnell bückte er sich danach und beleuchtete das Szenario abermals.

Auf dem Fahrersitz, aufgespiesst an einen Pfahl, mit Draht an die Rückenlehne fixiert, starrten Elliot die toten Augen eines Schafes entgegen. Ein Schauer lief über seinen Rücken, es fröstelte ihn. Über und über mit Blut besudelt, glotzte der Kopf des getöteten Tieres anklagend vor sich hin. Am linken Ohr, das mit demselben Draht durchstochen war, hing ein Stück Karton, auf dem mit Blut geschrieben stand: „Entrinne deinem Ferderben, sonst ergeht es dir wie deinem Fater!"

Zwei Schreibfehler in einem Satz. Diese Warnung betrachtete er als einen üblen Scherz und die Tatsache, dass jemand sich diesen Terror mit ihm erlaubte, machte Elliot wütend.

Er wollte das tote Tier ergreifen und es über die Klippen ins Meer werfen, hielt sich aber zurück im Gedanken an Chefinspektor King. Ihm würde diese Begegnung sicherlich Freude bereiten.

Der Morgen danach. Hektisches Treiben im Polizeirevier.

Chefinspektor King betrat die Szene und überfiel O'Malley mit Fragen. Mit vielen Warums und Wiesos brachte er die Untergebenen zur Verzweiflung.

„Ich habe keine Ahnung, warum Elliot O'Connor nicht auf dem Revier erschienen ist, obwohl er es mir gestern noch hoch und heilig versprochen hatte!", platzte es aus O'Malley heraus.

„Eine Vermutung, wo er sein könnte?"

„Bestimmt in seinem Haus an der Klippe."

„Also dann, nichts wie hin. Ist es weit…?"

„Nein, nur über…"

„…dann los, meine Herren! Eine kleine Wanderung an die See ist angesagt. Tun wir etwas für unsere Gesundheit!"

O'Keefe blieb im Revier zurück. Ein Sergeant, den King mitgebracht hatte und O'Malley begleiteten den Chefinspektor. Er quasselte und quasselte die ganze Wegstrecke entlang, legte ein forsches Tempo vor, obwohl er wieder einmal nicht wusste, wo es langging. Erzählte dies und das, hielt dazwischen einen Vortrag über Botanik, der O'Malley im Nachhinein sehr suspekt vorkam und als sie endlich vor dem Haus angekommen waren und den kleinen Wagen samt Inhalt zur Kenntnis nahmen, fühlte King sich als einziger betroffen.

„Was hat dies zu bedeuten?", gab er gekränkt von sich. „Soll das justament ein Fingerzeig für mich sein? Nennt er mich einen Schafskopf, will er das damit andeuten? Dem werde ich jetzt das Richtige erzählen!"

Angus, der dies verhindern sollte, war immer noch mit dem grausamen Bild vom blutverschmierten Tierkopf beschäftigt und bekam die Reaktion vom Chefinspektor nur vage mit. King hielt sich nicht mit langen Vorreden auf, sondern preschte geradewegs durch die Tür ins Haus.

„Elliot O'Connor. Hier ist Chefinspektor King aus Tralee. Ich möchte mit Ihnen sprechen, zeigen Sie sich!"

Eine Etage höher lag Elliot noch im Bett und träumte von

massenhaft vielen Tierkadavern, die ihn zu ersticken drohten. Gerade als sein letzter Atemzug bevorstand, erwachte Elliot und hörte, wie sein Name aus dem Parterre gerufen wurde. Dem Klang nach zu urteilen, war es nicht gerade höflich, was an seine Ohren drang. Der Umstand, dass er sich noch im Pyjama befand, machte die Situation noch unerträglicher. Er beeilte sich, dem Wunsch des Rufers entgegenzukommen. Als Elliot auf dem Treppenabsatz stand und Charles King erkannte, wollte er wieder in sein Bett zurück.

„Moment, Mister O'Connor. Wir hatten eine Verabredung!" Elliot gab sich geschlagen und kam bedächtig die Treppe herunter. „Da Sie nicht auf dem Revier erschienen sind, kam uns der Gedanke, Sie hier auszusuchen. Zu meinem Bedauern musste ich feststellen, dass mein Besuch nicht willkommen ist."

„Was wollen Sie? Wo ist O'Malley?"

„Mister O'Connor. Ihr impertinentes Verhalten wird Sie teuer zu stehen kommen. Die Warnung, die ich Ihnen von Tralee aus zukommen liess, haben Sie in den Wind geschlagen. Ihre kooperative Zusammenarbeit lässt zu wünschen übrig und könnte zu falschen Schlussergebnissen führen. Weiter…"

„He, Angus, wo bist du? Befreie mich von diesem Schwätzer!" O'Malley schaute zur Türe herein.

„Oh, Elliot, warst du noch im Bett? Sag mal, von wem sind diese Liebesgrüsse in deinem Auto? Hattest du gestern Abend noch einen unheimlichen Besucher?"

„Das war schon so, als ich nach Hause gekommen bin. Ich habe es für Chefinspektor King aufgehoben…"

„Habe ich's mir doch gedacht. Würde mich bitte jemand über den Sachverhalt aufklären, oder soll ich dies als eine andere Art von Schmach betrachten?" Er schaute von einem zum anderen und seine Augen blitzten kampflustig.

„Das hat mit Ihnen nichts zu tun, Chefinspektor. Das zielt ganz alleine auf Elliot ab. Er war damit gemeint." O'Malley hielt ihm den besudelten Karton hin. King schaute kurz darauf und meinte: „Alles nur Polemik. Man darf solche Aktionen nicht ernst nehmen. Sie dienen nur dem einen Zweck, Menschen zu verunsichern. Trotzdem würde ich Anzeige erstatten, eine empfindliche Geldstrafe ist dem Täter gewiss.‟

„Das mag in einer Stadt wie Tralee durchaus Sinn machen, hier in Lahinch können Sie mit so etwas keinen Menschen beeindrucken. Bei uns meinen die Leute noch, was sie sagen.‟

„Gut, nachdem diese Sache geklärt ist, können wir zu dem eigentlichen Grund unserer Anwesenheit kommen. Mister O'Connor, wo genau im Haus haben Sie den Goldkoffer entdeckt?‟ King liess sich von solchen Ereignissen nicht aus seinem Konzept bringen.

„Angus, muss das sein? Kannst du ihm das nicht erklären? Ich zieh' mich inzwischen an.‟ Elliot suchte eine Ausrede, um sich der Fragerei zu entziehen. Der Sergeant stand unter der Türe und liess anfragen, was mit der Frau geschehen solle, die unbedingten Einlass forderte. Hinter seinem Rücken tauchte der Kopf von Moureen auf.

„Lasst sie passieren!‟, befahl der Chefinspektor und Moureen stand Sekunden später im Raum. Nach kurzer Orientierung verfiel sie in schallendes Gelächter, deren Ursprung bei Elliot zu suchen war.

„Du meine Güte, Elliot. Wo hast du bloss diesen scheusslichen Pyjama her?‟

„Gute Frau. Wir sind hier in einer polizeilichen Vernehmung und wünschen nicht durch privates Umfeld daran gehindert zu werden.‟ Kings Mienenspiel trug bei Moureen zu einer weiteren Erheiterung bei.

„Komm, Moureen, du kannst mir beim Ankleiden behilflich sein.‟ Elliot zog sie mit sich fort.

„Ich helf' dir lieber beim Ausziehen deines Pyjamas. Da habe ich viel mehr Spass dabei.‟

King schüttelte sein Haupt als Zeichen des Unverständnisses über das obszöne Verhalten dieser Person. „Schon bemerkt, O'Malley, die Zeiten haben sich grundlegend geändert. War es früher Sitte und Anstand, was bei einer Frau zählte, so ist es heute wohl Gepflogenheit, den Umgang mit der sexuellen Freiheit zu preisen. Zeigen Sie mir das Versteck von O'Connor Senior, damit ich auf andere Gedanken komme."

Elliot überfiel Moureen mit der Frage nach einer Schlachtung, die sich in den letzten Tagen auf ihrem Bauernhof zugetragen haben musste.

„Bei uns?" Moureen schaute fragend. „Nicht seit dem letzten Herbst. Interessierst du dich neuerdings für tierische Innereien in Ermangelung an menschlichen Objekten?", lachte sie hämisch.

„Nein, ich dachte nur an meinen neuen Beifahrer."

„Wen meinst du damit?" Elliot winkte sie ans Fenster.

„Diesen da!"

„Meine Güte, was ist das denn? Wie kommt das Schaf in dein Auto?" Moureen hielt die Hand vor den Mund und schaute konsterniert auf das skurrile Bild, das ihr die Aussicht aus dem Fenster bot.

„Gute Frage."

„Ach, du denkst an einen Gruss von den Shaughnessys?"

„Ist das nicht denkbar? Genügend Motive wären vorhanden."

„Ich muss dich enttäuschen, Elliot, das ist nun gar nicht unsere Art. Dazu achten wir unsere Tiere viel zu sehr, um sie für so profane Machenschaften auszunutzen." Den Blick gesenkt, enttäuscht von Elliots Gedanken, atmete Moureen einmal tief durch. „Treibt sich die Polizei deswegen hier im Haus herum?"

„Ach was. Die sucht Beweismittel für Verbrechen, die mein

Vater begangen haben soll. Dieser King tut sich dabei besonders hervor. Ein halbes Leben jagt er schon hinter meinem Vater her, ohne seiner habhaft zu werden, geschweige denn, ihn zu erkennen. Selbst dann nicht, wenn er als Leiche vor ihm liegt."

„Woher weisst du das alles?"

„O'Malley hat es mir erzählt." Elliot begann, seine Pyjamajacke aufzuknöpfen. „Übrigens bist du mir noch eine Antwort schuldig."

„So, auf was denn?" Moureen trat nahe, sehr nahe auf ihn zu.

„Über den Verlauf deines Spionageauftrages von gestern Abend." Elliot wich einen Schritt zurück, wurde aber von Moureens Händen, die sich unter den Gummizug seiner Hose geschoben hatten, daran gehindert, sich weiter zu entfernen. Bei Elliot machten sich moralische Bedenken bemerkbar. „Jetzt doch nicht. Wir haben die Polizei im Haus." Von unten drangen lärmende Geräusche herauf von Möbelrucken und fluchenden Stimmen.

„Was gehen mich die Kerle da unten an? Die sind mit sich selber so beschäftigt, dass sie von uns bestimmt keine Notiz nehmen." Elliot hielt ihre Hände, die sich weiter unter seiner Hose vorantasteten, fest.

„Was hattest du eine Stunde lang mit dieser Frau zu bereden? Ich denke, du kannst sie nicht ausstehen?"

„Genau deswegen. Sie war nämlich gar nicht zu Hause." Moureen versuchte, sich aus der Umklammerung seiner Hände zu winden.

„Was soll das... nun wieder heissen?", hielt er dagegen.

„Ich habe mich mit dem Herrn des Hauses amüsiert. Er kam gerade von irgendeiner Politparty, war leicht beschwipst und dementsprechend zugänglich. Wir haben zusammen noch eine Flasche Wein geköpft. Du bist ja kitzlig?" Elliot hatte den Kampf um seine Pyjamahose verloren, Moureen schwang sie in ihren Händen wie eine Trophäe.

„Du hast mit ihm Wein getrunken, während ich mir die Beine in den Bauch gestanden habe", er schnappte sich das Leinen vom Bett und wickelte sich darin ein, „und dabei deine Aufgabe total vergessen, war's nicht so?"

„Wenn du das Laken entfernst, sag' ich dir, wie es wirklich war."

„Komm schon, Moureen, lass das jetzt!" Er setzte sich aufs Bett.

„Dann eben nicht."

Elliot entfernte genierlich die Decke und gab den Blick auf seinen Körper frei. Moureen setzte sich zu ihm und verteilte Streicheleinheiten.

„Also, mein Lieber, hör zu. Nachdem ich den Bürgermeister so richtig eingelullt hatte, war es einfach, in das Schlafzimmer zu schleichen und die Schmuckschatulle der Lady zu durchsuchen. Und? Die Perle passte auf keinen der Goldringe, sogar den Familienschmuck habe ich untersucht. Nichts! Alles in Ordnung. Was sagst du nun?"

Zuerst erschallten Rufe nach seinem Namen und jemand schickte sich an, die Treppe zu besteigen.

Paddy O'Connor

In Dublin angekommen, versuchte das ungleiche Paar sich neu zu orientieren. Der Kapitän wurde um den Preis der Schiffsreise übertölpelt. Doktor Pju schwatzte ihm sein Lebenselixier als Allheilmittel auf, während Paddy seine letzten Pfunde an den Mann brachte. Danach suchten sie eine Kneipe im Hafen auf und lagen wenig später hinten auf der Pritsche von einem Laster, der seine Fracht nach Shannon in den Südwesten von Irland brachte. Dort angekommen, verbrachten sie die nächsten Stunden mit Fussmärschen über hügeliges Weideland, Mitfahrgelegenheiten auf unbequemen Anhängern von Landmaschinen und Autostopp. Dazwischen wurde noch Essen und Getränke mit alten irischen Banknoten eingekauft, die Paddy als Glücksbringer vor seiner Abreise nach England eingesteckt hatte.

Ein beklemmendes Gefühl breitete sich in Paddy aus, als er das Haus auf den Klippen in wenigen Metern Entfernung gewahrte. Zeuge seiner Präsenz. Erinnerungsstück an vergangenes, unwiederbringliches Leben. Pju stand hinter ihm und drängelte: „Ist das deine Hütte? Auf was wartest du noch, schliess endlich auf!"

„Lass dir bloss nicht einfallen, eine grosse Lippe zu riskieren, sonst fliegst du raus, ehe du eingezogen bist!" Paddy stemmte sich gegen die Türe und trat in den Raum, der von Rührseligkeiten und Sentimentalitäten übervoll war. Kleine Begebenheiten, erlebte und erträumte, schossen ihm wie brennende Pfeile durch seine Gehirnmasse und hinterliessen Brandspuren der absonderlichen Art. Krümel von Ereignissen längst vergangener Tage, tiefgekühlt und durch die Heimkehr wieder aufgetaut, erwachten zum Leben und gaben den Illusionen neue

Nahrung.

„Wo kann ich mich hinlegen? Ich bin müde." Pju riss ihn aus der Träumerei.

„Treppe rauf... linke Türe. Und zieh deine Stiefel aus, bevor du dich aufs Bett legst, hörst du!"

Nachdem er Pju aus dem Zimmer von Elliot schnarchen hörte, befasste er sich nochmals intensiv mit der Umgebung. Paddy strich mit dem Finger über Möbelstücke, nahm vereinzelte Gegenstände in seine Hand und betrachtete seine Vergangenheit im Nachhinein als grossen Irrtum. Die Bitternis keimte, trug Früchte und Paddy stemmte sich gegen die Ernte. Ein aussichtsloses Unterfangen, das immer wieder in denselben Alkoholexzessen endete. Er löschte damit die Wehmut an das Bittere und Süsse einer Liebe, an ein Lächeln, das zur richtigen Zeit am richtigen Platz war, an die guten und schlechten Zeiten in seinem alten Haus. Er ertränkte Gemeinheiten, Hass und Teufeleien in seinem Ursprung und plötzlich fand er sich im Zustand von gerechter Gesinnung wieder. Paddy schlief dabei ein.

Am Morgen wurde er von der Sonne geweckt, die durch das Fenster blinzelte. Er erhob sich aus der unbequemen Unterlage, auf der er die Nacht verbracht hatte und schob den Stuhl unter den Tisch. Sein Komplize schlief anscheinend immer noch, jedenfalls ertönten dieselben Geräusche wie am Abend zuvor aus dem Zimmer. Paddy wollte die Strecke, die er früher oft gegangen war, als er noch den Sinn des Lebens zu erkennen glaubte, ablaufen. Wollte seinen Kopf auslüften, die Stätte seines Wirkens noch einmal besuchen, den toten Kameraden seine Ehre erweisen. Die Sonne begleitete den Weg und projizierte den Schatten seines Körpers vor ihm her. Komisch anzusehendes Gewächs verdeckte den Pfad zur Hälfte und liess seine Gangart schwer erscheinen.

Gedämpft hörte er das Rauschen des Meeres, sah die Plattform erst, als er schon da war und erschrak über den Zustand des Denkmals: ein paar vertrocknete Blumen, lieblos an einen Nagel gehängt, vom Winde zerzaust und dem Zerfall preisgegeben. Die Tafel mit den Namen der Verstorbenen trennte sich allmählich von der Farbe. Paddy prägte jeden einzelnen Namen in sein Gedächtnis, suchte dazu das passende Gesicht und erinnerte sich an Vorkommnisse, die während der Arbeit im Schacht stattgefunden haben. Kleine Begebenheiten mit Niall und Benny sowie grosse Ärgernisse spielten vor seinem geistigen Auge Theater. Nach so langer Zeit fühlte Paddy erstmals wieder den klaustrophobischen Zustand, der ihn Tag für Tag bei seiner Arbeit begleitete, als er über den, mit Unkraut bewachsenen, Erdhügel schaute. Ein Schauer lief ihm über den Rücken, als er den fahrlässig mit morschen Brettern zugedeckten Förderschacht sah. Er wandte sich abrupt ab und betrachtete den Neonbogen, den die Sonne über dem Plateau spannte.

„He, was machst du da? Bleib stehen...!" Paddy rannte, so gut es sein bejahrter Körper noch zuliess, über Felsgestein hinunter zu der Abrisskante der Plattform. Eine junge Frau setzte zum Sprung in den Abgrund an. Ihr weisses Kleid flatterte im Wind, bauschte sich ballonartig auf, um nachher wieder en an ihren Körper gepresst zu werden. Das blonde Haar, zu einem langen Zopf geflochten, wurde von den Aufwinden an der Kante wild herumgezaust. Paddy erhaschte sie in dem Moment, als die Füsse schon den Boden verloren hatten und die Arme schräg wie Flügel vom Leib wegstanden. Seine Hände packten zu, wo sie habhaft werden konnten. Die lange Haartracht rettete ihr Leben, das sie ohne Zögern wegwerfen wollte. Sie fielen beide auf den Rücken und lagen schweratmend nebeneinander.

„Sag mal... bist du noch zu retten? Suche dir gefälligst eine andere Stelle, um zu baden!" Paddy schielte zur Seite und betrachtete ihr Gesicht. Den Blick starr zum Himmel gerichtet, liess sie seine Frage unbeantwortet. Paddy schätzte sie auf Mitte Zwanzig, sie war hübsch anzusehen, mit einer guten Figur.

„Wie heisst du? Bist du aus dem Dorf?" Sie holte ein Taschentuch aus dem Kleid und schnäuzte ihre Nase. „Du solltest mit mir reden. Ich habe ein Anrecht darauf, Schutzengel haben alle Rechte auf dieser Welt." Sie lächelte genierlich. „Na also. Was war nun mit deiner Aufführung vorhin, wolltest du wirklich springen?"

„Von wollen kann keine Rede sein. Ich muss! In meinem Bauch ist etwas, das da nicht hingehört." Ihre Augen füllten sich mit Tränen.

„Was meinst du damit? Etwa, dass du schwanger bist?" Paddy setzte sich hoch und starrte sie ungläubig an.

„Blinddarm ist es bestimmt nicht!"

Paddy erinnerte sich zurück, als Hazel ihm am Strand die freudige Nachricht von ihrer Schwangerschaft überbrachte – lange her. „Na und? Freue dich doch. Nun hast du eine Familie."

„Was heisst hier Familie? Der Kerl, der mich ins Unglück stürzte, ist über alle Berge und wenn Vater das von dem Kind erfährt..., ich stürze mich jetzt da runter und möchte nicht noch einmal von Ihnen daran gehindert werden!"

„Nun hör mir zu. Wie war doch gleich dein Name?"

„Fowlei, Julia Fowlei. Mein Vater ist der Schumacher hier im Dorf."

„Also, Julia, das ist nun wirklich kein Grund, sich das Leben zu nehmen. Schau, irgendwann, wenn sich die Lage beruhigt hat, wirst du an deinem Kind sehr viel Freude haben und..."

„Dazu wird es nie kommen. Vater hat für mich den Bräutigam schon vor langer Zeit ausgesucht und dieser wird sich hüten, das Kind eines anderen aufzuziehen. Was, um alles in der Welt, bleibt mir denn noch übrig, als über die Kante zu springen?" Sie war aufgestanden und säuberte ihr Kleid.

„Nicht sehr viel."

„Eben. Darum leben Sie wohl und danke, dass Sie mir das Leben gerettet haben."

„Das du im Begriff bist, wieder wegzuschmeissen. Worin liegt da der Sinn?" Paddy war ebenfalls aufgestanden. „Ein Arzt, der es wegmacht, wäre hier wohl die Lösung."

„Soll das ein Witz sein? In ganz Irland lässt sich kein Arzt finden, der die Scham verloren hat und keine Skrupel kennt, um so etwas zu tun." Sie bewegte sich langsam wieder in ihre Ausgangsposition.

„In England, ja in England wäre das möglich." Paddy versuchte, Zeit zu gewinnen.

„Ich besitze ganze dreihundert irische Pfund. Was soll ich damit in England, noch ein Fiasko erleben? Drüben braucht es eine Versicherungskarte oder eine Privatklinik. Beides ist für mich unerschwinglich." Julia war an der Kante angekommen.

„Woher weisst du das alles?" Er bewegte sich wie zufällig auf sie zu.

„Wir haben uns erkundigt. Im Übrigen bleiben Sie stehen, wo Sie sind!"

„Wir?" Paddy dachte an Schizophrenie. Das erste Mal in seinem Leben, dass er einem Menschen die Hand reichte und dieser schlug seine Hilfe aus.

„Ja, Eileen Bailey und ich. Wir sind zu zweit beglückt worden und der Hohn der Sache – von ein und demselben Kerl!"

„Kein Wunder, dass er sich aus dem Staub gemacht hat." Paddy bettelte um den rettenden Einfall. „Ich kenne da, rein zufällig, einen befreundeten Arzt. Bei guter Zurede würde er es vielleicht machen." Sie stutzte, bewegte sich hoffnungsvoll von dem Abgrund weg.

„Sie meinen? ... Ach, Sie wollen mich bloss von der Kante weglotsen!" Julia tat wieder einen Schritt nach hinten.

„Nein, nein. Er ist wirklich hier... auf Urlaub... bei mir. Komm doch morgen in das Haus auf den Klippen, ich stell' ihn dir dann vor."

„Ehrlich? Sie würden die Situation doch nicht mit Lügen ausnützen, oder?" Sie ging zwei Schritte auf ihn zu. Zwei Schritte, die ihr Leben retten konnten.

„Besuche mich. Du wirst es erleben. Vertraue mir und das Leben wird für dich wieder einen Sinn ergeben."

Sie sassen noch eine Stunde auf dem Felsen, schauten auf Wasser und Himmel und verabschiedeten sich im gegenseitigen Vertrauen. Paddy überlegte auf dem Nachhauseweg fieberhaft, wie er Pju behandeln musste, um nicht gleich mit der Türe ins Haus zu fallen.

Er fand Pju in der Küche vor, mit Schürze um den Bauch, er machte Frühstück. Der Tisch war gedeckt und er selbst hantierte mit Pfannen und Teekessel. Musik erklang aus dem Transistor.

„Setz dich. Das Essen kommt gleich." Er klapperte mit den Pfannendeckeln zu der Musik. „Sie haben es eben in den Nachrichten gebracht. Von uns haben sie zum Glück nichts erwähnt."

„Von was redest du? Wer hat worüber nichts erwähnt? Drücke dich gefälligst deutlicher aus." Paddy nahm an dem Tisch Platz.

„Den Earl..., sie haben ihn verhaftet. Er sitzt in Untersuchungshaft. Die Anklage lautet auf Diebstahl, Betrug und Besitz unerlaubter Substanzen." Pju klatschte Eier und Speck in die Teller.

„Was jetzt?"

„Nichts. Was soll sein? Mach dir keine Sorgen, sein Geld wird ihn bald wieder da herausholen. Iss jetzt, sonst wird alles kalt."

Paddy ass bedächtig seinen Teller leer. Er glaubte Pjus Version vom vielen Geld und dessen Macht. Manchmal wünschte er sich, er könnte sein Leben noch einmal von vorne beginnen. Um wieviel leichter wäre das?

Elliot O'Connor

Jetzt haben wir den Salat!" Elliot schlüpfte hastig in seine Hose und lächelte pikiert O'Malley entgegen, der die Situation mit einem Blick erfasste.

„Oh, Verzeihung, störe ich? Ich wollte nur melden, dass wir unten fertig sind. Der Chefinspektor möchte sich noch von dir verabschieden, aber nur, wenn es dir deine Zeit erlaubt." Angus schmunzelte, mit einem Blinzeln zu Moureen.

„Sei nicht albern, ja! Ich komme gleich hinunter. Und sag dem Sergeant, er soll doch bitte den Schafskopf in meinem Auto mitnehmen und einer Seebestattung zuführen." O'Malley trabte los.

„Schade, ich war gerade so schön in Stimmung." Moureen zog einen Flunsch und raffte ihre Bluse vom Bett.

„Du wirst es dir verkneifen müssen, bis diese Herrschaften wieder verschwunden sind. Ausser du legst Wert auf Voyeure?" Unten angekommen, standen King und O'Malley in Reihe und hielten die Hand hin.

„Wir sind dann soweit und müssen dringend zurück zum Revier. O'Keefe hat Meldung über Funk gegeben, dass dieser Doktor Pju nun doch endlich gefasst werden konnte. Wir wollten uns nur noch von Ihnen verabschieden." Kings Lächeln bat um Verzeihung, der Händedruck, nach Elliots Gefühl ein bisschen zu stark, sagte eher das Gegenteil.

Nachdem die Polizisten sich entfernt hatten, kam Moureen von oben herunter und setzte sich an den Tisch. Sie spielte mit der Kette um den Hals, setzte ein verführerisches Lächeln auf und sah zum Reinbeissen aus.

„Stimmt das, sie haben den Verbrecher gefasst?"

„Pju? Daran glaube ich nicht. Sicherlich wieder so eine Verwechslung, wie letztes Mal."

„Was wollten übrigens die Herren von der Polizei hier?"

„Sagte ich doch schon. Sie suchten nach einem Beleg für das Verbrechen an meinem Vater und dann wollten sie noch das Versteck, in dem das Gold lag, in Augenschein nehmen."

„Was sagtest du, war das andere?"

„Welches andere?" Elliot schaute fragend auf Moureen.

„Na, du hast doch einmal gesagt, da wäre noch eine hölzerne Schatulle danebengelegen. Was befand sich darin?"

„Ein medizinisches Besteck, wie es Gynäkologen verwenden und die dazugehörenden Medikamente im Arzneischrank."

„Was hat das zu bedeuten, wozu brauchte das ein alter Mann?"

„Gute Frage."

„Mein Gott, nein, das glaube ich einfach nicht, das kann und will ich nicht glauben."

„Was…?"

„Aber natürlich, er hat es getan. Dieser Teufel hat es getan."

„Was, nun sag schon?"

„Er hat die Abtreibungen vorgenommen, hier in diesem Raum…" Sie zog das Tuch mit einem Ruck vom Tisch. „…Hier, siehst du, auf diesem Tisch. Oh, mein Gott, was für ein Verbrechen."

„Du glaubst doch nicht etwa, was du da sagst? Von wo sollte mein Vater die Kenntnisse haben, eine solche Operation ausführen zu können? Woher das chirurgische Rüstzeug?"

„Wie soll ich das wissen! Ich habe nur vom Verschwinden der jungen Mädchen im Dorf gehört. Jetzt wird mir vieles klar…, er war ein Engelmacher!"

„Bevor du dich weiter in diese Horrorgeschichte steigerst, möchte ich darauf hinweisen, dass du nichts beweisen kannst und alles nur auf meinen Ausführungen basiert. Lass uns erst die Untersuchung abwarten. Suchen wir weitere Beweise, um einer Verurteilung gerecht zu werden." Elliot bemühte sich,

Moureen von einem bösen Gedanken abzubringen.

„Und wo soll das deiner Meinung nach geschehen?"

„Mich interessiert, nur so als Beispiel, wie kommt die Haarspange von der Frau des Schuhmachers und die Perle, von der wir jetzt wissen, dass sie nicht der Frau Bürgermeister gehört, in dieses Haus? Des Weiteren möchte ich mich mit der alten Dame unterhalten, von der mir O'Malley erzählt hatte. Die sich damals, als mein Vater gefunden wurde, vor die versammelte Gemeinde hinstellte und den Namen O'Connor an den Chefinspektor verraten hatte. Ich könnte mir vorstellen, dass sie noch eine Menge zu erzählen hat."

„Also volles Programm. Wo bleibe da ich?", bemerkte Moureen enttäuscht.

„Wie meinst du das?" Elliot verstand die Frage nicht.

„Hör zu. Deine Tage auf der Insel sind gezählt. Ich frage mich bloss, deinen Unternehmungen nach zu urteilen, was passiert mit uns?"

„Wir haben ja noch die Nächte. Ist das nichts?"

„Wenn dir das genügt?" Dabei enthielt ihr Blick etwas Bettelndes. Elliot hatte auch das Gefühl, sie hätten einen Bonus an Zeit für die Liebe verdient.

„Was hältst du davon, wenn wir da weitermachen, wo wir aufgehört haben?"

Die Adresse war schwer zu finden. Elliot verfluchte sich und den Gedanken, der alten Frau hinterherzufahren. Mit kümmerlichen Angaben von O'Malley über den Wohnort der Gesuchten ausgestattet, die sich im Nachhinein auch noch als falsch erwiesen, hoppelte er durch Irlands Provinz. Nur durch hartnäckiges Nachfragen seinerseits fand er den Weg zu dem Haus.

Das Säubern des Autos hatte Elliot viel Zeit gekostet, die ihm jetzt fehlte. Die Zeiger der Uhr bewegten sich unablässig gegen vier. Durch das Kreuz-und-Quer-Fahren hatte er die Orientierung verloren, keine Ahnung, wo er sich befand. Wegweiser flunkerten Richtungen vor, die es nach seiner Meinung gar nicht gab. Von einem Bauern, der seine Kühe von der Weide in den Stall führte, bekam er den entscheidenden Tipp.

Nun stand Elliot vor dem Haus und überlegte, ob er nicht wieder umdrehen sollte. Das Haus machte einen verlassenen Eindruck, keine Anzeichen von Bewohnern. Nur das Bellen eines Hundes in der Ferne hielt ihn vor der Blamage einer Rückkehr ohne Ergebnisse ab.

Die Frau kam schleppend über die Wiese, direkt auf das Haus zu. Der Hund war entsprechend schneller und sprang freudig kläffend an ihm hoch. Elliot kraulte ihn hinter seinen Ohren, was er sichtlich genoss.

„Na endlich!", rief die Frau über den Zaun. „Ich habe Sie schon viel früher erwartet."

„Sie haben mich erwartet? Woher wussten Sie, dass ich zu Ihnen kommen werde?" Elliot war bass erstaunt.

„Hören Sie zu, junger Mann, meine Waschmaschine hat vor zehn Tagen ihren Dienst eingestellt und Sie fragen mich, ob ich Sie erwartet habe. Ich würde sagen, es wurde höchste Zeit, dass sich einer von euch endlich einmal bei mir zeigt!"

„Tut mir leid, wenn ich Sie enttäuschen muss, aber ich repariere keine Waschmaschinen..."

„Was in drei Teufels Namen suchen Sie dann hier?"

„Sie! Ich hätte ein paar Fragen an..."

„Und wegen ein paar Fragen fahren Sie den weiten Weg zu mir hoch? Das hätten Sie sich ersparen können. Ich spiele kein Lotto, beteilige mich an keinem Wettbewerb. Sie können mir demzufolge auch keinen Hauptgewinn anbieten. Womit also wollen Sie mir eine Freude bereiten? Kehren Sie wieder um und schauen Sie zu, dass Sie vor dem Unwetter noch nach Hause kommen!" Die alte Frau wendete sich abrupt dem Haus zu und liess Elliot stehen.

„Die Fragen beziehen sich auf Paddy O'Connor!", rief er hinter ihr her.

„Wer sind Sie? Warum kommen Sie damit zu mir?" Sie drehte sich vorwurfsvoll zu ihm um.

„Ich bin Elliot O'Connor, der Sohn."

„Ach, du meine Güte, damit übertreffen Sie zweifellos jeden Hauptgewinn vollkommen!"

Paddy O'Connor

Paddy versuchte bei Pju humanitäre Gefühle zu wecken. Er erzählte ihm über seine Begegnung am Memorial, von Julia, wie sie an der Felskante stand, kurz vor dem Sprung. Die einzige Bemerkung, die er dafür übrig hatte, bestand aus der lapidaren Antwort: „Warum hast du sie nicht springen lassen? Wäre ein gutes Werk gewesen. Ein unnützer Balg weniger." Paddy nahm einen erneuten Anlauf und versuchte, bei Pju einen menschenwürdigen Wesenszug zu entdecken. Er hatte sich in seinem Leben zuhauf mit zwielichtigen Gestalten herumgeschlagen und doch in jedem irgendwie eine hilfsbereite Ader eruieren können. Auch wenn sie nur durch Bezahlung zustande kam. Doch diesem Doktor, was für ein Zynismus, war jedes Menschliche fremd.

„Ich nehme an, du willst ihr gar nicht helfen? Ich denke mir darüber hinaus, dass du, auch wenn du es wolltest, ihr nicht helfen könntest. Das würde deine medizinischen Kenntnisse bei weitem übersteigen!"

„Ich kenne deine Einstellung über gewisse Dinge. Und ich kenne auch deine Auffassung über meine Arbeit. Aber dieses wäre eines meiner leichtesten Aufgaben. Sozusagen ein Spaziergang!" Pju lächelte gequält.

„Glaub' ich nicht. Reine Angeberei. Deine Hände zittern ja schon bei dem Gedanken!" Paddy spürte, er machte Boden gut.

„Blödsinn! Nach zehn Minuten ist alles vorbei." Pjus Augen funkelten, seine Ehre schien gekränkt.

„Dann mach's doch. Dreihundert Pfund liegen in dem Geschäft, mit einer Option auf weitere."

„Du Schelm, ist das die Beschäftigung, die du für mich ausgedacht hast?"

„Nun sieh doch, die armen Würmer würden doch nur im Waisenhaus landen. Wir könnten ihnen ein Leben, das ich keinem Kind wünsche, ersparen."

„Was weisst denn du von Waisenhäusern?"

„Man hört halt so manches von diesen Häusern. Du tust es also?"

„Ich überleg's mir."

Am Abend stand Julia unter der Haustüre und verlangte Einlass. Als sie Pju erblickte, zögerte sie, überlegte kurz und liess sich dann doch von Paddy zum Eintreten überreden.

„Gute Entscheidung, Julia." Er hatte Julias Zögern bemerkt.

„Darf ich dir Doktor Pju vorstellen? Er hat sich bereit erklärt, dir zu helfen."

Sie ging, immer noch leicht gehemmt, auf Pju zu und legte ein Bündel Banknoten vor ihm auf den Tisch. „Mehr habe ich nicht, bitte helfen Sie mir!" Es war keine Bitte, sondern ein Hilfeschrei.

„In welchem Monat der Schwangerschaft befinden Sie sich?"

„Anfang der dreizehnten Woche!"

„Zu spät. Da kann ich nichts mehr für Sie tun." Pju gab ihr zu verstehen, dass damit seine Bereitwilligkeit ein Ende hatte. Paddy mischte sich ein.

„Julia, sei so gut, warte eine Minute draussen. Ich bespreche mich noch mal mit meinem Freund."

Nachdem er sicher war, dass Julia sie nicht mehr hören konnte, redete Paddy beschwörend auf Pju ein. Er versuchte noch einmal die Tour mit der Ehre, erkannte zu spät, dass seine Karte keine Trumpfkarte mehr war und verliess sich danach nur noch auf seine Verhandlungstaktik, an der Pju, über kurz oder lang, scheitern musste.

Julia durfte die Küche wieder betreten. Sie wurde von Pju

mit dem Ablauf der Operation konfrontiert und darauf aufmerksam gemacht, dass Eventualitäten eintreffen und für Leib und Leben ein gewisses Risiko darstellen könnten. Julia lachte ein irres Lachen und meinte: „Wenn nicht hier, dann zu Hause. Unter dem Strich bleibt es dasselbe!"

Danach wurde ihr von Paddy ein Glas mit einer milchigen Flüssigkeit gereicht mit der Aufforderung, es in einem Zuge auszutrinken. Den nächsten Befehl, sich unten frei zu machen und auf den Küchentisch zu legen, nahm Julia wie durch einen Nebel wahr. Dann wurden ihre Sinne verdunkelt und sie schlief friedlich ein.

„Was nun?", wollte Paddy von Pju wissen.

„Jetzt mein Freund, gehen wir an die Arbeit. Schau zu, dass du ein Licht für mein Operationsfeld findest und stell einen Kessel mit Wasser auf das Feuer. Leg Tücher bereit, dazu eine Schüssel und dann darfst du einem Künstler bei der Ausführung seines Werkes über die Schultern schauen."

Pju kramte in seiner Tasche und beförderte eine kleine, hölzerne Schatulle mit seinen Initialen zutage. Er betrachtete den Behälter intensiv, bevor er den Deckel öffnete und die Instrumente in kochendes Wasser legte. Paddy schaute seinem Treiben mit gespannter Erwartungshaltung zu. Nach der Sterilisation legte Pju jedes einzelne Instrument nach einer bestimmten Reihenfolge auf ein Handtuch neben die betäubte Julia. Für Paddy sah jedes wie ein Folterwerkzeug aus. Und nachdem sein Kompagnon seine Hände mit Alkohol desinfiziert hatte und den ersten Metallstab in die Vagina von Julia einführte, war es um Paddys Beherrschung geschehen. Er stürzte aus dem Haus, an die frische Luft und übergab sich.

Durch das Fenster beobachtete er Pju bei der Arbeit. Wie er gesagt hatte, schien es keine anstrengende Tätigkeit zu sein, denn er spitzte seine Lippen und begann zu pfeifen. Nach einer Viertelstunde hob dieser die Hand, zog den Rock über Julias

Knie und zeigte damit das Ende seiner Tätigkeit an. Nun getraute sich Paddy wieder in die Küche zurück.

„Und…?", war dann die erste Frage, die er an Pju stellte.

„Was soll sein? Fertig! Der Künstler hat sein Werk erledigt und legt seine müden Glieder nun schlafen."

„Was denn, du lässt mich mit ihr alleine?"

„Natürlich, sie schläft, dir kann also nichts passieren. In der Zwischenzeit kannst du die Instrumente säubern." Pju machte sich auf, um in das obere Stockwerk zu verschwinden. „Sollte sie in den nächsten zwei Stunden nicht aufwachen, rufe nach mir, ansonsten lass mich schlafen."

Paddy betrachtete das Gesicht der Patientin, das blutleer, mit einem friedlichen Ausdruck auf ein Kissen gebettet war. Er ging wie im Dämmerzustand um den Tisch, musternd, auf irgendwelche undeutlichen Hinweise achtend, beäugte den Körper der jungen Frau. Auf den nackten Schenkeln lagen Blutspritzer und legten ein deutliches Zeugnis von Kümmernis und Schmerz ab. Der Tisch war über und über mit Blut besudelt und darunter stand die Schüssel, dessen Inhalt bei Paddy erneut eine Reaktion im Magen auslöste. Er nahm die Schüssel und rannte wie wild damit aus dem Haus, zu den Klippen und warf die Schüssel samt Inhalt in einem plötzlichen Wutanfall tief ins Meer hinunter. Kein Mensch auf dieser Welt konnte mehr an körperlichem Schmerz und psychischer Höllenqual erleiden als Paddy in diesem Augenblick.

Lange Zeit danach versuchte er sich auszurichten. Paddy starrte, an der Kante auf den Knien sitzend, in ein finsteres Loch. Tief unter ihm kochte und brodelte eine aufschäumende See.

Paddy bewegte sich, steif in den Gliedern, langsam auf das Haus zu. Er wusste nicht, wie lange er an der Kante gesessen hatte. Ein Blick durchs Fenster verriet ihm, dass Julia immer noch in der gleichen Haltung auf dem Tisch lag. Paddy suchte nach einer Erklärung und fand sie beim Betrachten von Julias Augen. Trübe und starr, weit geöffnet und mit dem Flor des Todes belegt.

Elliot O'Connor

Die alte Frau hatte ihn in ihr Haus gebeten. Nun sass er am Tisch und betrachtete die ärmliche Behausung. An seinen Füssen kauerte der Hund und bettelte um Streicheleinheiten. Elliot bejahte die Frage nach einer Tasse Tee und wärmte seine Hände am heissen Steingut.

„Sie sind also der Sohn von Paddy O'Connor? Kaum zu glauben. Sie sehen nicht wie ein Halunke aus und Ihre Manieren deuten auf eine gute Schulung hin." Sie legte ihren Stock demonstrativ neben sich auf den Tisch.

„Ihre Meinung von meinem Vater erweckt nicht den Eindruck von grosser Sympathie. Ich nehme an, dass Sie dementsprechende Erfahrungen mit ihm hatten?" Er kraulte dem Hund die Brust, dieser leckte dafür seine Hand.

„So könnte man es nennen. Paddy O'Connor war ein Schwein und... er hat den Tod verdient. Schon als Kind versuchte er mit linken Tricks seine Umgebung zu strapazieren. Dann, als Jugendlicher, verlegte er seine Talente aufs Stehlen und Betrügen seiner Mitschüler. Aufgewachsen in einem Waisenhaus, mit all den Attributen einer verpfuschten Kindheit. Paddy lernte nie aus Fehlern, im Gegenteil, er machte einen Fehler mit einem noch grösseren wett. Mögen Sie noch Tee?" Elliot schenkte sich eine Tasse nach.

„Er wuchs in einem Waisenhaus auf? Woher kennen Sie denn die Lebensgeschichte von meinem Vater so genau?"

„Ich war im selben Waisenhaus. Ich bekam die Aufzucht dieses Monsters hautnah mit."

„Haben Sie etwas mit dem Ableben meines Vaters zu tun?"

Die Frau schaute ihn befremdend an, rappelte sich hinter dem Tisch hervor, ging zu einem Schrank und kramte in einer

Schublade. Danach kam sie mit einem Foto an den Platz zurück. Sie legte es vor Elliot hin, stillschweigend. Er betrachtete das vergilbte Bild, auf dem eine Menge Kinder aneinander gelehnt in die Kamera blickten.

„Das sind die Kinder vom Waisenhaus. Der Junge mit dem Kreuz über seinem Kopf, das ist Ihr Vater. Daneben, das Mädchen mit dem blonden Pferdeschwanz, das bin ich. Wir waren über dreissig Kinder. Und jedes von ihnen träumte sich sehnlichst den Tag herbei, an dem eine Limousine vor dem Haus anhielte und die zukünftigen Eltern daraus hervorgehen würden. Leider wurden Paddy und ich nach genauerer Betrachtung immer wieder aus der Wertung geworfen und so blieb uns nichts anderes übrig, als bis zum achtzehnten Lebensjahr im Waisenhaus zu verbleiben. Jahre der Entbehrung, der Sehnsucht nach Geborgenheit in der Familie. Die schönsten Jahre des Lebens, die sich unnachgiebig und bitterböse in meinem Gehirn einbrannten."

Leichtes Zittern, hervorgerufen durch die Erinnerung, machte sich bei der alten Frau bemerkbar. Elliot betrachtete ihr Gesicht, sah Spuren, die ein gemütsarmes Leben hinterlassen hatten und bereute, dass er mit der Fragerei begonnen hatte.

„Und danach..., ich meine, nach der gemeinsamen Zeit in dem Heim, haben Sie da den Kontakt zu meinem Vater abgebrochen?" Er hoffte so sehr, dass sie seine Frage bejahen würde. Schon aus dem einen Grunde, nichts mehr über Vaters Untaten erfahren zu müssen.

„Aber nein! Ich verfolgte sein Leben mit akribischer Leidenschaft. Mich interessierte einfach alles, was mit ihm zusammenhing. Mein Interesse ging gar so weit, dass ich für ihn Schulden machte, nur um seine Gunst zu erwerben. Am Anfang hatte ich damit auch den gewünschten Erfolg, doch mit der

Zeit wurde ich von ihm genauso betrogen wie die vielen anderen vor und nach mir."

„Damit haben Sie ein Motiv und mehrere Gründe genannt, um die Tat zu rechtfertigen."

„Woher sollte ich, Ihrer Meinung nach, die Kraft nehmen, einen Mann wie Paddy O'Connor zu töten?"

„Aus Erfahrung gesprochen, habe ich schon die unmöglichsten Konstellationen gesehen. Im Übrigen sind Sie mit Ihrem Gehstock sehr gut bewaffnet."

„Junger Mann, Sie verrennen sich in Ihrer Sachkenntnis. Ich konnte Paddy niemals ein Haar krümmen, auch wenn er mich noch so oft hintergangen hatte. Nein, das könnte ich nie! Übles Nachreden, ja, das schon. Aber Gewalt...?" Elliot glaubte, eine Träne in ihren Augen zu sehen.

„Was macht Sie da so sicher?"

„Er war mein Bruder."

Irgendwie schaffte es Elliot nach Lahinch zurück. Er steuerte ohne Zögern die erleuchteten Fenster vom Polizeirevier an. O'Malleys Gesichtsausdruck und die Art, wie er hinter dem Schreibtisch hockte, verrieten nichts Gutes.

„Hast du Pju wieder nicht gekriegt?", wollte Elliot von ihm wissen.

„Ja und nein. O'Keefe hat ihn hergebracht und King hat ihn mitgenommen. Das war's!" Angus schien bedrückt.

„Das ist Pech. Hat er noch etwas gesagt oder über den Koffer mit dem Gold verraten?"

„Den trug er bei sich. Eine Aussage, nein, dafür war wohl zu wenig Zeit. King hatte es eilig, mit ihm nach Tralee zu verschwinden." Er sah ihn fragend an. „Wo hast du dich den ganzen Tag herumgetrieben?"

„Ich war bei meiner Tante."

„Seit wann hast du 'ne Tante?"

„Seit meiner Geburt. Vater und sie sind zusammen im Waisenhaus aufgewachsen. Im Übrigen kennst du sie persönlich."

„Ach woher? Das müsste ich wissen..."

„Erinnerst du dich an die alte Frau im Spritzenhaus, von der du mir erzählt hast? Das ist sie!"

„Verrückt. Sie hat nie etwas erwähnt. Das ist nicht normal." Angus hielt einen Schlüssel in die Höhe. „Jetzt habe ich den Schlüssel für den Käfig gefunden, aber den Vogel dazu verloren. Das ist auch nicht normal."

„Komm, lass uns in die Kneipe gehen und das Ärgernis besaufen. Ich bin gerade in der Stimmung dazu. Mir sind heute ein paar Ideale abhandengekommen und wie mir scheint, passierte dir dasselbe!"

Nicht einmal die dunklen Wolken hielten das, was sie versprachen. Sie verzogen sich wieder, wie sie gekommen waren. Das Bier war dunkel und stark und hielt als einziges, was sie sich von ihm versprochen hatten. Elliot und Angus sassen im Pub und feierten Abschied, beide ahnten es, nur keiner wusste wirklich davon.

„Erzähl mir doch noch einmal die Geschichte von deinem Vater und seiner Schwester", meinte O'Malley nach dem dritten Bier.

„Also", hob Elliot an, „das ist eine ganz verrückte Kiste. Die Eltern meines Vaters hatten drei Kinder. Onkel Kenny, Tante Annie und meinen Vater..."

„Paddy!", warf Angus dazwischen.

„Genau. Nun hatten die Herrschaften bedauerlicherweise, einen tödlichen Unfall. Sie versanken mit Mann und Maus auf einem Ozeandampfer. Kenny kam bei Leuten unter, die sich etwas später nach Amerika einschifften, um dort ihr Glück zu machen. Für Annie und Paddy wurde keine Familie gefunden. Damit blieb nur das Waisenhaus übrig."

„Arme Schweine, werden so mir nichts, dir nichts in ein Waisenhaus gesteckt. Sei froh, dass es dir damals nicht auch so erging." O'Malley hob den Finger, einerseits, um ihm die Lage zu verdeutlichen, andererseits, um beim Wirt eine weitere Runde zu ordern.

„Ja, es ist eine dünne Linie zwischen Gedeih und Verderb. Apropos, da wir gerade davon sprechen: Können wir morgen den Mordfall zum Abschluss bringen, ich möchte am Wochenende nach Hause fliegen?" Angus O'Malley fiel fast vom Hocker, als er die Worte vernahm.

„Elliot, du kriegst von mir kein Bier mehr, wenn du weiter solchen Stuss redest. *Bringen wir doch kurz, zwischen zwei Bieren, einen Mordfall zur Aufklärung!*", äffte er ihn nach. „Alles kein Problem, mein lieber Freund. Du brauchst mir bloss den Täter zu nennen und schon sitzt er hinter Gittern. Den Schlüssel zum Einsperren besitze ich ja jetzt wieder, wie du weisst!"

„Die Täter. Es waren mindestens zwei, wenn nicht drei..."

„Warum nicht gleich eine Armee? Und, kennst du ihre Namen?"

„Natürlich. Sonst würde ich mit meinem Anliegen nicht zu dir kommen!"

„Verrätst du sie mir?" Nun hatte Angus den Hocker endgültig verlassen und stand in freudiger Erwartung vor Elliot.

„Bis morgen musst du dich noch gedulden."

„Dacht' ich's mir. Was ist faul an der Sache?"

„Nichts. Ausser..."

„Ausser was...? Komm schon, Elliot, spuck's aus."

„Nichts von Bedeutung. Du brauchst bloss alle Einwohner von Lahinch dazu zu überreden, morgen Abend in die Schule zu kommen. Danach präsentiere ich euch die Täter, wenn du willst auf einem silbernen Tablett."

„Elliot, was für eine Sauerei hast du mit mir vor? Willst du vor deiner Abreise einen Polizisten ausser Dienst stellen? Willst du das?"

„Aber nein, Angus, ganz im Gegenteil. Ich werde deine Position im Dorf damit nur noch stärken."

„Wie denn? Indem du mir einen starken Abgang verschaffst? Und warum brauchst du das ganze Publikum dazu, sollen die bei meinem Auszug applaudieren?"

Das Lokal füllte sich zunehmend mit Bauern aus der Umgebung. Elliot und Angus bezahlten und diskutierten auf der Strasse weiter.

„Vielleicht könntest du auch noch Chefinspektor King dazu bitten. Er könnte die Sache abrunden, indem er anschliessend die Täter ihrer Bestrafung zuführen würde."

„Elliot, könnte es sein, dass du zu viel von dem Gerstensaft getrunken hast? Deine Ideen stammen aus Amerika. Hier in Irland wirst du damit kein Glück haben!"

„Habt ihr es schon versucht? Das ist ja gerade unser Trumpf, das Nichtwissen unserer Gegner. Damit werden wir sie der Tat überführen."

„Wenn wir uns dabei bloss nicht blamieren. Schrecklich auszudenken, was dann mit mir passieren würde. Womöglich würde dann O'Keefe mein Vorgesetzter, ekelhafte Vorstellung!"

„Verlass dich darauf, das wird nicht eintreffen. Ich werde mich morgen nach dem Stand der Dinge bei dir erkundigen."

„Na dann…, bis morgen." O'Malley trottete davon und liess Elliot alleine unter der Strassenlaterne stehen.

Paddy O'Connor

Es war passiert. Julia war gestorben, einfach so. Ohne dass Paddy es in seiner Verdrossenheit mitbekam. Erst nach langer Zeit dachte er an die Worte von Pju. Die zwei Stunden waren längst verstrichen, ohne, dass Julia auch nur einen Finger gerührt hätte. Paddy betrachtete den Frauenkörper, der wie aufgebahrt auf dem Küchentisch lag, kritisch aber doch mit einer gewissen Ehrfurcht. Als sich das Entsetzen in sein Gehirn einprägte, kam Hektik auf. Er stürzte die Treppe hoch, prügelte Pju wach, und schleifte ihn, am Arm haltend, runter in die Küche. Pju stand keine Minute zur Verfügung, um wach zu werden, geschweige denn, die Umstände, in denen sie sich befanden, zu realisieren. Er stand dumpf, und dummes Gerede von sich gebend, vor der Verblichenen. Paddy überhäufte ihn mit Fragen. Jeder redete, keiner verstand.

„Pju, was hast du wieder angestellt? Du hast sie getötet. Steh nicht so blöde herum, mach irgendwas!" Paddy faselte wirres Zeug, während Pju sich über den Körper von Julia beugte, um dann lapidar festzustellen, dass sie gestorben war.

„Was jetzt? Wo bleibt nun die Antwort vom grossen Künstler?"

„Lassen wir sie verschwinden! Über die Klippen mit ihr. Los, pack mit an!" Pju zog an den Beinen.

„Vor meiner Haustüre? Du musst verrückt sein. Die Strömung gegen das Land ist in diesem Teil der Bucht so gross, dass der Leichnam, einfach und für jeden ersichtlich, liegen bleiben würde. Wir müssen Julia an eine Stelle bringen, wo sie nicht gefunden werden kann. Nur so haben wir eine Chance, dass der Verdacht nicht gleich auf uns fällt. Warum konntest du bloss nicht die Finger von ihr lassen, jetzt haben wir eine Leiche am Hals, du Idiot!"

„Wer hat mich denn unter Druck gesetzt? Von wegen der ärmlichen Zukunft des Kindes und der bedauernswerten Julia. Und überhaupt, du bist doch an ihrem Tode schuld. Habe ich dir nicht genaue Anweisungen gegeben, wie du das Schlafmittel zu präparieren hast? Wer hat denn die Dosis klammheimlich erhöht, das warst du doch...?"

„Aber nur, weil ich Angst um sie hatte. Ich wollte nicht, dass sie Schmerzen verspürt."

„Das hast du damit nun endgültig und unwiderruflich erreicht. Steht hier irgendwo eine Schubkarre?"

„Du wirst sie doch nicht in eine Schubkarre setzen? Wo willst du hin damit? Was für ein Teufel bist du? Hast du keine Ehrfurcht vor einem Toten?" Paddy bebte am ganzen Leibe.

„Warum? Glaubst du, ich werde sie an den Punkt auch noch tragen? Sozusagen als Busse!"

„Welchen Punkt hat sich dein krankes Gehirn denn ausgedacht?"

„Na, was wohl? Für solche Eventualitäten bietet sich das Moor geradezu an. Was in dem einmal verschwunden ist, bleibt verschwunden!" Pju triumphierte ob seiner Idee.

„Hast du dir so gedacht! Rundherum werden Moore ausgetrocknet, wegen der Torfgewinnung. Was da an weggeworfenem Müll zutage tritt, darüber solltest du dir Gedanken machen. Stell dir vor, sie stossen auf Julia? Bestens konserviert für das nächste Jahrtausend. Nicht auszudenken!"

„Also, was nun?" Pju wartete auf eine Antwort von Paddy, der sich dabei sehr viel Zeit liess.

„Eine Stelle gäbe es hier in der Nähe, in der auch nach Jahr und Tag nichts gefunden würde."

„Na dann, nichts wie hin!"

Paddy organisierte aus dem Schuppen hinter dem Haus einen kleinen Handwagen, auf den sie Julia betteten. Pju drückte mächtig aufs Tempo mit dem Hinweis, dass die Morgendämmerung in einer Stunde anbrechen würde. Paddy nahm sich der Deichsel an und Pju schob den Wagen von hinten. Sie mussten im Dunkeln arbeiten, abgesehen von dem blassblauen Licht, das der Mond über die Heide legte, was die Angelegenheit noch schwieriger machte. Eine Fackel hätte man aus dem Dorf gesehen und sich darüber irgendwelche Gedanken gemacht. Der Weg übers Moor fing ganz harmlos an und das Gespann kam gut vorwärts. Etwa in der Hälfte wurde der Weg schmaler, zudem gab es kleine Felsen zu überwinden. Paddy hörte Pju hinter sich fluchen, wenn seine Schuhe wieder in eine Pfütze getappt waren.

„Gibt es keine andere Strasse? Müssen wir diesen Trampelpfad benutzen?"

„Doch, du kannst auch mitten durchs Dorf latschen, um dann von hinten an die Stelle zu gelangen!", schrie Paddy wütend nach dem Punkt, wo er Pju vermutete und zog vehement am Griff der Karre. Durch den Kontakt mit einem Stein kam das Gefährt in eine instabile Lage und kippte um.

„Siehst du, was du wieder angerichtet hast? Hilf mir, die Karre aufzurichten. Heiliger Strohsack, wo ist Julia abgeblieben?" Paddy konnte das erschrockene Gesicht von Pju trotz der Dunkelheit erkennen, sein Aufschrei verriet ihn. An dieser Stelle war der Weg schräg abfallend und das Unkraut hatte sich hier besonders hervorgetan, von Julia war jedenfalls nichts mehr zu sehen. Eine fieberhafte Suche nach der Leiche begann und beschäftigte sie eine weitere halbe Stunde, als Paddy wenig später, weitab vom Weg, unter seinen Schuhen einen weichen Gegenstand vorfand.

Mit vereinten Kräften wurde Julia wieder auf den Wagen gehievt und die schwankende Prozession fand ihre Fortsetzung. An der Zinnmine angekommen, keuchten beide, auf dem Boden sitzend, von der ungewohnten Schwerarbeit. Paddy öffnete den Schacht. Ein Luftzug, modrig und metallen, blies ihm entgegen. Auf ein Zeichen von Pju hoben sie den toten Körper von Julia aus dem Gefährt, kamen kurz vor der Öffnung zum Stillstand, so als wollten sie sich die Sache noch einmal überlegen. Dann, ohne vorherige Absprache, liessen sie die Tote aus ihren Händen in den Schacht gleiten. Sie horchten dem fallenden Körper hinterher und Paddy zuckte bei jeder Berührung von Julia mit der Schachtwand schmerzlich zusammen. Eine Staubwolke, die ihnen entgegenschoss, bedeutete, dass Julias Körper dreihundert Meter unter der Erde angekommen war.

Paddy verschloss den Schacht, kniete sich nieder und versuchte mit ein paar Worten die Bestattung feierlich zu gestalten, was Pju überhaupt nicht in den Kram passte.

„Gerade du solltest nicht auch noch den Priester spielen. Machen wir, dass wir hier wegkommen. Dahinten fängt es an, hell zu werden!" Er deutete mit seinen Stummelfingern auf den Punkt, wo das Meer den Himmel berührte.

„Lass mich in Ruhe ein Gebet sprechen. Ich denke mir, wir sind es ihr schuldig."

„Du sprichst tatsächlich von Schuld? Ich glaube, du hast keine Ahnung, was dieses Wort bedeutet!"

Müde und abgekämpft kamen sie zu Hause an. Paddy verstaute den Handkarren wieder im Schuppen. In seinen Händen hielt sich hartnäckig das Gefühl, das dabei entstanden war, als Julia aus seinen Händen in den Abgrund gleitete. Kein gutes Gefühl, dachte er und hatte nur noch den einen Gedanken, sich in sein Bett zu legen, um vor der bösen Umwelt zu flüchten. Über den Klippen sah Paddy eine junge Frau, wie sie mit schnellen Schritten sein Haus ansteuerte.

Angus O'Malley

Seine Amtsstube kam ihm plötzlich kalt und unwirklich vor, nachdem er Elliot so abrupt stehengelassen hatte. O'Malley suchte nach einem Ordner, von dessen Inhalt er Aufschluss über das Gerede mit Eliot erhoffte. Für ihn als Kapitän war es höchste Zeit, SOS zu funken. Seine Empfindung sagte, dass Elliot den Verstand verloren und sich mit ihm zum Niedergang verschworen hatte. Der in Gelb gehaltene Ordner stach O'Malley ins Gesicht. Überquellend an Papier, lag er vor ihm auf dem Tisch. Angus vertiefte sich solgleich in den Inhalt, wurde fündig und ein Lächeln befreite seine Gesichtszüge von den Kummerfalten.

Er schaute auf die Uhr, kurz vor sieben, die richtige Stunde, um den Bewohnern dieses Dorfes einen Besuch abzustatten. Wo wollte er beginnen? Kurzentschlossen entschied er sich dafür, mit Sam Reily anzufangen.

Die ausgewaschenen Stufen vor dem Revier leuchteten O'Malley nass entgegen, als er aus der Türe trat und sich mit grimmiger Miene auf sein Fahrrad schwang. Kleine Fenster, hell erleuchtet, legten Zeugnis für die Anwesenheit der Reilys ab. Sam war erstaunt und gleichzeitig hocherfreut über den Besuch seines Freundes.

„Hallo Angus..., um diese Zeit? Komm herein, was verschafft uns die Ehre?"

„Eine ausserordentliche Gemeindeversammlung, morgen Abend um acht."

„Nanu? Was ist denn so dringlich?", liess sich Betty, die Frau von Sam, vernehmen.

„Das erfährt ihr dann. Eine private Frage hätte ich allerdings noch, eure Tochter Pat...?"

„Was ist mit der?", wollte Sam wissen.

„Nun, ich habe sie schon lange nicht mehr im Dorf gesehen und wollte mich bloss nach ihrem Befinden erkundigen."

„Soso? Nach ihrem Befinden willst du dich erkundigen? Und das ohne Hintergedanken, was, O'Malley?" Sam beäugte ihn prüfend.

„Ja, ich sagte doch privat."

„Vor ein paar Monaten verschwindet meine Tochter mit irgendeinem Kerl auf Nimmerwiedersehen, dann kommst du daher und erkundigst dich ganz beiläufig nach ihr. Da stimmt doch etwas nicht. Was ist es, Angus? Ist etwas mit unserer Tochter, was nicht sein sollte?"

„Nein, beruhige dich. Nur eine harmlose Frage, weiter nichts!"

„Sie wohnt jetzt in Tipperary mit einem Kerl zusammen, der mit einem LKW irgendwelche Sachen in der Gegend herumfährt. Mehr wissen wir nicht. Den Mann, den wir für sie ausgesucht hatten, heiratet jetzt Eileen, die Tochter vom Bürgermeister, leider!" Betty blickte traurig auf Angus.

„Aber die ist doch weg! Die wohnt doch auch nicht mehr hier."

„Tja, so verlassen sie uns alle. Eine nach der anderen. Irgendwann wohnen nur noch alte Leute in Lahinch", meinte die Frau von Sam. „Oder solche wie die Brut der O'Connors!"

Als nächstes suchte O'Malley den Bäcker O'Ryan auf. Das gleiche Erstaunen über sein Auftauchen und dasselbe Frage- und Antwort-Spiel. O'Malley begrüsste zuerst O'Ryan, dann streckte er seine Hand Kate entgegen. Sie zuckte kurz zusammen und unterdrückte einen Schrei.

O'Malley wusste nicht, was er davon halten sollte und versuchte schnell auf den Punkt zu kommen.

„Ihr habt doch zwei Töchter, die kleine Rahel und die ältere, die...?"

„Shirley."

„Shirley, genau. Was ist aus ihr geworden?" O'Ryan und seine Frau schauten sich fragend an.

„Warum interessiert dich unsere Tochter, Shirley? Hast du etwas von ihr gehört?", fragte Kate vorsichtig.

„Nein, nichts. Wir wissen nur so viel, dass sie sich in Dublin aufhalten soll. Aber Eindeutiges wissen wir nicht." O'Ryan quälte sich mit der Antwort.

„Hatte sie einen Freund?"

„Ja, Billy."

„Der Sohn von Sam Reily? Und, was ist mit dem? Weiss er nichts über den Verbleib von Shirley?"

„Er ist seitdem auch verschwunden. Wir nehmen an, dass sie miteinander in Dublin sind." Kate rieb sich verlegen ihre Handinnenfläche. Für O'Malley wurde die Angelegenheit immer mysteriöser. Warum hatte ihm Sam nichts vom Verschwinden seines Sohnes Billy erzählt?

„O.k., wir sehen uns morgen bei der Versammlung. Ich muss weiter!"

Der Bürgermeister war über O'Malleys Vorschlag, die Versammlung drei Wochen früher einzuberufen, gar nicht begeistert.

„Muss das sein! Ich habe keine Traktanden für morgen. Was soll ich den Leuten denn erzählen?"

„Es dreht sich in erster Linie nicht um Belange der Gemeinde."

„Nicht? Angus, würdest du mich freundlicherweise darüber aufklären, was du vorhast?" Seine Miene verfinsterte sich.

„Die Kriminalpolizei von Tralee hat mich um den Gefallen gebeten", log O'Malley stinkfrech.

„Was wollen die denn hier? Haben sie einen besonderen

Grund? Geht es um Aufklärung?"

„Genaueres weiss ich nicht. Aber ich denke mir, so etwas in der Art wird es sein." Frau Bailey trat ins Zimmer.

„Ach, wir haben Besuch. Offizier O'Malley, was für eine Überraschung!", säuselte sie scheinheilig und streckte ihm eine lasche Hand entgegen.

„Gut, dass ich Sie auch hier habe. Ich hätte da eine Frage."

„An mich? Schiessen Sie los. Oh, Verzeihung, nehmen Sie das bloss nicht wörtlich." Sie lachte ein gekünsteltes Lachen.

„Ihre Tochter, Eileen. Wo hält sie sich zurzeit auf?"

„O'Malley, was soll das..." Der Bürgermeister hatte etwas gegen die Fragestellung.

„Eileen ist in New York. Sie studiert an der Akademie der schönen Künste. Reicht das, um Ihre Neugier zu stillen? Und jetzt müssen Sie uns entschuldigen, wir erwarten Gäste!" Ihre blasierte englische Herkunft trat zutage. Sie gab O'Malley damit zu verstehen, dass seine Zeit gekommen war, um zu gehen.

Er war wieder zurück in seiner Revierstube und kopierte auf einer Uraltmaschine Handzettel über die morgige Veranstaltung. Die Lust nach einer weiteren Blamage war ihm abhandengekommen nach dem Rausschmiss beim Ortsvertreter. O'Malley wollte die Zettel im Pub auflegen, die Personen, die er damit erreichen wollte, sassen mit aller Wahrscheinlichkeit sowieso dort.

Dann wählte er die Nummer von Tralee. Nach zweimaligem Knacken in der Leitung meldete sich Chefinspektor King. O'Malley versuchte sein Anliegen sehr diplomatisch vorzutragen, wurde aber von King, als der Name Elliot O'Connor fiel, brüsk darauf hingewiesen, dass er mit Zivilisten nichts am Hut hatte.

„Sie haben ihn ja förmlich dazu angestiftet, mit Ihrer Bemerkung über Kooperation", meinte O'Malley beleidigt.

„Das kann schon sein. Trotzdem möchte ich die Polizei nicht vor versammelter Gemeinde mit irgendwelchen Phantastereien blamieren. Unser Ansehen ist in der Bevölkerung schon ramponiert genug."

„Was ist mit Pju? Hat sich der Gefangene schon diesbezüglich geäussert?"

„Pju? Der sitzt in der Zelle und spricht keinen Ton. Er hat sich sozusagen eingemauert. Die Tür aufzustossen, um einen Zugang zu finden, ist Aufgabe des Psychiaters."

Nachdem Angus sich noch einmal vergewissert hatte und mit dem Beisein vom Chefinspektor nun doch gerechnet werden konnte, legte er den Hörer auf. Sein Vertrauen in Elliot schwand zusehends und O'Malley machte sich ernste Gedanken über seine eigene weitere Zukunft.

Paddy O'Connor

Eine böse Ahnung stieg in Paddy hoch. Die Frau war nur noch wenige Meter von ihm entfernt, so konnte er nicht mehr ins Haus flüchten. Strahlend begrüsste sie ihn und fragte zugleich nach Julia.

„Wo ist Julia? Wie ist es ihr ergangen?"

„Wer sind Sie?", fragte Paddy barsch.

„Shirley O'Ryan. Ich bin in derselben Situation wie Julia. Und sie hat mir von Ihrem Freund, dem Arzt, erzählt, der den Zustand ändern könne. Und, dass er das mit ihr gestern Abend machen würde. Und ich..."

„Ist ja gut. Ich weiss Bescheid. Hast du auch Werbung für uns im Dorf gemacht?"

„Ich verstehe nicht?" Shirley wusste die Frage nicht zu deuten.

„Ob du jemandem von meinem Freund erzählt hast, will ich wissen. Wir sind darüber keineswegs erfreut, wenn dauernd der Urlaub des Herrn Doktor gestört wird."

„Nein, von mir hat keiner was erfahren. Nicht einmal meine Eltern."

„Geld, wie steht es damit?"

„Julia sprach von dreihundert?"

„Na gut. Heute Abend um acht. Keine Verspätung und bringe das Geld mit!"

Die Nacht brach an diesem Tag viel früher über Lahinch herein. Wieso, wusste niemand so recht, eine Laune der Natur. Shirley stand vor der Haustüre und vor Schreck über ihre Begleitung vergass Paddy, sie zu begrüssen.

„Wen hast du da mitgebracht? Das ist gegen unsere Abmachung!", sagte Paddy schroff.

„Das ist Billy. Der Vater des Kindes."

„Und, was will er hier? Vielleicht Händchenhalten? Du kommst herein, er bleibt draussen!" Paddy knallte unmissverständlich die Tür hinter Shirley zu. Pju, den er heute den ganzen Tag mit unheilvollen Prophezeiungen traktiert hatte, stand am Tisch und erwartete sie mit der bewussten Frage nach dem Datum.

„Im zweiten Monat", meinte Shirley, „so ganz genau weiss ich es nicht." Pju gab sich mit der Antwort zufrieden. Er dirigierte Paddy, seine Utensilien herzurichten, veranlasste Shirley, den Inhalt des Glases zu trinken, den er diesmal selber zusammengebraut hatte und machte sich für die Operation fertig. Durch das Fenster versuchte Billy einen Blick auf seine Freundin zu erhaschen.

„Haben wir heute Publikum?" Pju gab Paddy ein Zeichen. Dieser ging nach draussen und stiess Billy vom Fenster weg.

„Gehen wir spazieren, das dauert noch seine Zeit." Billy kam zögernd Paddys Aufforderung nach. „Erzähl mir ein wenig von dir. Was machst du so, wenn du nicht gerade mit deiner Freundin beschäftigt bist?"

„Aber ich sollte doch auf Shirley aufpassen. Wenn sie fertig ist, soll ich sie nach Hause begleiten."

„Ich sagte doch, das dauert. Komm jetzt!"

Billy erzählte von seiner Ausbildung zum Schreiner, die in einem Jahr beendet war. Und, dass er danach Shirley heiraten werde. Er plauderte auf ungezwungene Art mit Paddy und beide merkten nicht, wie die Zeit verging.

Paddy musste ihn als erster darauf aufmerksam machen. Schnellen Schrittes ging es zurück zum Haus. Das Licht, das sie beim Näherkommen aus den Fenstern empfing, strahlte Wärme und Zuversicht, aber auch grosse Erwartung aus.

„Du bleibst hier. Ich schau' nach, wie weit der Doktor mit seiner Arbeit ist!" Paddy ging ins Haus und sah, wie Pju noch immer vor dem Tisch stand.

„Na endlich! Wo warst du denn so lange? Hol mir schnell Mullbinden und das Lebenselixier!" Paddy stürzte sich auf den Koffer. „Nicht da! Ich habe heute alles in den kleinen Schrank mit dem roten Kreuz gepackt." Paddy öffnete die kleine Tür und war erstaunt darüber, was Pju alles mit sich herumschleppte, er kam eilig zurück.

„Was ist denn passiert?"

„Der Zugang war zu eng. Ich musste schneiden. Dabei muss ich wohl ein Blutgefäss geöffnet haben." Sein Finger war auf eine Stelle am Körper gepresst und als Pju ihn wegnahm, schoss eine Fontäne Blut in Richtung Paddy. „Hier, halt das auf die Wunde!" Er drückte Paddy einen mit Lebenselixier getränkten Lappen in die Hand.

„Ich..., wieso denn ich?" Paddy erschrak über das Ansinnen von Pju.

„Warum nicht? Du brauchst ja bloss deinen Finger draufzudrücken, nichts leichter als das."

„Aber, ich habe so etwas noch nie gemacht!"

„Siehst du, jetzt hast du die beste Gelegenheit dazu, etwas Neues zu lernen."

„Was jetzt?"

„Warten, bis die Blutung aufhört!"

Billy stürzte zur Türe herein, nervös und zappelig, konnte die Situation nicht richtig einschätzen und gelangte an Pju.

„Sie haben hier nichts zu suchen. Warten Sie draussen!" Pju fasste ihn am Ärmel, was Billy wieder falsch verstand. Er stellte sich Pju.

„Was geht hier vor? Was machen Sie mit Shirley?"

„Billy, warte draussen. Los, mach schon!" Paddys Stimme klang zornig. Billy liess sich nicht einschüchtern, er riss sich von Pju los und stürmte auf Paddy los.

„Es ist alles in Ordnung. Warte draussen, bis Shirley aufgewacht ist!" Paddy versuchte, ihn zu beruhigen. Billy wollte davon nichts wissen.

„Shirley wird sterben… ich weiss es. Sie haben Shirley umgebracht! Seht doch bloss, wie sie daliegt." Tränen rannen über sein Gesicht. Fäuste ballten sich in der Hosentasche. Ansatzlos fiel er über Pju her, bearbeitete ihn mit den Fäusten, so dass diesem nur noch die Flucht in das obere Stockwerk blieb. Auf dem letzten Treppenabsatz bekam Billy die Weste von Pju zu fassen. Pju verlor das Gleichgewicht, stürzte rittlings die Treppe hinunter und begrub Billy unter sich. Paddy wusste nicht, wie ihm geschah, das Chaos hatte in seinem Haus Einzug gehalten.

„Was für ein Spinner ist das denn? Reisst er mich doch glatt die Stiege herunter." Pju massierte sich den Nacken und kletterte von Billy.

„Was ist mit Billy?", wollte Paddy wissen.

„Keine Ahnung…, er bewegt sich nicht." Pju kniete sich zu ihm nieder, untersuchte seinen Körper nach einer Verletzung.

„Mist, aber auch! Er hat sich beim Sturz das Genick gebrochen. Billy ist tot."

„Sag, dass das nicht wahr ist! Pju, bitte!" Paddy bettelte und hoffte, dass sich Pju mit seiner Diagnose irrte.

„Mausetot. Hier sieh, keine Reaktion." Er trat mit dem Fuss gegen Billy.

„Was machen wir jetzt mit ihm? Und was mit Shirley?" Paddy war am Ende von seiner Auflehnung gegen das Schicksal angelangt. Er resignierte vor der Übermacht.

Den gleichen Weg unter die Füsse nehmend wie am Vortag. Das gleiche Prozedere, nur dass diesmal der Handwagen mit zwei jungen verstorbenen Körpern beladen war. Pju und Paddy zankten sich um Details, liessen ihrem Frust freien Lauf. Jeder gab dem anderen die Schuld an den Vorkommnissen. Mit Enttäuschungen überladen, an der Kante zum Schacht angekommen, übergaben sie die Toten dem tiefen Grab. Paddy sprach ein Gebet. Pju liess es bei einer Bekreuzigung bewenden.

Kaum zu Hause, stellte Paddy dem Doktor das Ultimatum. Pju erkannte den Sinn der Handlung nicht.

„Das mit Billy war ein Unfall! Ich konnte nichts dafür. Und für den Tod von Julia bist du zuständig." Trotzig versuchte er, Paddy Schuld einzureden. „Shirley, ja. Ein bedauernswerter Betriebsunfall. Lass uns noch einmal darüber reden."

„Geh…", sagte Paddy. Er war es leid, über ihre Verfehlungen zu diskutieren.

Elliot O'Connor

Die letzte Nacht in einem Haus, das seine Emotionen geschürt hatte. Seinem Seelenheil Schuld und Sühne eingeredet, mit Zweifel behaftet, jenseits vom Paradies. In einer Nacht, vom Abschied überlagert, mit schmerzhaften Eindrücken überhäuft, die Chance verpasst, ehe er sie begriffen hatte.

Aus dem Auto holte er sich einen Koffer, füllte ihn mit kleinen Überbleibseln einer Familie, die es längst nicht mehr gab. Dann, aus einer Überlegung heraus, packte er die Sachen und stellte sie an ihren Platz zurück. Elliot wollte keine Erinnerungen an das Haus konservieren. Er stellte sich unter die Türe, überblickte den Raum, in dem Menschen gelebt und gelacht hatten und gestorben waren. In diesem Moment wünschte er sich, dass die Dinge so einfach blieben, um daran glauben zu können: Irgendwann wird alles gut. Elliot wusste in diesem Augenblick, es gibt nur etwas, was die Seele niemals verzeihen würde, einen Gedanken zu berühren, anzufassen, ohne ihn zu verwirklichen.

Das kleine Auto hoppelte über den Feldweg, liess das Haus an den Klippen hinter sich liegen und bewegte sich ächzend auf die Hauptstrasse. Elliot schaute nicht zurück, er begann mit der diffizilen Arbeit, die Erinnerung an das Haus zu zerstören. Wie es im Schuppen nach Torf und Abenteuer roch, die ausgetretene Stiege in die oberen Räume, der verschlossene Deckel einer Truhe im Schlafzimmer seiner Eltern. Niederträchtigkeiten, die Elliots Gehirn auf dem Weg ins Dorf hinterhältig erfassten.

„Kommen wir voran?", wollte Elliot von Angus wissen, als er in die Revierstube trat.

„Setz dich. Willst du einen Tee?" Elliot nickte. „Die Schulkinder schmücken unter der Anleitung von O'Keefe den Turnsaal. Chefinspektor King hat seine Teilnahme zugesagt, nur der Bürgermeister legt sich quer: *„Mir fehlt die Inspiration, um eine Rede zu halten"*, äffte O'Malley ihn nach. „Ich versteh' das nicht. Bei seinen Ansprachen schlafen mir jedes Mal die Füsse ein, also ein Grund mehr, sich über seine Inkompetenz zu freuen."

„Hier, der Schlüssel für das Haus. Verkaufe es, nimm dir deine Provision und schicke den Rest des Geldes an die Adresse, die auf dem Zettel steht."

„Dir ist es also ernst damit?" O'Malley pfiff durch die Zähne.

„Sarah O'Connor, Dublin. Grosszügig, der Herr Bruder…"

„Können wir über etwas anderes sprechen?" Elliot hatte keine Lust, neuerlich über den Hausverkauf zu reden. „Wie bist du damals in das Haus gekommen? Trug mein Vater den Schlüssel um den Hals?"

„Ach Elliot, hätte ich doch mehr Zeit. Ich würde wieder einen richtigen Irländer aus dir machen", seufzte O'Malley. „Selbst auf die Gefahr hin, dass du mich für verrückt erklärst. Bei uns werden die Haustüren nicht abgeschlossen, weder am Tag noch bei Nacht. Ist damit deine Frage beantwortet?"

„Welches Glück, in Lahinch leben zu dürfen!" Elliot rührte Zucker in den Tee.

„Mach dich nur lustig über uns. Irgendwann in seinem Leben wird sich ein gewisser Elliot O'Connor mit Wehmut an Lahinch zurückerinnern." O'Malley holte den gelben Ordner aus dem Regal und knallte ihn auf seinen Schreibtisch.

„Gestern Abend habe ich noch Überstunden gemacht, nur um dir zu beweisen, dass wir auch fähig sind, professionell zu arbeiten."

„Was soll ich damit?" Elliot schaute verblüfft auf Angus.

„Dich für heute Abend vorbereiten. Wir wollen uns doch

nicht blamieren vor Chefinspektor King und der versammelten Gemeinde."

O'Malley war unerbittlich in seinem Ansinnen, den heutigen Abend zu einem Triumph zu gestalten. Jede Kleinigkeit wurde penibel analysiert, von vorne und hinten beleuchtet, auf ihre Tauglichkeit abgeklopft. Elliot wurde es müde, immer wieder selbst konstruierte Annahmen mit Angus durchzukauen. Als er ihn nach Stunden verliess, schnaufte Elliot ein paarmal tief durch, bevor er sich zum Treffpunkt mit Moureen aufmachte. Das Motorrad kam immer näher, hielt auf ihn zu und stoppte kurz vor seinen Füssen. Elliot rettete sich mit einem Sprung auf den Gehsteig.

„Ich soll Sie von Moureen grüssen. Sie lässt Ihnen ausrichten, der Treffpunkt habe sich geändert. Moureen erwartet Sie an dem Ort, wo das erste Treffen stattfand. Fragen Sie mich jetzt aber nicht, wo das war, Sie würden damit meine Schwester beleidigen." Devlin Shaughnessy startete seine Maschine und brauste davon. Elliot blickte ihm noch lange nach und machte sich auf den Weg zum Strand, in der Hoffnung, seine Grussbotschaft zu erfüllen.

Er sah sie schon von weitem auf demselben Stein sitzen, bei dem sein Vater den Tod gefunden hatte. Elliot trat von hinten an sie heran.

„Immer wieder ein beneidenswerter Ausblick!"

„Hallo, Elliot, hat dich Devlin gefunden?" Moureen drehte sich nicht nach ihm um. Sie wollte nicht, dass er ihre Tränen sah. „Das ist nun der Abschied, wieviel Zeit bleibt uns noch?"

„Das muss nicht sein. Es liegt an dir." Elliot legte den Arm um sie.

„Du kennst meine Einstellung dazu. Mach es mir nicht so schwer. Lass uns das bisschen Zeit noch nutzen. Nimm mich in den Arm. Halte mich einfach fest, bis du gehen musst!" Moureen liess ihren Tränen freien Lauf.

Elliot bedrängte sie, malte ihre gemeinsame Zukunft in den schillerndsten Farben und stellte Moureen am Schluss vor ein Ultimatum. Alles half nichts, er stand am Ende wieder am Anfang. Inzwischen hatte die Abendsonne den Sternen Platz gemacht.

Der Turnsaal in der Schule war bis auf den letzten Stuhl besetzt. O'Keefe betätigte sich als Türsteher. Von Chefinspektor King höchstpersönlich hatte er den Auftrag erhalten nach dem letzten Besucher die Türe abzuschliessen. Elliot war der letzte.

Auf einer kleinen Bühne hatten sich Angus O'Malley und Charles King an einen Tisch gesetzt. Als sich Elliot dazusetzte, ging ein Raunen durch den Saal. O'Keefe hielt den Schlüssel in die Höhe, er gab damit seinem Vorgesetzten das Zeichen. O'Malley erhob sich.

„Meine Damen und Herren", fing er zu sprechen an, „wir sind heute aus einem einzigen Grunde zusammengekommen, um das Verbrechen Paddy O'Connor aufzuklären. Die Herren an meiner Seite kennen die meisten von euch schon, für die anderen möchte ich sie noch einmal vorstellen. Zu meiner Linken sitzt Chefinspektor King aus Tralee, zu meiner rechten Seite der Pathologe Elliot O'Connor und zugleich Sohn des Ermordeten." Abermals Unruhe im Saal bei der Erwähnung von Elliots Namen.

„Um es kurz zu machen, verschiedene Aspekte sprechen dafür, dass sich der oder die Mörder hier im Saal befinden. Unsere Aufgabe besteht darin, den oder die Täter aus euch herauszufiltern. Je nachdem, wie kooperativ ihr euch verhaltet, umso schneller sind wir damit fertig!"

Elliot betrachtete einstweilen den geschmückten Raum und gratulierte innerlich Michael O'Keefe und den Schulkindern für ihre Arbeit. Bunte Fähnchen in den Landesfarben, aufgehängt an einer Schnur, überspannten die Köpfe der Besucher. Dazwischen Girlanden aus farbigem Papier. O'Malley plapperte weiter und Elliot versank unterdessen in der Abschiedsszene mit Moureen. Keines seiner Argumente konnte bei ihr etwas ausrichten, nicht einmal die Tatsache, dass er Irland niemals mehr betreten werde. Es war ein Abschied für immer. Ausser? Aber an das mochte er derzeit nicht denken, die Gefühle dazu waren noch zu frisch, zu latent vorhanden.

„Wir haben hier Beweismaterial, mit dem wir den Täter einwandfrei überführen können...", hörte Elliot den Polizisten weiterreden. Warum nur war Moureen so stolz, liess sie sich nicht überzeugen von einem Leben, das sie in Irland niemals geboten bekommen würde? Was nutzte ihm die grosse Liebe in Amerika, die nur aus Beteuerungen einer Frau von Lahinch bestand. Damit konnte man keine Familie gründen.

„Als erstes möchte ich mit Kate beginnen. Kate O'Ryan, ist sie hier...?"

„Ich finde Ihr Vorgehen mehr als beschämend! Sie sollten Ihrer Arbeitsweise eine nochmalige Überprüfung angedeihen lassen." Ein Mann hatte sich von seinem Sitzplatz erhoben und fiel dem Polizisten ins Wort.

„Verzeihung, ich weiss nicht, welche Funktion Sie in Lahinch ausüben? Aber ich stelle mir vor, dass Sie etwas zu sagen haben, ansonsten kann ich mir Ihren Auftritt von eben nicht vorstellen." Chefinspektor King hatte sich ebenfalls von seinem Platz erhoben und richtete das Wort an den Kläger.

„Ich bin Bürgermeister Bailey!"

„In diesem Fall verstehe ich Ihre Reaktion am wenigsten. Wir sind in einer, wie soll ich sagen, heiklen Situation, die eine besondere Betrachtung verdient. Die Vorgangsweise in dieser Geschichte passt exakt zu den Vorkommnissen in dieser Mordsache. Lassen Sie also den Polizisten O'Malley seine Arbeit tun, ansonsten könnte jemand auf die Idee kommen, die Vorgangs-weisen in Ihrem Amt einer genaueren Prüfung zu unterziehen!" Verlegenes Lachen der Bevölkerung begleitete die Prophezei-ung des Chefinspektors.

„Wo war ich stehengeblieben? Ach ja, Kate O'Ryan. Mo-ment, ich komme zu dir hinunter." Angus quälte sich durch die Reihen und stand vor Kate, die ihn unverhohlen anblickte. „Kate, würdest du für einen Moment deinen rechten Arm in die Höhe strecken!"

„Warum sollte meine Frau das tun?", wollte Bäcker O'Ryan wissen.

„Weil ich sie darum bitte. Im Übrigen wäre es zweckmässig, wenn meine Anweisungen nicht jedes Mal hinterfragt würden." O'Malley schaute sich im Saal um und griff gleichzeitig nach dem Arm von Kate. „Wir sehen hier die Hand von Kate O'Ryan. An dieser Hand steckt ein goldener Ring, als Information für alle, die weiter hinten sitzen. Ich drehe jetzt die Hand um, so dass ich die Handinnenfläche sehen kann. Wenn ich nun den Ring betrachte, so sehe ich einen Dorn, der vom Ring weg steht und als Auffanglanger für ein Perle gedacht ist, die hier aber fehlt."

Elliots Interesse wurde geweckt. Was machte O'Malley da unten? So war es nicht ausgemacht. Er schaute zu Chefinspek-tor King, der gelassen dem Treiben zusah. Wusste er mehr als Elliot?

„Wenn ich nun diese Perle nehme...", Angus hielt das Kleinod zwischen zwei Fingern haltend in die Höhe, „sie auf den Dorn setze... so wird jeder gleich erkennen, dass dieses Teil sich genau einfügt, sogar die Klebestellen sind identisch. Ich würde sagen, diese Perle gehört Kate O'Ryan!"

„Du hast mir nie gesagt, dass du die Perle verloren hast", sagte O'Ryan zu seiner Frau.

„Danke, Angus, für deine Bemühungen. Wo hast du sie gefunden?" Kate drückte O'Malley die Hand.

„Nun, Kate, ich habe dir deinen Wertgegenstand nicht zurückgegeben, er dient als Beweismittel im Mordfall O'Connor. Um ehrlich zu sein, ich wollte bloss Gewissheit schaffen." Er streifte den Ring vom Finger der Bäckersfrau, die daraufhin die Hände vors Gesicht schlug und zu weinen begann.

O'Malley kam wieder auf die Bühne zurück. Im Saal war ein Tumult entstanden, die Bürger beschwerten sich, einzelne sprachen von Diebstahl an der Frau. Elliot wollte von Angus sogleich wissen, woher er wusste, dass die Perle Kate O'Ryan gehörte, während King sich mit dem Publikum anlegte.

O'Malley erzählte Elliot von der Begrüssung am Vorabend, der schmerzhaft verzerrten Miene beim Händedruck vom Reiben der Stelle, wo der Dorn in die Haut eingedrungen war. So brauchte er nur noch die Fakten zusammenzählen, um auf die Lösung zu stossen.

„Clever, wirklich clever", beglückwünschte Elliot seinen Freund.

Chefinspektor King hatte die Leute wieder beruhigt und fing nun seinerseits mit der Befragung an.

„Ich werde Ihnen sagen, wer es war. Wie es passierte, möchte ich von den drei Damen hören, die ich jetzt namentlich aufrufe. Die Frauen könnten ihre Lage, ich denke da an den Amtsrichter von Tralee, wesentlich verbessern, wenn sie hier und heute ein umfassendes Geständnis ablegen würden. Ich stelle mir den Ablauf der Geschichte so vor...", begann er mit der Darstellung. „Drei Frauen aus dem Dorf Lahinch, Moira Fowlei, Kate O'Ryan und Betty Reily, besuchten Paddy O'Connor in seinem Haus auf den Klippen in der feindlichen Absicht, ihm einen Denkzettel zu verpassen." Betroffenheit machte sich unter den Bewohnern breit, alle starrten in die Gesichter der

Beklagten. Moira Fowlei reagierte als erste auf die Worte des Chefinspektors.

„Ich..., wir haben...", begann sie zu stottern.

„Ist schon gut Moira, ich werde den Anwesenden den Vorfall schildern", unterbrach Kate O'Ryan ihre Freundin und sofort wurde ihr die ganze Aufmerksamkeit im Saal geschenkt. „Womit soll ich beginnen?"

Paddy O'Connor

Die grosse Mimose vor dem Haus wurde vom Wind arg zerzaust. Die Knospen schlugen, Rechenschaft fordernd, gegen das Fensterglas, gaben wehklagende Geräusche von sich und verstärkten bei Paddy die Stimmen, die von den Wänden seines Hauses auf ihn niedergingen. Psychoterror aus dem Dunkeln, gelenkt aus dem Reich der Toten. Paddy sass am Tisch in der Küche, hielt sich an der Schnapsflasche fest und starrte dumpf auf die gegenüberliegende Mauer. Wesentliches, was sich die letzten zwei Tage im Leben vom Zinnmann abgespielt hatte, tanzte im Schimmer des Torffeuers gespenstisch über die Wand.

Der unrühmliche Abgang von Pju, mit winselndem Flehen, kindlichen Androhungen, die er bösartig vor seine Füsse gespien und dabei vor lauter Erregung sein Eigentum vergessen hatte, war somit vollzogen. Paddy hatte den Doktorkoffer im Meer entsorgt, die hölzerne Schatulle mit den Instrumenten in das Versteck unter den Bodenbrettern zusammen mit dem Blutgeld von den Frauen gelegt. Dazwischen tauchten verzerrte Bilder von Leichen, junge, alte, heile und von Bomben zerfetzte, schemenhaft in seinem Gehirn auf. Blut floss dabei in Strömen, sprudelnd, wie eine alles unter sich begrabende Flutwelle, auf ihn zu. Er bereitete sich darauf vor, elendiglich darin zu ersaufen, als böswillig an die Tür gehämmert wurde.

Paddy hatte keinen Sinn mehr für Realität, sein Kompass war kaputt, die Koordinaten verloren. Er erwartete mit geschlossenen Augen den Tod, in der Fratze eines Ertrinkenden. Schon wieder dieser ohrenbetäubende Lärm. Stimmen, die sich in seinem Hirn unangenehm breitmachten, weibliche Stimmen, die seinen Namen riefen. Jemand rüttelte an seinem Körper, versuchte in seinen Traum einzudringen, mit aller Gewalt. Und dann sah er die Welle auf ihn zukommen, sehnsüchtig erwartet, traf sie ihn mit voller Wucht im Gesicht. Paddy öffnete vor Schreck die Augen.

Die Haustür stand sperrangelweit offen. Ein kalter Wind fegte durch den Raum und liess im Kamin die Funken sprühen. Drei Frauen standen vor Paddy und glotzten ihn feindselig an. Seine Kleidung war triefend nass und eine von den Frauen hielt den leeren Wassereimer noch immer in ihrer Hand.

„Wer sind Sie…, was wollen Sie?", stiess Paddy hervor, immer noch in tranceartigem Zustand. „Die Praxis bleibt geschlossen…, der Doktor wohnt hier nicht mehr!"

„Zu schade aber auch, den Kerl hätten wir gerne begrüsst. Nun müssen wir mit dir vorlieb nehmen!", meinte eine der Frauen. Paddy stand von seinem Platz auf und stellte sich vor die Damen.

„Dürft' ich jetzt erfahren, mit wem ich das Vergnügen habe?"

„Ob das ein Vergnügen für dich wird, wage ich zu bezweifeln. Wir, das sind Kate O'Ryan, Moira Fowlei und meine Wenigkeit, Betty Reily. Wo sind unsere Kinder, Zinnmann?" Die Frauen hatten Paddy eingekreist.

„Was weiss ich, wo sich eure Gören aufhalten. Bin ich ihr Kindermädchen?" Paddy war jetzt hellwach, wie immer, wenn Gefahr in Verzug war.

„Nein, das bist du nun wirklich nicht. Aber deren Mörder, das bist du! Und dafür wirst du büssen, Zinnmann. Mach dein Testament!" Moira stiess den im Lichte funkelnden Stahlstift bis zum Schaft in den Rücken von Paddy. Wie ein Pfeil schoss das Metall durch das Gewebe, zerfetzte Blutgefässe und durchstiess die linke Niere. Dann zog sie das Metall blitzschnell wieder daraus hervor und wischte an der Innenseite von ihrem Rock das Blut ab. Ihr Mann brauchte die Ahle morgen wieder bei der Arbeit. Paddy griff hinter sich, dann folgte eine schmerzverzerrte Bewegung, die Schnapsflasche auf dem Tisch kippte um und der Inhalt vermischte sich mit dem Blut ihrer Töchter. Kate trommelte mit den Fäusten auf die Brust von Paddy, als wollte sie das Grauen aus ihm herausprügeln, im Einklang dazu stiess Betty tierische Laute aus.

Paddy setzte sich zur Wehr. Er bekam Moira an den Haaren zu fassen, schleuderte sie um ihre eigene Achse und stiess sie gegen das Mobiliar. Gleichzeitig schlug Betty mit einem Reisigbesen andauernd auf seinen Kopf.

Für Paddy wurde das alles zu viel. Im Rücken brannte ein Höllenfeuer, auf der Brust explodierten Kates Fäuste und jemand trat ihm bösartig gegen das Schienbein. Paddy versuchte sein Heil in der Flucht. Tief nach vorne übergebeugt, rannte er durch die Tür ins Freie. Vom Sturm gefährlich nahe an den Abgrund gedrückt, nahm Paddy instinktiv den Weg zum Strand unter seine Füsse, während die Frauen wie Furien die Verfolgung aufnahmen. Sie brüllten seinen Namen in die Nacht, stemmten ihre Körper gegen den Wind und fanden Paddy schweratmend am Wasser stehend vor.

Betty hatte sich unterwegs mit einem Prügel bewaffnet, stand nun vor dem Zinnmann und versuchte, gegen das Heulen des Windes und das Geräusch der Wellen, die unaufhörlich an den Strand klatschten, ihre Botschaft vorzubringen.

„Zinnmann…!", drangen keuchende Worte aus ihrem hageren Körper, „zum letzten Mal, wo sind unsere Kinder?"

„Lasst mich in Frieden…, was interessiert mich eure Brut!"

„Damit ist deine Stunde gekommen, in der du Rechenschaft über dein Leben abgeben musst. Jetzt hilft dir niemand mehr!" Das schwere Stück Holz krachte auf Paddys Stirn nieder, hinterliess eine kreisrunde Öffnung, aus der Blut hervortrat. Taumelnd bewegte sich Paddy einige Schritte rückwärts, machte eine halbe Kehrtwendung und stürzte dann Kopf voran auf einen Felsen.

„Ist er…?", wollte Moira wissen. Kate trat zu Paddy hin und rollte seinen Körper auf den Rücken.

„Tot! Kein Zweifel."

„Hat er noch etwas gesagt?"

„Ja, er hauchte sein Leben mit dem Wort *Schach* aus."

„Schach? Was meint der blöde Kerl damit?" Moira stampfte zornig mit dem Fusse auf.

„Keine Ahnung! Aber vielleicht war das nur eine weitere Gemeinheit vom Zinnmann. Selbst in seiner letzten Minute gibt er uns noch ein Rätsel auf." Kate starrte bösartig auf den toten Paddy.

„Was nun?" Betty fror im steifen Wind und trat von einem Bein auf das andere.

„Zurück zum Haus!", kommandierte Kate. „Spuren verwischen!" Sie befehligte gewohnheitsmässig die Frauen.

„Warum das denn?", meinte Betty. „Müssen wir dem jetzt auch noch die Bude aufräumen?"

„Finde ich auch!", pflichtete Moira Betty bei.

„Das liegt in unserem Interesse. Oder wollt ihr im Gefängnis enden?" Murrend trotteten sie hinter Kate her.

Elliot O'Connor

Nach der Schilderung des Tathergangs von Kate O'Ryan herrschte Totenstille im Saal. Mit gesenkten Köpfen sassen die Mitbürger der genannten Frauen auf ihren Stühlen und liessen das Geschehen auf sich einwirken. King liess ihnen Zeit, sich zu sammeln.

„Ich habe hier eine Haarspange, die Moira Fowlei schon als die ihre anerkannt hat. Was mir jetzt noch fehlt, ist die Identifizierung dieses braunen Knopfes. Kann mir eine der Frauen dabei vielleicht behilflich sein?" King hielt den Knopf in die Höhe.

„So viel ich von hier aus erkennen kann, handelt es sich um einen Knopf von Billys Weste, die er bei seinem Abschied trug", meinte Betty Reily traurig.

„Vielen Dank für Ihre Mitarbeit. Somit wäre der Teil der Bestandsaufnahme erledigt." Dann gab er O'Keefe, der an der Türe ausgeharrt hatte ein Zeichen. Dieser schloss die Türe auf und sechs uniformierte Polizisten, die King aus Tralee mitgebracht hatte, betraten den Raum. Sie postierten sich der Wand entlang und warteten auf den Einsatzbefehl.

„Ich möchte, dass die drei Angeklagten jetzt aufstehen und mir bestätigen, dass ihre Schilderungen der Wahrheit entsprechen." Der Chefinspektor war ebenfalls aufgestanden und wartete auf die Frauen unten im Saal.

Als erste stand Kate O'Ryan auf und sagte: „Er hat den Tod verdient! Dass wir die Ausführenden waren, war wohl vom Schicksal bestimmt. Ich bekenne mich schuldig, Mutter einer Tochter zu sein, die vom Zinnmann getötet wurde. Ich habe mir die Freiheit genommen, dasselbe mit ihm zu tun und es tut mir nicht im Geringsten leid."

Moira Fowlei stiess ins selbe Horn und fügte als Schlusssatz:

„Ich würde es morgen wieder tun!", hinzu. Bei Betty Reily konnte man, bei genauerer Betrachtung, als einzige, moralische Überlegungen zu der Tat erkennen. Sie verteidigte sich mit einem Zitat aus der Bibel. „Auge um Auge, Zahn um Zahn!" Dann trat sie aus der Reihe und stellte sich mit ausgestreckten Händen vor die Polizisten hin.

„Zwei Fragen zum Schluss hätte ich noch. Welche von euch hat Elliot den Schafskopf in den Wagen gelegt und die Drohung geschrieben?" Angus O'Malley schaute in die Runde.

„Das war ebenfalls ich. Und das ist das einzige, was mir im Moment leid tut. Ich hatte auf alles eine Wut, das sich O'Connor nannte." Betty Reily schaute dabei auf Elliot.

„Durch welchen Umstand seid ihr auf den Zinnmann als Täter gestossen?"

„Ganz einfach. Billy hat mir gesagt, dass sie den Doktor im Haus auf den Klippen aufsuchen werden. Ich wollte ihn davon abhalten. Wie du siehst, ist es mir nicht gelungen." Betty wandte sich von O'Malley ab und vergrub ihr Gesicht in einem Taschentuch.

„Die Polizisten werden Sie jetzt nach Hause begleiten. Sie können das Nötigste einpacken, dann nehme ich Sie mit nach Tralee." Chefinspektor King waltete seines Amtes.

Die Versammlung löste sich auf. Jeder wollte so schnell wie möglich nach Hause. Der Abend war durch die Vorkommnisse gründlich verdorben worden. Vor der Schule wartete ein grünes, an den Seitenscheiben vergittertes Polizeiauto mit der Aufschrift *Garda*. Die Frauen wurden eingeladen und, nachdem sie das Gepäck abgeholt hatten, nach Tralee überstellt.

Elliot versuchte, mit den Ereignissen Schritt zu halten. Seine Empfindungen gegenüber diesen Frauen schwankten zwischen Abscheu und Zustimmung. Er ging zurück zu seinem Auto, das noch immer vor dem Polizeirevier stand. Dann verliess er Lahinch wie ein Fremder. Er stahl sich ohne Abschied davon. Die Scheinwerfer suchten den Weg durch die Nacht. Durch die Geschwindigkeit wurde die Strasse von den Rädern des Autos förmlich aufgesogen, während seine Gedanken unaufhörlich die Vorkommnisse der zwei Wochen seines Aufenthaltes verarbeiteten. Heute war Freitagabend, morgen würde er im Flugzeug nach Amerika sitzen.

Der Lauf des Fahrweges verengte sich zu einer schmalen Zufahrt, die in die Hauptstrasse nach Dublin mündete. Am Strassenrand wurde ein Scheinwerfer kurz aufgeblendet und für einen Moment glaubte er, Shaughnessy, auf dem Motorrad sitzend, zu erkennen. Als Elliot näher kam, stand Devlin Shaughnessy auf der Fahrbahn und machte ihm Zeichen zum Anhalten. Das Auto kam mit einem Ruck zum Stehen. Elliot kurbelte am Seitenfenster und blickte in das Gesicht von dem jungen Mann, der sichtlich echauffiert war.

„Shaughnessy? Was, um alles in der Welt, machen Sie denn um diese Zeit noch hier draussen?"

„Sie lieben meine Schwester Moureen? Warum bloss… fahren Sie dann jetzt weg? Ich versteh' das nicht?" Er schlug mit der flachen Hand auf das Autodach.

„Warum fragst du mich danach und nicht deine Schwester? Sie ist es doch, die nichts von mir wissen will. Sie blockt doch jede Idee schon in der Entstehung ab. Ich hätte sie liebend gerne geheiratet, aber sie will sich nicht von Irland trennen. Was soll's. Ich muss jetzt weiter, will ich meinen Flieger nicht verpassen! Grüsse Moureen von mir und sag ihr…, wir hatten eine schöne Zeit." Elliot trat aufs Gas und schoss Richtung Dublin davon. Devlin Shaughnessy sah den roten Lichtern am Auto noch lange hinterher. Er, der *Verrückte*, war der einzige zu diesem Zeitpunkt im Dorf, der Elliot eine Träne nachweinte.

Das Flugzeug hob pünktlich von der Startbahn in Dublin ab und suchte sich in einem langen Bogen den Weg zum Atlantik. Elliot sass in seinem Sessel und schaute auf Irlands Wiesen und Äcker, die unter dem Flugzeug klein wie auf einer Modelleisenbahn vorbeizogen. Er löste den Blick vom Fenster erst, als das grosse Wasser erreicht wurde. Elliot hatte sich am Vorabend ein Zimmer in einem Stadthotel genommen. Er wollte seiner Schwester Sarah den Abschied erleichtern, indem er sich telefonisch von ihr abmeldete. Anderntags brachte Elliot den ihm lieb gewordenen Kleinwagen zu dem Händler zurück. Auf die Frage nach den verschmutzten Sitzen hatte er nur die lapidare Antwort gegeben: „Alles lässt sich irgendwie richten." Kannte Mister Glenn etwa seine Gefühlslage? Mit einem Taxi fuhr er anschliessend zum Flughafen.

Elliot musste insgeheim lachen. Chefinspektor King sprach mit ihm noch über die Modalitäten der Finderlohnübergabe aus dem Goldraub. Er dachte an das dumme Gesicht von seinem Neffen Alfred, wenn der Geldbote bei ihm auftauchen würde.

Das Essen wurde serviert und Elliot kaute lustlos auf einem Stück Brot. Er sah, seiner Meinung nach, auffallend viele gut gekleidete Menschen in der Maschine sitzen. Oder fiel ihm das jetzt nur nach seinem Aufenthalt in Lahinch so penetrant auf? Auf einmal überfiel ihn eine Woge von Gefühlen, er wusste, sein Leben war um ein Stück ärmer geworden, zweifellos. Die Orientierung an so belanglosen Dingen wie schöne Kleidung brachte ihn dazu, verschiedene Dinge der letzten Zeit neu zu überdenken. Sein Professor hatte einmal gesagt, es wäre niemals zu spät, Wissen in Weisheit umzusetzen. Trotzdem wusste Elliot, er würde Irland nie mehr wiedersehen. Ein Abschied für immer? Die Sache mit seinem Vater, die ganzen Enthüllungen, die damit verbundene Zerstörung eines kindlichen Leitbildes, von Niedertracht und Gemeinheiten überbordet, die unerfüllte Liebe zu Moureen. All das stieg in Elliots Gedankenwelt hoch und vereinigte sich zu einem umfassenden, alles überragenden Gedanken. Elliot wünschte sich, er stünde am Anfang seiner Reise. Einen Augenblick nur nochmal das Bündel tragen, einer realen Zukunft entgegen in der Hoffnung, alles würde gut.

Lahinch

Der Vollmond hing als grosse, helle Scheibe über dem Dorf. Mitten in der Nacht erwachte Betty Reily in ihrem Bett und setzte sich kerzengerade auf.

„Mein Gott!", schrie sie in den Raum. „Er sagte Schach und meinte Schacht. Ja, natürlich, so muss es gewesen sein!"

„Was? Was ist los?" Sam war durch den Lärm erwacht, gähnte ausgiebig und rieb sich die Augen.

„Billy und die Mädchen liegen im Förderschacht der Zinnmine!"

„Wer sagt das?

„Ich! Wir müssen sofort O'Malley verständigen..."

„Jetzt? Mitten in der Nacht? Der lässt dich für verrückt erklären!"

„Aber wir müssen doch etwas tun. Sie liegen im Schacht und warten darauf, erlöst zu werden!" Betty begann, sich anzuziehen. Stülpte Rock und Pullover über und verhedderte sich im Ärmel des Mantels.

„Dazu braucht es keine Erklärung mehr. Der Zustand ist schon eingetroffen!" Sam stieg aus dem Bett und hielt seine Frau fest, die gerade im Begriff war, das Schlafzimmer durch das Fenster zu verlassen. „Beruhige dich, Betty. Morgen, bei Tagesanbruch, gehen wir zu O'Malley. Komm wieder ins Bett... Angus wird es schon richten. Am Tage sieht alles anders aus." Den letzten Satz hatte Sam zu sich selbst gesprochen. Das Verhalten von Betty bereitete ihm Sorgen.

Wieder zurückgekehrt nach Lahinch – die Vernehmung durch den Untersuchungsrichter dauerte nur einen Tag an und bis zu der Verhandlung des Falles O'Connor wurden die Frauen auf freien Fuss gesetzt -, hatte unter ihnen eine sonderbare

Veränderung stattgefunden. Moira Fowlei heulte mehr oder weniger den ganzen Tag, bei Kate O'Ryan war es genau das Gegenteil. Sie kommandierte jeden und alle herum. Ihre Familie litt unter ihrer aggressiven Handlungsweise und jedermann im Dorf machte einen weiten Bogen um sie. Kate drohte damit, wenn ihre Befehle nicht ausgeführt wurden, dass es allen so ergehen werde wie dem Zinnmann. Bei Betty Reily änderte sich die Persönlichkeit. Ihre Verhaltensweise erinnerte an die eines Kindes. Details wurden überbewertet, Vergehen gegenüber anderen als nichtig abgetan.

Sam besprach sich nach der letzten Nacht mit Angus O'Malley.

Dieser organisierte einen Trupp tapferer Männer, die sich, an einen Lastenkran gehängt, der über die Öffnung des Transportschachtes montiert wurde, mutig in den Abgrund fahren liessen. Mit Tränen in den Augen hielt jeder der Männer eine Leiche in den Armen, als sie durch die Luke wieder auftauchten. Die Körper der Toten waren durch den Aufprall in der Tiefe bis zur Unkenntlichkeit entstellt, was O'Malley bei ihrem Anblick einen Schrei des Entsetzens entlockte. Auch der alte Mediziner, der anstelle Mary Henley die Arbeit im Gerichtsmedizinischen Institut von Tralee übernommen hatte, meinte: „So etwas ist mir in meinem Leben noch nie untergekommen."

Julia, Shirley und Billy wurden unter der Anteilnahme der ganzen Umgebung auf dem Friedhof von Lahinch beigesetzt. Nahe beieinander, ohne sich zu kennen, standen beim Begräbnis Mutter Kavanagh mit ihrem Sohn Rupert und die Schwester von Paddy O'Connor. Mit versteinertem Gesicht wischte sich Annie O'Connor die Tränen aus den Augenwinkeln. In all den Jahren, die sie ihren Bruder gekannt hatte, war nicht einmal der Gedanke aufgetaucht, dass Paddy zu solchen Untaten, wie sie ihm jetzt zugesprochen wurden, fähig gewesen wäre. Die alte Kavanagh wandte sich mit der Frage an sie: „Haben Sie das Ungeheuer, das dieses Schlamassel angerichtet hat, gekannt?"

„Nein, wirklich gekannt habe ich ihn nicht. Aber das hat wohl niemand von uns."

Neun Monate später. Im Schlafzimmer von Moureen Shaughnessy brannte Licht. Der Hebamme stand der Schweiss auf der Stirn. Sie sprach mit monotoner Stimme andauernd dieselben Worte auf Moureen ein.

„Pressen!", sagte sie und immer wieder: „Pressen!"

Von Elliot hatte sie viele Briefe erhalten. Moureen hatte keinen davon beantwortet. Sie trug ihren Bauch mit Stolz durch Lahinch, wurde von den verheirateten Frauen mit Häme bedacht und fand den Zuspruch in der Familie.

Jetzt lag sie in ihrem Bett und presste die Freude vergangener Tage aus dem Unterleib. Sie wollte das Kind haben, das eine halbe Stunde später auf ihrem Bauch lag und die Aufgabe, die ihr Elliot zugedacht hatte, mit weiblichem Instinkt lösen.

„Wie soll denn der Name des Jungen sein?", wollte die Geburtshelferin wissen. Moureen schaute sie lange an, bevor sie sprach.

„Elliot!", sagte sie. „Elliot, so soll er gerufen werden." Glücklich über den Umstand, ihre Sache richtig gehandhabt zu haben, schlief Moureen ein. Elliot O'Connor war damit unbewusst wieder nach Irland zurückgekommen.

FSC
www.fsc.org

MIX

Papier | Fördert
gute Waldnutzung

FSC® C083411

Zeitfracht Medien GmbH
Ferdinand-Jühlke-Straße 7
99095 Erfurt, Deutschland
produktsicherheit@kolibri360.de